텅
빈
마흔

고독한 아빠

# 텅 빈 마흔 고독한 아빠

이시다 이라 지음 ┃ 이은정 옮김

살림

## 차례

| 일러두기 |

- 일본 「마이니치신문」 '일요클럽(日曜くらぶ)'에서 2008년 3월 2일부터 2009년 3월 29일까지 연재한 소설을 책으로 엮었다.
- 이 작품은 픽션이다. 특정 단체나 개인과는 일체 관련이 없음을 밝힌다.

제1장

# 1
—

(끝)

입력을 끝내고 아오다 고헤이는 키보드에서 고개를 들었다. 드디어 고통스러운 연작 단편 중 마지막 편 바로 전 작품을 탈고했다. 한 편에 50장 분량으로 총 8부작을 한 권의 책으로 엮어 낼 예정이다. 제목은 이미 정해졌다. 『칫치와 아들』이다. 고헤이 자신의 사생활을 소재로 한 유머러스하고 가슴 먹먹한 연작이다. 단편집이든 장편이든 마지막 클라이맥스에서는 집중도가 높아져 글이 술술 풀린다. 쓰는 입장에서 별로 재미없다는 의견이 많은 클라이맥스 직전이 가장 고생스럽다.

고헤이는 이 시간까지 자지 않고 기다리고 있는 편집자에게 원고를 보냈다. 잡지 「올 슈토」의 담당자는 요네야마 데루라는 이름의 약간 통통한 청년이다. 조판 작업에 들어간 지 3일째. 또 밤샘에 야식까지 너무 많이 먹어 체중이 늘었을 것이다. 몇 분 지나지 않아 전화벨이 울렸다.

"고생 많으셨습니다. 원고 잘 받았습니다."

아무리 요네야마가 젊다고 하지만 목소리는 피곤함에 쉬어 있었다.

"또 마감 직전에야 보냈네. 미안하군."

고헤이는 이렇게 말하고는 주뼛거리며 물었다.

"또 내가 마지막인가?"

요네야마가 헛기침을 하는 바람에 고헤이는 안절부절못했다. 민폐를 끼친 후라 편집자가 두렵다.

"아니요. 아직 요시와라 아카네 선생님이 남았습니다. 아오다 씨와 요시와라 선생님은 제발 같은 달에 안 걸렸으면 하지만."

"이해하네."

"뭡니까, 마치 남의 일처럼. 원고는 나중에 천천히 읽어보겠습니다. 교정지가 나오는 건 점심이 지나서니까 오늘 중으로 보고 다시 보내주십시오. 그럼. 수고하셨습니다."

마지막 인사만은 유서 깊은 출판사의 편집자답게 정중했다. 편집자에게는 아직 조판 작업이 남아 있다. 힘든 직업이다. 일반적인 작가라면 원고를 넘기자마자 침대로 직행하면 된다. 이대로 잠들 수 있다면 얼마나 편할까.

고헤이는 서재의 벽시계를 올려다봤다. 잠시 후면 아침 6시다. 창밖, 아파트 12층 베란다 너머로 가구라자카 거리가 장난감처럼 펼쳐져 있다. 하늘은 동트기 전의 밝고 투명한 남빛이다.

(또 밤을 새워버렸군.)

올해는 체력만 믿고 하룻밤에 몇십 장씩 쓰는, 말도 안 되는 일은 하지 않겠다는 목표를 세웠다. 그런데 1월 첫 마감부터 지키지 못했다. 앞으로 어떻게 될지 불을 보듯 뻔하다.

모니터 옆에 놓인 액자 속 사진으로 눈길을 주었다. 고헤이와 유치원에 다니던 다섯 살 가케루, 그리고 3년 전에 의문의 교통사고로 죽은 아내 히사가 보였다. 도쿄 디즈니랜드의 신데렐라성을 배경으로 셋은 완전무결하게 환한 웃음을 짓고 있었다. 가슴에 뚫린 구멍에서는 3년이 지난 지금도 을씨년스러운 바람이 분다. 고헤이는 초등학교 4학년이 되는 가케루와 둘이서 살고 있다. 이 시간엔 잠시라도 눈을 붙이면 안 되겠지. 아들을 위해 아침 준비를 해야 한다. 고헤이는 피곤한 몸을 이끌고 겨울 새벽에 주방으로 향했다.


고헤이는 서른아홉 살로 홀아비다.

10년 전 「올 슈도」에서 신인상을 받으면서 작가로 데뷔했다. 단편상만으로는 앞으로 작가 생활이 잘 안 풀릴 수도 있다며 편집자에게 협박당했지만, 데뷔작을 연작으로 만든 『지정대는 데이즈』로 단숨에 단행본 데뷔를 일궈냈다. 피터 팬 증후군을 앓고 있는 대학생과 연상 워킹 걸의 아련한 사랑을 그린 작품이었다. 이 책은 그 후 10년 동안 낸 열네 권의 책 중에 유일하게 인기가 좀 있었다. 데뷔작 이외의 작품은 모두 초판으로 끝났으며 3년 후에 문고판으로 재출간되었다.

고헤이는 스스로도 자신이 어떻게 계속 글을 쓸 수 있는지 이상하고 신기할 때가 있다. 비즈니스 관점에서는 도움이 되지 않는 작가이기 때문이다. 그런데도 많은 편집자가 새로운 연재나 원고 의뢰를 해온다. 도시적이고 섬세한 문체, 부드러운 유머에 감칠맛을 더하기 위해 인생의 쓴맛과 슬픔을 한 방울 떨어뜨린 작품 성향. 고헤이는 10년 동안 '히트 예감' 작가라는 말을 계속 들어왔다. 그리고 만년 베스트셀러 미만이라는 속 편한 자리에 익숙해져버렸다. 기복 따위 있을 리 없다. 출판계는 그런 그에게도 어떻게든 살 수 있게 안식처를 제공해준다. 양극화 사회라고 하지만 책의 세상은 결코 돈이 전부는 아니다.

그런 넓고도 좁은 출판계의 한 귀퉁이에서 자신이 좋아하는 소설만 쓰며 생활할 수 있다. 크게 성공할 일은 없겠지만 그런대로 행복한 인생이라고, 고헤이는 자신의 작가 생활을 그렇게 정의했다.

아침밥은 어제저녁에 먹고 남은 돈지루와 일본식 오믈렛, 그리고 토마토와 미역과 양상추 샐러드다. 고헤이네 돈지루는 뿌리채소와 돼지고기를 참기름으로 볶고 푹 끓인 다음 여러 가지 미소 된장을 섞어 풀고 나서 마지막으로 생강즙을 살짝 넣어 만든다. 히사에가 남긴 레시피로 만든 돈지루는 가케루가 아주 좋아하는 음식이기도 하다. 아침밥을 다 차리고 나서 앞치마를 벗어놓고 아들 방으로 갔다. 가케루는 아침에 깨워도 칭얼대지 않는 아이였다.

"잘 잤니?"

고헤이의 한마디에 가케루는 눈을 번쩍 뜨고 고헤이의 얼굴을 쳐다봤다. 길게 찢어진 큰 눈, 히사에의 눈이었다.

"응. 칫치, 또 밤새웠지?"

"눈치챘어?"

가케루가 침대에서 일어나 앉았다. 잠옷 위에 플리스를 덧입었다.

"응. 당연히 알지. 머리카락이 헝클어져 있고 눈에 기운이 없고 눈썹 사이에 주름이 잡혀 있는걸."

낼모레면 마흔이다. 이젠 조금만 피곤해도 얼굴이 팍삭 늙어 보이는 건 어쩔 도리가 없다. 가케루는 짧은 복도를 지나 다이닝 리빙룸으로 갔다. 고헤이는 그 뒤를 따라가면서 금방 일어나 헝클어진 가케루의 머리카락을 손으로 매만지며 챙겨줬다. 이 가늘고 부드러운 머리카락도 먼저 간 아내를 닮았다.

"칫치, 하지 마. 소설에 또 내 얘기 쓴 거 아니지?"

뒤돌아보는 가케루의 눈빛이 매서워서 고헤이는 흠칫했다.

"아, 안 썼어. 가케루가 아니라 그냥 4학년 아이 얘기야."

소년의 이름은 사토시다. 그러나 프리랜서 작가와 초등학교 4학년 남자아이 둘만의 생활을 테마로 한 연작소설은 누구라도 고헤이와 가케루의 이야기라고 생각할 게 틀림없다. 소설이 아무리 현실을 닮았다 하더라도 분명 픽션이건만 작가의 가족으로서는 좀처럼 이해하기 어려운 모양이다.

테이블에 마주 앉아 아침밥을 먹었다. 갓 지은 밥은 씹을수록 달다.

"진짜야. 쓰지 마. 요전처럼 내가 한 얘기. 우리 반에 소문났어."

참으로 우연히도 가케루와 같은 반 아이의 학부모가 고헤이 소설의 열혈 독자인 바람에 일반 사람은 거의 안 읽는 월간 소설 전문 잡지의 단편이 학교에서 화제가 되어버렸다. 고헤이는 진심을 담아 사과했다.

"미안. 칫치도 그때는 쓸거리가 궁해서 말이지. 앞으로는 조심할게."

"괜찮아, 열심히 하고 있으니까 됐어. 마감했지? 칫치, 수고 많으셨어요."

가케루는 그렇게 말하고 돈지루를 먹었다. 아이들은 별생각 없이 감동적인 말을 해서 사람을 곤란하게 만든다. 고헤이는 철야를 한데다 둘이서 살아가는 부자의 슬픈 이야기를 담은 단편을 막 끝낸지라 그만 가슴이 뭉클해졌다.

"마감했어. 네가 학교 가면 좀 잘 거야."

"맞다. 오늘 수업 참관하는 날이니까 잊지 마."

피곤해서 몸의 중심이 둥둥 떠오를 정도로 가볍게 느껴지건만 오후에는 학교에 가야 한다. 하마터면 한숨이 나올 뻔했다.

그러나 아들 앞이라 꾹 참았다.

"알고 있어. 공부는 못해도 되니까 학교에서 잘 지내기나 해."

"나 공부 잘해."

가케루가 한마디도 지지 않고 또박또박 말대답하는 것은 내가 소설 따위를 쓰고 있기 때문일까. 아이란 실로 불가사의한 생물이다. 소설에서처럼 내 말을 조금이라도 잘 듣는 아이라면 좋을 텐데. 고헤이는 아침 햇살 속에서 아내의 손맛이 담긴 돈지루를 한 입 먹었다.

## 2

자명종의 전자음에 고헤이는 눈을 떴다. 시계는 정오를 막 지나고 있었다. 커튼에 내리꽂히는 겨울 햇빛이 지독히 밝았다. 오늘은 하나뿐인 아들 가케루의 수업 참관에도 가야 하고 편집자와 미팅도 있다. 계속 자고 있을 수만은 없다.

침대에서 일어나자 다리가 후들거렸다. 몸속은 짙은 안개로 자욱하다. 마흔 가까이 되니 밤샘 원고 작업이 힘들다. 고헤이는 손으로 벽을 짚으면서 욕실로 향했다. 뜨거운 물로 샤워를 하는 동안 잠이 점점 달아났다. 매서운 마감을 어떻게든 해결했기에 몸은 피곤했지만, 기분은 상쾌했다. 드라이어로 머리를 말리고 외출복으로 갈아입었다.

고헤이의 아파트는 가구라자카의 주택가에 있다. 낮에도 늘 어슬렁대고 다니므로 밖에 나갈 때는 가능한 한 재킷까지 갖춰 입으려고 하고 있다. 물론 작가라는 직업상 어느 정도 남의 눈도 신경 써야 했다. 아주 소수지만 언제 팬이라고 말하는 사람들을 만날지 알 수 없다.

4년씩이나 입은 남색 캐시미어 재킷 ─ 일주일 동안 고민한 끝에 산 ─ 에 대미지 가공을 하지 않은 플레인 데님과 터틀넥의 스웨터를 맞춰 입었다. 스웨터는 산뜻한 군청색이다. 이 정도면 휴가 중인 회사원으로 보이지 않을까. 점심은 어디서 먹을까. 일본 음식점만이 아니라 이탈리아, 프랑스, 중국 요리점 등 지갑에 부담을 주지 않는 맛집이 많은 것이 이 동네의 내공을 짐작게 한다.


"이 문제 답 아는 사람!"

"저요!" "저요!" "저요!"

4학년 3반 교실에 앉아 있는 대부분의 아이들이 손을 들었다. 고헤이는 팔짱을 끼고 교실 앞쪽을 주시하고 있다. 눈여겨보고 있는 가케루의 손은 꿈쩍도 하지 않았다. 그다지 어려워 보이지 않는 산수 문제다. 예의 삼각형 면적을 구하는 문제다. 교육이란 참 불가사의하다. 초등학교를 졸업한 지 25년도 훨씬 지났는데 고헤이는 실생활에서 삼각형 면적을 계산한 적이 한번도 없다.

가케루의 굳어 있는 등을 뚫어지게 보면서 생각했다. 교육에는 도움이 되는 것도 쓸데없는 것도 있다. 하지만 아이의 장래에 도움이 되는 것이 무엇인지는 아무도 모른다. 그래서 평균적으로 효과가 있는 것을 패키지로 묶어 가르친다. 가케루에게는 엄마가 없다. 이 핸디캡을 안고 과연 어떤 인간으로 성장할까. 아버지로서는 늘 걱정거리로 자리 잡고 있다.

수업은 담백하게 진행되었다. 따뜻한 겨울 햇살이 들어오는 교실 뒤쪽은 온실 같다. 젊은 엄마들 사이에 섞여서 고헤이가 서 있다. 머리는 자지 말라고 경고하지만 수마가 맹렬하게 공격해 온다. 풀썩하고 무릎이 접혀서 쓰러질 뻔한 바람에 그만 청소용구를 넣어두는 로커를 매달리듯 붙들고 말았다. 쿠당탕 하고 큰 금속성 소음이 교실 전체로 울려 퍼졌다. 가까이 있던 한 엄마가 고헤이 쪽으로 고개를 돌리며 물어봤다.

"아오다 씨, 괜찮으세요?"

담임 선생님만이 아니라 모든 아이의 시선이 고헤이에게 집중되었다. 고헤이의 등에서는 불쾌한 식은땀이 줄기줄기 흘러내렸다.

"죄송합니다. 어제저녁 늦게까지 일을 하는 바람에."

가케루는 무표정한 눈으로 아빠를 뚫어지게 쳐다봤다. 고헤이는 등을 구부려서 열 살짜리 아들을 향해 합장하듯 사과의 몸짓을 취했다.

교문을 나선 고헤이가 향한 곳은 가구라자카의 비탈길 아래에 있는 찻집이었다. 통나무집 스타일의 중후한 건축물로 갤러리를 겸하고 있는지 2층에는 미술품이 장식되어 있다. 그날은 철사로 만든 입체 작품이 전시되어 있었다. 늘 비어 있어서 편집자와 미팅할 때 자주 이용하는 카페다.

고헤이의 맞은편에 앉은 이는 에이슌칸 제2문예부의 편집자인 오카모토 시즈에다. 대부분의 출판사에서 제1문예부는 순수 문학을, 제2문예부는 엔터테인먼트 소설을 담당하고 있다. 작가 분류는 어느 상을 받고 어느 문예지를 통해 데뷔했는지에 따라 자동 분류된다. 고헤이는 그런 분류에 불만은 없다. 읽은 책들도 주로 엔터테인먼트 쪽인데다 자신이 쓸 수 있는 작품을 쓸 뿐이다. 장르를 따질 여유 따위 조금도 없다.

"그러고 보니 오늘 나오모토상 발표가 있네. 오카모토 씨는 누구와 같이 기다려?"

오카모토는 30대지만 여대생과 같은 분위기가 여전히 남아 있다.

"네코야마 에리카 선생님과 같이 긴자의 바에서 대기할 예정이에요."

그래서 웬일로 청색 정장 차림이었구나. 나오모토상은 원래 신인 작가의 등용문이었지만 유명해지는 동시에 진입 장벽도 높아져, 지금은 후보작의 작품성만이 아니라 작가의 실적과 장래성, 출판계에 대한 공헌도 등 모든 것을 두루 살펴보는 중량감이 있는 문학상으로 변모했다. 수상자의 인터뷰가 뉴스 시간에 생중계되는 것은 순수문학 부문의 아쿠타야마상과 나오모토상뿐이었다.

"네코야마 씨는 대단해. 지금 몇 살이지?"

"서른한 살이요. 이번 『고양이 손 호텔』로 세 번째 도전이죠."

고헤이는 데뷔한 지 10년이 지났지만 나오모토상 후보에 오른 적이 없다. 후보에 선택되는 것조차 진입 장벽이 높다. 나오모토상이 발표되는 날의 저녁, 출판의 세계는 마치 축제같이 떠들썩해진다. 이번에는 고헤이의 친구 중 단 한 명도 여섯 명의 후보에 들지 못해서 내심 안도하고 있다. 남의 일이라도 신경이 쓰인다. 고헤이는 수상을 반 포기한 상태다. 수상하면 좋겠지만 그것은 한여름에 눈보라를 기대하는 것이나 다름없다.

편집자는 가죽 숄더백에서 큰 봉투를 꺼냈다. 테이블 위에 놓고 쓱 고헤이 쪽으로 밀었다. 작년 12월까지 에이슌칸의 「소설 호쿠토」에 연재하던 장편소설이었다. 교정지가 나온 모양이다.

"벌써 나왔네."

기쁘다기보다 맥이 빠졌다. 쓰는 건 좋지만 그 외의 책 만드는 작업 대부분이 고헤이로서는 부담스러웠다.

"저는 이 『텅 빈 의자』, 참 좋아해요. 지금까지 아오다 씨의 작품 중에서 가장 획기적인 작품이 되지 않을까 싶어요. 대표작이라고 해도 될 정도로요."

고헤이는 선생님이라고 불리는 것이 싫어서 '씨'라고 부르라고 이르고 있다. 편집자에게 이렇게 대놓고 칭찬을 받으면 작가로서 기분은 나쁘지 않다. 그러나 고헤이는 10년간 프로 작가로서 일을 해왔다. 헛헛한 기쁨에는 꼭 뒤끝이 있는 법이다. 애매하게 고개만 끄덕인다. 오카모토는 열심히 말을 잇는다.

벌써 3년이나 됐네요. 부인 장례식은 지금도 생생히 기억하고 있어요. 가케루도 어렸죠. 아오다 씨가 부인의 사고에 대해 쓴 거 처음이시죠?"

아내 히사에의 교통사고로부터 그렇게나 시간이 흘러버렸구나. 마치 지난달에 일어난 일 같은데. 가케루가 시퉁머리 터지는 소리를 하는 나이가 된 것도 어쩌면 당연하다.

"그러네. 사적인 내용을 쓴 건 처음일지도."

자신이 경험한 것만 쓰는 작가도 있고 상상력을 동원해 완전히 가공의 세계를 만들어내는 작가도 있다. 작품 세계를 얼마나 사실적으로 설정하는지도 작가에 따라 제각각이며 이것은 작품의 톤을 결정하는 중요한 요소다.

"지금 「올 슈토」에서 연재하고 있는 『칫치와 아들』도 참 좋아요. 지난번 이야기를 읽고 전 울어버렸어요. 올해는 꼭 아오다 씨가 수상할 거예요."

왜 이렇게까지 칭찬하는 걸까. 다소 과장을 하기는 해도 편집자는 기본적으로 거짓말을 하지 않는다. 그렇다고 해도 오늘 오카모토는 칭찬이 지나치게 과하다. 지금까지의 작품들과 비교해 이번 작품을 쓸 때 딱히 정열적으로 썼다는 의식은 없다.

"오카모토 씨, 왠지 기분이 나빠지려고 하네. 안 좋은 소식이 있으면 빨리 말해줘."

"죄송해요."

여성 편집자가 갑자기 고개를 숙였다.

"영업부와 열심히 싸우긴 했는데. 이번 책 초판 발행 부수가 줄었어요."

"응?"

중쇄한 적이 없는 고헤이는 단행본의 초판 인세가 수입의 전부였다. 설마설마하며 물어봤다.

"저기, 어느 정도……."

오카모토가 미안해하며 말했다.

"지금까지는 8,000부였는데 『텅 빈 의자』부터 7,000부예요. 걱정 마세요. 열심히 영업 뛸 거니까요."

1,000부나 줄면 수입이 십 수만 엔 정도 줄어든다. 그것보다도 초판 발행 부수가 줄었다는 사실이 더 충격이다. 철야를 한 몸에서 기운이 빠져나가는 것을 고헤이는 느꼈다.

# 3
—

저녁을 먹은 후 식기세척기를 돌려놓고 고헤이는 멍하니 TV 뉴스를 봤다. 거실의 2인용 소파에 눕는 것이 고헤이의 지정석이다. 아들 가케루는 바닥에 다리를 쭉 뻗고 앉아 있다. 초판 발행 부수가 줄었다는 충격에서 헤어 나오지 못하고 있는 고헤이는 좀 짜증스러운 말투로 말했다.

"가케루, 왜 수업 참관 때 손 안 들었어? 다른 애들은 다들 손 들던데."

또랑또랑한 얼굴을 한 초등학교 4학년생은 TV를 보면서 말했다.

"평소 수업 때는 손 안 들면서 부모가 왔을 때만 멋지게 보이려고 손 들고 그러는 게 싫어서. 설마 그런 게 멋지다고 생각하는 거야?"

얘기를 들어보니 납득이 갔다. 작가에게는 어딘가 비뚤어진 심사가 꼭 필요하다. 세상 모든 사람이 보고 있는 것을 일부러 안 본다. 독특한 세상을 풀어놓기 위해서 빼놓을 수 없는 요소다. 이 아이에게도 자신의 비뚤어진 심사가 유전된 걸까.

"맞다, 책은 읽고 있니?"

가케루는 지겹다는 표정을 지었다. 아버지의 직업에 대한 반발인지 이유는 알 수 없지만 가케루는 책을 지독히 싫어한다.

"독후감에 필요한 것만 읽어. 칫치는 재미있을지 모르지만 나는 책이 재미없어."

그 대신 가케루는 그림 그리기를 좋아한다. 미술대학을 졸업한 엄마를 닮았을지도 모른다. 거실 중앙에 놓인 유리 탁자 위에는 A4 복사 용지가 다발로 놓여 있다. 교정지의 이면지다. 거기에 세 마리의 용이 약동하고 있다. 4B 연필로 그려진 그림은 유치원을 다니던 가케루에게 고헤이가 매일 밤 들려주던 동화 속 내용이다. 붉은 용은 레드곤. 푸른 용은 블루곤. 오렌지 용은 오레곤. 각각 고헤이와 가케루와 히사에가 키우고 있는 애완용 드래곤이다. 세 명의 가족과 세 마리 용의 모험 이야기는 어린 남자아이가 좋아할 만했다. 그 이야기를 가케루는 누가 시키지도 않았는데 만화로 만들고 있다. 즐긴다기보다도 열중하고 있다는 표현이 맞을지도 모른다. 정신없이 몇십 장씩 그리는 날도 있다.

머리에 작은 티아라를 쓰고 있는 드래곤을 발견한 고헤이는 가슴속에 무거운 돌이 던져진 느낌이 들었다. 가케루의 만화 속에서는 오렌지 드래곤도 히사에도 건강하게 살고 있다.

"그거, 오레곤이지? 가케루는 새엄마가 있었으면 좋겠어?"

남자아이는 손을 쉬지 않으며 말했다.

"어느 쪽이든 상관없어. 칫치 좋을 대로 해. 하지만 누가 우리 집에 오든 나한테 마맛치는 한 명뿐이야."

칫치와 마맛치. 가케루가 유치원에 들어가기 전부터 나와 히사에를 부르는 별명이다. 이 아이와 단둘이서 앞으로 10년 이상이나 같이 살아가야 한다. 그걸 생각하면 정신이 아득해진다.

그때도 나는 전업 작가로서 일을 계속하고 있을까. 데뷔하고 10년이 지났지만 고헤이의 불안은 조금도 사라지지 않았다.

"제148회 나오모토상 수상자는 네코야마 에리카 씨로 결정되었습니다."

TV 아나운서가 차가운 미소를 띠며 원고를 읽고 있다. 영상은 바로 기자회견장으로 바뀌었다. 아직 대학생처럼 보이는 작가 옆에는 청색 정장을 입은 오카모토가 앉아 있었다. 낮에 미팅을 한 사람을 TV에서 보니 미묘한 기분이 들었다. 네코야마 에리카는 인기도 있고 실력도 갖춘 젊은 작가다. 이번 수상으로 『고양이 손 호텔』은 단번에 10만 부가 증쇄될 것이다.

한 권에 1,500엔이라고 하면 작가 몫인 인세가 10퍼센트니까 그것만으로 1,500만 엔이나 된다. 축하해야 할 일을 보며 돈 계산을 하고 있는 자신이 참 비참했다. 증쇄를 못 하는 고헤이의 단행본은 이제 초판도 7,000부로 전락했다. 발행 부수가 줄면 정가가 높아지므로 한 권에 1,800엔이 될 것이고 그러면 인세는 26만 엔이 된다.

소설 전문 잡지의 원고료―이것은 경력에 따라 제각각이지만 고헤이의 경우 원고지 장당 5,000엔 정도다―와 단행본 인세, 3년 후의 문고판 인세. 그것이 작가 수입의 대부분을 차지했다. 한 작품을 세 번 돌리지 않으면 생활이 안 된다. 몇 번이고 계산해봤기 때문에 숫자는 금방 튀어나왔다.

『텅 빈 의자』의 경우 원고료가 240만 엔, 거기에 단행본 인세가 추가되고 덤으로 문고판 2,000부의 인세가 권당 500엔 정도니까 문고판 인세는 100만 엔이다.

총 466만 엔.

물론 여기서 세금과 취재에 든 경비와 자료비를 제한다. 1년간 연재하고 한 달간 교정지를 손보는 비용으로 비싼 것인지 싼 것인지 모르겠다. 아는 것이라고는 죽을 둥 살 둥 글을 써서 1년에 책 두 권을 내는 고헤이의 연 수입이 같은 나이 대의 회사원과 별반 다를 게 없다는 것이다. 대학 시절 친구 중에 월급을 많이 받는 금융계나 언론계에서 일하는 녀석보다는 훨씬 적다.

그들은 복리 후생이 확실히 보장된 대기업 사원이다. 작가는 언제 일이 없어질지 모르는 비정규직, 자유의 정점을 찍는 직업이다. 보통 비정규직은 회사원보다 두 배에서 세 배 정도 더 많이 벌어야 겨우 회사원과 같은 생활을 할 수 있다고 한다. 그런 의미에서 고헤이는 분명 이 사회의 루저다.

작가 세계는 양극화 사회 중의 양극화 사회다. 베스트셀러 작가는 1년에 수억 엔의 수입을 올리기도 한다. 하지만 그런 인기 작가는 극소수로 거의 작가 대부분은 고헤이처럼 입에 풀칠하기 위해 필사적이다. 예술 세계에서 살아가는 건 어떤 분야든 힘들고 험난하다.

고헤이는 아이 때부터 책을 좋아했다. 좋아하는 소설을 쓸 수 있다는 것은 더 바랄 수 없을 정도로 멋진 일이다. 이제 아주 조금이라도 좋으니까 책이 더 팔려서 생활에 여유가 생긴다면 이보다 더 좋을 순 없을 텐데. 이 가구라자카의 아파트에는 앞으로 갚아야 할 주택대출이 20년이나 더 붙어 있고 가케루가 대학 졸업할 때까지는 12년이나 더 기다려야 한다. 마비라도 된 듯 얇은 TV 화면을 응시하고 있는 작가의 머릿속에는 수많은 숫자가 쓸쓸하게 미쳐 날뛰고 있다.

슬슬 목욕이라도 할까 하고 고헤이는 소파에서 일어났다. 그때였다. 탁자 위에 둔 휴대전화가 마치 화가 난 듯 울리기 시작했다. 발신인을 보니 작가이자 친구인 가타히라 신노스케였다.

"어이, 고헤이. TV 봤어?"

역사소설가의 굵은 목소리 뒤로 북적거리는 사람들의 인기척이 느껴졌다.

"아~ 나오모토상 말이야? 이번엔 꽤 젊더라."

"진짜 그렇지? 우리도 어영부영하다가 중견작가 다 됐어."

신노스케는 역사소설 시리즈를 문고판으로만 내고 있다. 1년에 스무 권 정도 내고 있다. 섬뜩할 정도로 무시무시한 필력과 체력이다.

"소와레에서 마시고 있는데. 안 올래? 문예지 마감 끝났지?"

소와레는 엔터테인먼트계 작가들이 모이는 긴자의 문단 바다. 엄청난 미인 종업원이 있는 건 아니지만 가격도 그럭저럭 부담이 없어 편하게 갈 수 있는 가게다. 문예지의 수정본도 벌써 보냈다. 10시가 되면 가케루도 잘 것이다.

"알았어. 또 누가 있어?"

신노스케의 취한 목소리가 갑자기 여자로 바뀌었다.

"마리아예요. 고헤이 씨와 이소가이 씨만 오면 아오노 모임 멤버가 전부 모이는 거랍니다. 빨리 오세요."

아오노 모임은 같은 해 데뷔한 작가 여덟 명의 친목회다. 그렇다고 해서 시종일관 소설에 관한 것만 논하지는 않는다. 평상시에는 바에서 술을 마시며 이런저런 출판계 정보를 교환하거나 불만을 토로하는 느슨한 관계의 모임이다.

"알았어. 잠깐만. 물어볼게."

마리아가 환하게 웃었다.

"좀 그러면 가케루도 데리고 와요. 좋은 사회 경험이 될 테니."

야마자키 마리아는 숨이 막힐 정도의 사랑을 그리는 연애소설을 쓰고 있다. 나이는 고헤이와 같다. 여성 독자가 많으며 아오노 모임의 첫 번째 나오모토상 수상자다. 고헤이가 보기에는 재능과 운과 돈 모두를 가진 것 같은데 왠지 연애만은 실패의 연속이다. 신기한 것이 작가 중에는 무조건 행복한 사람은 없는 듯하다. 10년간 작가질을 해왔지만 고헤이는 그런 작가를 만난 적이 없다.

그림을 그리고 있는 가케루를 쳐다봤다. 가케루는 이쪽을 쓱 쳐다보더니 4B 연필을 놓았다.

"나는 잘 테니까 칫치는 긴자에 가. 내 걱정 말고. 어른들끼리 할 얘기가 있잖아."

저녁 외출이 잦은 고헤이의 입버릇이었다. 실제로 작가와 편집자의 미팅은 거의 저녁에 있다.

"고헤이, 여기. 다들 기다렸어."

가타히라 신노스케의 굵은 목소리가 들려서 아오다 고헤이는 그리 넓지 않은 소와레를 둘러봤다. 한밤중의 저녁 하늘 같은 군청색 카펫과 같은 색의 소파. 벽은 직사각형의 얇은 거울로 둘러쳐져 있다. 앉으면 5만 엔이라는 긴자의 일류 클럽에 비하면 그리 호화로운 인테리어도 아니다. 아오노 모임의 멤버가 구석에 있는 소파에 모여 있을 뿐 다른 손님은 보이지 않았다.

"아오다 씨, 어서 오세요. 가케루는 잘 지내죠?"

종업원인 쓰바키가 고헤이의 코트를 받아 들었다. 쓰바키는 서른셋이다. 어깨를 드러낸 파란색 새틴 드레스를 입고 염색하지 않은 머리카락을 높게 묶고 있다. 바 종업원으로서는 이미 전성기를 지난 나이였다. 몇 번인가 가케루와 같이 밥도 먹은 적이 있다. 바 종업원와 작가는 내일을 알 수 없는 비정규직이라는 공통점이 있다. 고헤이가 소파 한끝에 앉자 오누키 마사아키가 말했다.

"다음 나오모토상은 이 아오노 모임에서 받을까?"

오누키는 첨단 정보로 가득 찬 비즈니스소설을 쓰고 있다. 컨설팅 회사에 다니던 시절에 입던 정장을 작가가 된 지금도 입고 있다.

"뭐, 나와 신노스케에게는 전혀 상관없는 얘기지만."

오누키의 소설은 비즈니스계 출판사에서 출판하고 있다. 지금껏 그 회사의 책이 나오모토상의 후보로 오른 적은 단 한번도 없었다. 가타히라가 밝게 말했다.

"난 문고판이니까 처음부터 수상 대상에서 제외야. 속 편하게 구경하는 거지."

가타히라는 역사소설과는 어울리지 않게 스포티한 가죽 블루종을 입고 있었다. 외국 배우로 착각할 정도로 윤곽이 뚜렷하고 단정한 얼굴을 하고 있으며 볼에는 깨소금처럼 수염이 흐드러지게 나 있다. 가타히라가 쓴 문고판 역사 추리소설 시리즈『술꾼 도신 세이노스케』는 각 권 30만 부를 돌파하는 등 대히트를 쳤으며 자료를 잘 살린 두뇌형 역사소설을 쓰고 있다는 평을 받고 있다. 블루종은 별것 아닌 듯 보이지만 한 벌에 30만 엔이나 하는 던힐의 가죽 제품이다.

"그런 이유라면 나도 마찬가지입니다."

미스터리 작가인 에라리 도시히코가 창백한 얼굴로 말했다. 늘 얼굴색이 좋지 않은 것은 신경질적이고 생각이 많아서다. 끔찍할 정도로 따지기를 좋아하고 집념이 강하므로 절대로 논쟁을 해서는 안 되는 상대다. 젊은 여성 편집자를 상대로 따지고 들어 몇 번이나 울린 적이 있다고 한다.

"본격적으로 트릭을 중시한 새로운 스타일의 작품은 융통성 없는 나오모토상에서는 문학으로 취급도 못 받으니까요. 세상을 뒤흔들 만큼 뛰어난 아이디어라도 인간을 그리고 있지 않으면 아예 거들떠도 안 보잖아요."

나오모토상은 엔터테인먼트계 문학상이지만 새로운 스타일의 미스터리나 SF, 비즈니스소설에는 냉담했다. 과거 수상작을 보면 확연히 알 수 있다. 논리파 미스터리 작가가 말했다.

"그러면 남은 사람은 하드보일드인 하나부사 겐지, 아니면 정통 SF가 아닌 유머 미스터리의 하세가와 아이, 아니면 정통 현대 소설의 아오다 고헤이, 그리고……."

에라리 도시히코는 소파 끝에 앉아 있는 대학생 같은 남자에게 슬쩍 눈길을 주었다. 청바지에 청색 점퍼를 입은 남자가 저녁의 긴자에는 어울리지 않는 차림으로 싱글벙글 웃고 있다.

"분류 불가능한 이소가이 히사시, 이렇게 네 명밖에 안 남네. 나는 아오다 씨나 이소가이에게 가능성이 있다고 생각합니다."

이소가이는 극단적인 초기 설정으로 사실적이고 감정이 풍부한 인간 드라마를 그려내는 기발한 재주가 있다. 젊은이들 사이에서 인기가 많지만, 과거 나오모토상의 후보에 올랐을 때 사실성이 결여된 판타지라는 평가를 받아 수상을 못 했다. 이소가이는 미소를 지우지 않고 말했다.

"뭐, 언젠가는."

스물네 살에 데뷔했으니 10년이 지나도 여유가 있는 거겠지. 게다가 책도 변함없이 잘 팔리고 있는 듯했다. 올해도 잇달아 영화화되어 개봉을 기다리고 있다.

고헤이는 알코올 맛이 옅은 미즈와리를 마시다가 눈을 동그랗게 떴다. 왜 자신이 인기와 실력을 겸비한 젊은 작가 이소가이와 비교당하는 것일까. 의미를 알 수 없었다. 10년 전에 같이 데뷔한 동기 사이에서는 고헤이에 대한 평가가 이해할 수 없을 정도로 높다. 역시 데뷔작의 이미지가 강렬했나보다. 아무 말도 하지 않고 듣기만 하던 유일한 나오모토상 수상자 야마자키 마리아가 입을 열었다.

"나도 동감. 이소가이의 참신함과 센스, 고헤이의 완성도 높은 페이소스. 있잖아, 우리 내기 안 할래? 한 계좌에 10만 엔. 맞힌 사람이 다 먹는 걸로."

"잠깐만."

고헤이가 끼어들었다. 실제로 편집자들과 서점 직원들이 나오모토상 수상자를 두고 작은 토토칼초(이탈리아의 축구 복권-옮긴이)를 벌이고 있다. 1년에 두 번 있는 책 축제다.

"그런 건 본인이 없는 곳에서 해주라."

야마자키 마리아는 종업원 저리 가라 할 정도로 화려한 원피스를 입고 있었다. 고헤이와 나이가 같으니 거품 경제 시절을 약간 맛본 세대다. 헤어스타일은 그때부터 변함없이 머리 아랫부분만 컬을 넣은 소바주 스타일이다.

"그건 안 돼. 고헤이도 걸어야 하니까. 누구한테 걸 거야?"

결과는 이소가이 히사시가 다섯 표로 단연 1위였다. 그다음으로 고헤이가 두 표, 하나부사 겐지가 한 표였다. 여자를 좋아하는 하나부사의 표는 본인이 자신에게 넣은 것이었다. 가타히라가 결과를 쓴 컵 받침을 블루종 안주머니에 챙겨 넣었다.

"언제가 될지는 모르지만, 이 돈으로 누군가의 나오모토상 수상 기념 2차를 할 수 있게 되면 좋겠어."

"동감. 순서대로 돌아오니까 언젠가는 타겠지."

그렇게 말하는 마리아는 역시 수상자다웠다. 후보로 거론된 적도 없는 고헤이에게 문학상 따위는 꿈속의 꿈이었다. 저도 모르게 속내를 내뱉고 말았다.

"그것보다도 오늘 에이슌칸 편집자와 미팅이 있었어. 다음 책부터 초판 발행 부수가 줄어든다네. 드디어 7,000부라고. 이제 더 물러설 곳도 없어."

화기애애하던 분위기가 갑자기 심각해졌다. 하드보일드 하나부사가 말했다.

"우리들이 데뷔하고 나서부터 출판계 상황이 점점 안 좋아졌지. 지금은 무명의 신인 데뷔작은 4,000~5,000부 발행이 당연한 일이 되었다니까."

인세를 계산할 필요도 없다. 그래서는 전업 작가로 생활을 할 수 없다. 에라리는 은테 안경을 고쳐 쓰면서 말했다.

"반품률이 40퍼센트에 가깝다지, 아마. 일본에서 1년에 인쇄되는 몇억 부나 되는 책의 절반 가까이가 그대로 출판사 창고로 돌아가서 자고 있으니까. 생각해보면 끔찍한 자원 낭비라서 경제적으로도 좋을 게 없어."

책은 위탁 판매로 팔리지 않으면 출판사로 반품된다. 고헤이는 자신의 책이 거대한 창고 깊숙이 먼지가 쌓인 채 처박혀 있는 것을 상상해봤다. 책의 무덤에는 지금까지 쓴 열네 권 모두가 빛바랜 채 잠들어 있을 것이다. 손에 들고 있는 신작 원고를 읽는 것이 갑자기 저주스러워졌다. 같은 결과가 기다리고 있을 뿐이다. 미즈와리의 알코올이 식도를 자극해서 아프다. 갑자기 야마자키 마리아가 말했다.

"고헤이는 괜찮아. 틀림없이 괜찮을 거야."

이유 없는 기대와 칭찬에 고헤이는 질릴 대로 질렸다.

"뭐가 괜찮다는 거야. 10년간 계속 '다음은 네 차례다, 다음은 네 차례다'라는 말을 들어왔다고. 이제 미래에 기대를 거는 데 지쳤어."

야마자키 마리아의 시선이 날카로웠다.

"잠깐만. 나는 고헤이 작품의 사생팬이라고. 「소설 호쿠토」의 『텅 빈 의자』, 그건 진짜 대단했어. 이번 나오모토상의 수상작과 비교해도 하나도 안 꿀려."

가타히라도 툭 한마디 던졌다.

"아~ 그 죽은 아내 얘기 말이지. 날 막 울게 만들더라."

평소에는 전혀 감상적인 모습을 보이지 않는 역사소설가다. 아오노 모임 멤버들은 다들 고헤이의 아내 히사에게 시고가 났을 때의 일을 기억하고 있다.

"저는 팔릴지 안 팔릴지 그런 거 모릅니다."

신세대의 기수라고 불리는 베스트셀러 작가 이소가이가 담담하게 말했다.

"저도 『텅 빈 의자』는 아오다 씨의 돌파구라고 생각합니다. 팔릴지 어떨지는 아무도 모릅니다. 하지만 좋은 책을 연발하는 작가는 언젠가 반드시 히트를 칩니다. 저도 『손바닥 호수』 전의 책은 초판 부수가 7,000부였습니다."

『손바닥 호수』는 이소가이의 첫 대박 작품으로 영화로도 만들어진 출세작이다. 마리아가 말했다.

"지금 할 수 있는 최선을 다하고 결과를 기다린다. 작가가 할 수 있는 일은 그것뿐이지 않을까?"

# 5

"하지만 귀찮아. 책 쓰는 건 좋지만 그때마다 억지로 수상 레이스에 참가하게 되니까."

이소가이 히사시는 될 대로 되라는 식으로 내뱉었다. 이소가이는 젊지만 이미 나오모토상 후보에 세 번이나 올랐다.

"어이, 히사시. 배부른 소리 하지 마."

역사소설가인 가타히라 신노스케였다. 입은 웃고 있지만 눈은 진지하다.

"넌 가끔 사람을 둔기로 뒤통수 때리고 싶게 만들더라."

열 살 이상 나이가 많은 작가에게 협박 비슷한 말을 들어도 이소가이는 그저 웃기만 했다. 야마자키 마리아가 말했다.

"배부른 소리일지도 모르지. 하지만 난 이소가이의 기분을 알 것 같아. 상을 받는다고 해서 작품 속 글자가 바뀌는 것도 아니고 작품이 좋아지는 것도 아니잖아. 대부분의 작가들이 상이나 인세 때문에 글 쓰는 거 아니잖아. 한 글자씩 말을 채워가는 건 말이야, 진짜 비효율적이라고 봐. 비효율성을 따지자면 최고일 걸. 그렇게 고생해서 돈 되는 일이라면 얼마든지 있을 거야."

마리아 말이 맞다. 글을 쓴다는 것은 끝이 보이지 않는 중노동이다. 고헤이는 멍하게 벽의 거울에 비치는 자신의 얼굴을 쳐다봤다. 어느새 나이를 먹어버렸다. 소설의 불가사의한 점은 아무리 책을 많이 써도 절대로 다음 책을 쓰는 게 편해지지 않는다는 것이다. 사람들은 작가는 새 작품을 쓸 때마다 전 작의 한계를 극복할 것이라고 기대한다. 작가의 일상은 일에 대한 불안과 긴장으로 점철되어 있다. 평범한 회사원이라면 마흔 살에 중간 관리직으로 승진한다. 현장에서 벗어나서 편해진들 전혀 이상하지 않을 나이다. 그렇지만 작가에게는 부하가 존재하지 않으며 언제나 혼자서 현장을 진두지휘한다. 그야말로 죽을 때까지 현역이다.

"오~ 마리아 씨, 그거 정답이야. 하지만 아무리 고통스러워도 넌더리 나지 않고 그래도 써진다는 거지, 소설이란 게 말이야."

애니메이션의 등장인물 같은 목소리는 SF 작가인 하세가와 아이의 특징이다. 집의 옷장은 만화나 게임의 코스프레 의상으로 가득 차 있다고 한다. 나이는 알 수 없지만 30대 후반이 틀림없다. 미니 마우스가 큼지막하게 프린트된 운동복은 긴자의 클럽에 조금도 어울리지 않는다. 쓰바키가 유리잔에 미즈와리를 만들며 말했다.

"나는 선생님들 일이 너무 부럽더라. 아무것도 없는 곳에서 이야기를 만들어내고 읽는 사람의 마음을 감동시키는 일이잖아요. 나이 먹었다고 일 못 하는 것도 아니고."

그러자 가타히라가 한마디 던졌다.

"독자는 내 문고판 책 읽고 감동 따위 안 해."

쓰바키는 응석받이를 달래듯 유리잔을 돌리며 말했다.

"심심풀이면 어때요? 30만 명이나 되는 독자가 매월 신노스케 선생님의 책을 즐겁게 기다리고 있잖아요."

고헤이는 무심코 한 권에 650엔 하는 문고판 인세를 계산할 뻔해서 허둥지둥 머릿속에서 브레이크를 걸었다. 소중한 것은 그런 숫자 속에는 존재하지 않는다. 역사소설가는 기분이 나쁘지는 않은 것 같았다.

"뭐 그렇지. 쓰바키, 좋은 말만 골라서 해. 오늘 하룻밤만 나와 있어주면 원하는 건 뭐든지 다 사줄게."

베테랑 종업원은 고헤이를 슬쩍 쳐다보고 환하게 웃었다.

"그럼, 쓰키지에 아파트 사줘요."

"하룻밤에 아파트는 아니다."

군청색 소파에 앉아 있던 공통점이라고는 전혀 없는 여덟 명의 작가들은 다 같이 웃었다.

고헤이는 내일 아침 준비도 해야 해서 먼저 가게를 나서기로 했다. 쓰바키가 고헤이의 코트를 들고 카운터 앞에서 기다리고 있었다. 쓰바키는 고헤이에게 다가와 작은 목소리로 속삭였다.

"요즘 가케루가 메일로 학교에 대해서 이런저런 얘기를 해요. 걱정되니까 얘기 좀 들어주세요."

가케루가 그런 일을 하고 있었다니. 하나뿐인 열 살짜리 아들은 긴자의 바 종업원과 메일 친구가 되어 있었다.

"마감도 끝났으니 이야기해보지. 미안해, 늘 신세를 지네."

그때 소와레의 명물 마담이 들어왔다. 흥망성쇠가 심한 긴자에서 20년 이상 가게를 운영하고 있는 소메코 마마다. 작고 마른 몸에 어깨를 드러낸 진홍색 드레스를 맵시 있게 차려 입고 얼굴에는 전차의 장갑판 정도로 두꺼운 화장을 하고 있다.

"마마, 늘 신세 많이 지고 있습니다."

마담은 고헤이 같이 인기 없는 작가에게는 언제나 원래 가격의 절반 정도만 청구한다. 문단 바에는 작가를 키운다는 프라이드가 지금도 남아 있다. 소메코 마마는 컬컬하고 탁한 목소리로 말했다.

"아오다 씨가 나오모토상 타면 배로 받아낼 거야."

쓰바키가 미소를 지었다. 고헤이가 문을 열려고 하는데 등 뒤로 말을 걸었다.

"저도 『텅 빈 의자』 무척 좋다고 생각했어요. 아까 선생님들의 칭찬은 당연한 거예요. 아오다 선생님, 힘내세요. 파이팅, 좋은 책!"

고헤이는 가로수 길을 따라 지하철역을 향해 걸었다. 고급 브

랜드숍의 쇼윈도에는 고헤이가 절대로 살 수 없는 고가의 손목시계나 옷들이 눈부시게 빛나고 있다. 볼에 닿는 한겨울의 북풍이 그다지 차갑게 느껴지지 않았다. 마음 편하게 불평불만을 말할 수 있는 동기 작가들이 있어 좋았다. 제대로 책을 읽을 줄 아는 문단 바의 종업원에게 칭찬을 받아서 좋았다.

마감은 했지만 내일부터는 새로운 일을 시작해야 한다. 고헤이는 개찰구로 통하는 계단을 가볍게 뛰어 내려갔다.


오늘 아침은 서양식이다. 치즈 오믈렛에는 케첩 대신 대량으로 만들어서 냉장고에 넣어둔 라타투이를 곁들였다. 수프는 고헤이의 특기를 살려 미네스트로네로 샐러리를 많이 넣어 끓였다. 고헤이는 졸린 얼굴로 토스트를 먹는 가케루에게 별것 아니라는 듯 말을 걸었다.

"어제 저녁에 쓰바키 씨 만났어."

초등학교 4학년생 아들은 별 반응이 없었다.

"쓰바키 씨한테 들었어. 요즘 둘이서 학교에 대해 이야기한다며? 무슨 일이 있으면 칫치한테도 말해줘."

금방 지고 일어나서 머리가 헝클어진 채 아침 뉴스를 보고 있던 하나뿐인 아들은 작은 목소리로 말했다.

"없는데."

아버지로서 속이 부글부글 끓어올랐다. 하지만 고헤이는 꾹꾹 눌렀다. 아이도 자기 나름의 생각과 감정이 있다. 억지로 마음을 열 수는 없다.

"지금 얘기할 기분이 아니면 됐어. 하지만 무슨 일 있으면 반드시 칫치한테 말하는 거다. 알았어? 누가 뭐라 해도 칫치는 가케루 편이니까."

오믈렛을 먹고 있던 가케루가 고개를 들어 고헤이를 쳐다봤다. 그러고는 순간적으로 마치 히트 앤드 런이라도 성공했다는 듯 의기양양한 미소를 띠었다.

"칫치는 좋은 아빠 역할을 하고 싶은 거지?"

미네스트로네를 먹던 숟가락이 공중에서 멈춰버리고 말았다. 갑자기 날카로운 핵심을 찌르며 들어오는 것은 제 엄마를 꼭 닮았다.

"가케루도 좋은 아들 역할을 해보면 어때? 세상에는 척하는 동안에 진짜 그렇게 되는 경우도 있으니까."

가케루는 진지한 얼굴로 잠시 생각에 잠기는 듯했다.

"알았어. 칫치. 잘 먹었습니다."

흰색 접시에 오믈렛을 절반 정도 남기고 열 살 남자아이는 식탁에서 일어났다.

그날 오후부터 고헤이는 『텅 빈 의자』를 수정하기 시작했다. 기도하는 기분으로 경건하게 손을 씻고 책상에 펼쳐진 교정지 다발을 마주했다.

(이 책이 모두가 말하듯 정말 좋은 것이길 바라며.)

작가는 자신이 쓴 책에 너무 푹 빠져 있으므로 정당한 평가를 내릴 수 없다. 고헤이의 원고 수정은 간단하다. 편집자들은 잡지 게재 원고는 나중에 고치면 된다고 말한다. 하지만 고헤이는 그 말을 곧이곧대로 믿지 않는다. 설계도 단계라면 수정이 가능하다. 하지만 일단 작품으로 문장화되어 피가 흐르기 시작하고 감정이 이입되면 수정은 정말 불가능하다. 소설은 사람의 얼굴과 마찬가지다. 눈과 코의 위치가 틀렸다고 눈을 도려내고 코를 대패로 갈아서 바꿀 수 없는 것과 같다. 어떤 소설이든 결점이 있으며 그것이 어떨 때는 매력 포인트가 되기도 한다. 대대적인 개조에는 상당한 노력이 필요하니 결국 플러스마이너스 제로가 아닐까.

그 대신 고헤이는 문장의 작은 부분은 철저하게 수정했다. 더 정확한 단어를 선택해 리듬감을 정리하고 단어 하나로 한 시간 씩이나 고민하다가 창밖을 쳐다보기도 한다.

두 시간 정도 집중했을 무렵이었다. 갑자기 테이블 위의 전화가 울렸다.

"아오다 씨입니까. 4학년 3반 담임 오가와입니다. 가케루에게 좀 곤란한 일이 생겼습니다. 지금 당장 학교로 오셨으면 합니다."

교정용 만년필을 떨어뜨리고 말았다. 피 같은 얼룩이 흰색 종이 위로 퍼져나간다.

"알겠습니다."

고헤이는 일어나서 재킷을 집어 들었다.

# 6

—

향한 그곳은 직원실 옆에 있는 보호자용 응접실이었다. 칙칙한 창문으로 겨울 석양이 들어왔다. 낡은 천 소파는 허릿심이 빠져서 앉아 있기가 불안할 정도다. 몸이 쑥 하고 소파 속으로 묻혀버려서 등을 쭉 펴고 있기가 힘들다. 하지만 그렇다고 마치 뭐라도 되는 듯 등을 뒤로 젖혀서 앉아 있을 수도 없다. 고헤이는 탁자 맞은편에 앉은 담임교사에게 고개를 깊이 숙였다.

"가케루가 심려를 끼쳤습니다."

하나뿐인 아들은 고헤이 옆에서 아무렇지도 않은 표정을 짓고 있었다. 4학년 3반 담임인 오가와 유코가 난처한 표정을 지어 보였다.

"가케루가 휘두른 각도기가 가사이의 얼굴에 맞아서 코피가 나버렸습니다."

체육복을 입은 약간 통통한 교사의 표정이 심각해졌다.

"칠판에 대고 사용하는 큰 나무 각도기입니다. 자칫 잘못했더라면 아주 심각한 사태가 벌어졌을 겁니다."

한숨밖에 나오지 않았다. 가케루를 힐끗 쳐다봤지만 무표정하게 정면만 바라보고 있을 뿐 눈을 맞추려고도 하지 않았다.

"가케루에게 사고였냐고 물었더니 아니라고 합니다. 일부러 그랬다고. 하지만 왜 그랬는지 이유를 물어도 말을 안 합니다. 아버님께서 집필로 바쁘시다는 건 잘 알고 있습니다만 어쩔 수 없이 이렇게 모시게 되었습니다."

고헤이가 작가라는 사실은 초등학교에서 유명했다. 아무래도 교사는 아이들 부모의 직업에 관심이 많은 듯하다. 벌써 둘이서만 산 지 3년이나 되었지만 고헤이는 가케루가 폭력을 휘두르는 것을 본 적이 없었다. 게다가 학급 친구에게 코피가 났는데도 아무렇지도 않다는 표정이다. 반성하는 기색도 없다. 뜻밖의 일로 아들의 또 다른 일면을 보게 된 것 같아 고헤이는 심장이 따끔거렸다.

"가케루, 너 정말 일부러 그랬니? 가사이와 무슨 문제라도 있었니?"

4학년 남자아이가 미간을 찡그렸다.

"아니, 가사이가……."

가케루가 말을 하려는 순간 드르륵 하고 응접실의 미닫이문이 열리는 소리가 났다.

"오가와 선생님, 도대체 어떻게 된 거죠? 3반 교실에서 무슨 일이 일어난 거냐고요. 우리 소레아가 폭행을 당하다뇨!"

긴 모피 코트를 입은 젊은 엄마였다. 머리는 빨갛고 세로로 롤 파마를 했다. 엄마 뒤에는 뒷머리만 쥐꼬리처럼 길게 기르고 다운재킷을 입은 남자아이가 숨어 있다. 콧마루에 큰 반창고가 붙어 있고 한쪽 콧구멍에는 돌돌 만 휴지가 박혀 있다. 모피를 입은 엄마는 가케루와 고헤이를 발견하고서 날카롭게 째려봤다.

"소레아, 쟤한테 맞은 거니?"

몸집이 큰 남자아이는 가케루를 발견하고서 점점 작아지더니 그저 고개를 끄덕일 뿐이었다.

"죄송합니다. 가사이 씨."

고헤이가 머리를 숙이며 사과하자 가케루가 차가운 목소리로 말했다.

"사과할 필요 없어."

응접실은 열 살 소년의 한마디로 차갑게 얼어붙었다.

"뭐 이런 애가 다 있어? 집에서 가정교육을 어떻게 시키고 계신 거예요?"

아이 엄마가 길길이 날뛰었다. 고헤이는 서재에 두고 온 신간 교정지가 그리워졌다. 아이들 일에 부모가 개입하면 갑자기 해결하기가 어려워진다. 일단 사과부터 시키자는 생각에 고헤이는 가케루의 뒤통수에 손을 댔다. 하지만 아이는 고헤이의 손을 뿌리쳤다.

"칫치, 하지 마. 이유를 알고 싶다면 말할 테니까."

가케루가 째려봤다. 고헤이는 저도 모르게 소리를 지를 뻔했다. 이 아이는 언제부터 순수함을 잃어버리고 만 것일까. 분노로 몸이 떨렸다. 담임교사가 말했다.

"아버님, 잠깐 기다리세요. 가케루의 이야기를 먼저 들어보면 어떨까요? 뭐든지 좋으니까 얘기해보렴."

가케루는 엄마 뒤에 숨은 반 친구를 뚫어지게 쳐다봤다. 말투는 상당히 어른스럽고 냉정했다.

"가사이는 우리 반의 호소야, 기무라, 요시나가를 늘 놀려요."

가케루는 잠깐 사이를 두고 다시 말했다.

"싱글, 싱글이라고."

오가와 선생님은 한숨을 쉬었다.

"아, 그랬구나."

그것만으로 상황을 다 파악했다는 듯한 말투였다. 코에 반창고를 붙인 남자아이는 엄마 뒤에서 더욱 작아졌다. 고헤이가 물었다.

"선생님, 싱글이 뭔가요?"

그러자 여자 담임교사가 주저하며 말했다.

"그 세 명은 부모님이 이혼하셔서 아버지가 안 계세요."

가케루가 모피 코트를 입은 친구 엄마를 노려보며 말했다.

"가사이는 착한 개들은 그렇게 놀리는 주제에 내게는 아무 말도 안 해요. 아버지가 작가고, 유명인이라고 특별 취급해요."

고헤이는 하나뿐인 아들의 단정한 옆얼굴을 쳐다봤다. 우리 집은 싱글 대디 가정이다. 아무래도 가케루는 아버지 직업 덕분에 특별 대우를 받는 것이 영 납득되지 않았던 모양이다.

"오늘도 기시이가 방과 후에 요시나가를 울리고 있어서 너무 화가 났어요. 정신을 차리고 보니 각도기를 휘두르고 있었어요."

빨간 머리를 한 친구 엄마는 그래도 자기 아들의 잘못을 인정하지 않았다.

"어쨌든 폭력은 절대 안 돼요. 우리 소레아가 소중한 얼굴을 다쳤잖아요."

가케루는 꿈쩍도 하지 않고 조용히 말했다.

"아이는 어른을 보고 따라 해요. 저는 가사이가 집안 어른들을 흉내 내고 있다고 생각해요. 가사이 엄마도 우리 반 애들에 대해서 걔는 엄마가 없다, 아빠가 없다고 늘 말씀하고 계신 거 아닌가요?"

가사이 엄마는 얼굴이 시뻘게지더니 화를 냈다.

"애 주제에 건방지기는."

가케루도 가만있지 않았다.

"우리 엄마는 교통사고로 돌아가셨어요. 저는 칫치와 둘이서 잘 살고 있어요. 싱글 대디의 어디가 나쁜 건데요?"

가케루의 눈에서 갑자기 눈물이 뚝 하고 흘러내렸다. 고헤이는 앉아 있기 불편한 소파에서 한 발자국도 움직일 수 없었다. 그저 가슴만 뜨거워졌다. 히사에가 죽었을 때 가케루는 겨우

1학년으로 몇 개월 동안 매일 밤 울기만 했다. 그런데 3년이 지나서 이렇게나 강해져 있다니. 고헤이는 저도 모르게 따라 울 뻔했다. 하나뿐인 아들에게 말했다.

"어떤 이유에서든 친구에게 폭력을 쓰고 다치게 만든 건 잘못한 거야. 가케루, 사과해라."

"칫치, 알았어요."

남자아이는 소파에서 일어나서 등을 꼿꼿이 세우고 머리를 숙였다.

"가사이, 미안해."

엄마 뒤에 숨어 있던 남자아이가 작은 목소리로 말했다.

"괜찮아."

오가와 선생님이 입을 열었다.

"가사이가 한 일도 언어폭력이란다. 가케루에게 사과를 하면 마음이 편해지지 않을까?"

반창고를 붙인 남자아이의 얼굴이 갑자기 밝아졌다. 그 순간 친구 엄마가 소리를 질렀다.

"무슨 말 같잖은 소리예요? 우리 애가 다쳤는데 왜 사과를 하죠? 소레아, 가자."

가사이 소레아는 엄마 손에 억지로 응접실에서 끌려 나가면서도 무슨 말을 하고 싶은 듯했다.

집으로 돌아오는 길에 고헤이는 가케루를 데리고 찻집에 갔다. 가구라자카에는 분위기가 좋은 카페가 몇 군데 있다. 창가 테이블에 앉자마자 고헤이는 손을 뻗어 가케루의 머리카락을 구깃구깃 헝클어뜨렸다.

"너도 어른이 다 됐구나. 오늘은 먹고 싶은 거 뭐든지 주문해도 돼."

가케루가 눈을 동그랗게 떴다.

"진짜? 킹사이즈 초콜릿 파르페 먹어도 돼?"

"그럼, 되지. 처음에는 어떻게 해야 하나 걱정했는데 역시 가케루는 칫치의 아들이야. 하지만 다음에 그런 일이 생기면 얼굴은 피해. 다른 곳에 적당히, 알았어?"

남자아이는 볼을 빨갛게 물들이며 웃었다.

"칫치, 고마워. 바쁜데 학교까지 와줘서. 미안해."

완만한 비탈길의 보도는 쇼핑하는 사람들로 넘쳐났다. 오늘 저녁은 가케루를 위해 뭘 만들까. 고헤이는 웨이터에게 파르페를 주문하는 아들을 바라보며 머릿속으로 메뉴판을 열었다.

# 7
—

작가로 생활하다보면 생각할 시간과 쓰는 시간이 교대로 찾아온다. 다음에 낼 책의 원고를 끌어안고 있으면서 새 연재소설도 구상한다. 고헤이가 작가가 되어 좋다고 생각하는 이유는 바로 이런 여유로운 시기가 있기 때문이다. 가장 가까운 문예지의 마감까지는 거의 2주일 반이나 되는 시간이 남아 있다. 회사원처럼 매일 아침 출근하지 않아도 되고 회의에 참석하지 않아도 되며 상사에게 보고할 필요도 없다. 누군가에게 허락을 얻을 필요도 없고 하루하루 전혀 손을 타지 않는 자유 속에서 보낸다.

『텅 빈 의자』를 수정하는 일은 집중할 수만 있다면 한 열흘만에 끝날 것이다. 아오노 모임의 동료 작가들과 독서를 좋아하는 쓰바키까지 입이 마르도록 칭찬했다. 어쩌면 이 책이 '기적의 한 권'이 될지도 모른다. 고헤이는 1년 중 가장 추운 1월 말부터

2월 초에 걸쳐서 천천히, 그리고 꼼꼼하게 원고를 수정했다.

작가는 책 한 권만 히트하면 그것으로 충분하다. 데뷔 10년 차 고헤이는 그 사실을 뼛속에 사무칠 정도로 잘 알고 있다. 출판업계 사람들만 알 정도로 지명도가 낮은 작가가 세상에 널리 알려지는 과정을 몇 번이나 목격했다. 소설 같은 예술 세계에서 성장하는 과정은 착실하게 계단 올라가듯 하는 게 아니다. 포기하지 않고 계속 쓰다보면 분명 소설의 신이 선물처럼 줄 것이다. 어떤 한 권을 경계로 작가의 창작력은 엄청나게 향상된다.

그 결과는 눈부시게 놀라운 것이다. 히트작 하나 또는 큰 문학상 수상 한 번으로 그 작가가 그동안 출판한 모든 책이 다시 움직인다. 이름이 널리 알려지고 사회적 지위까지 약속받는다. 물론 작가는 쓰고 싶으니까 쓴다. 그러나 일을 계속하는 한 대중의 인지도도 무시할 수 없다. 히트작을 못 낸 작가의 원동력은 가슴속에 웅크리고 있는 창작욕과 언젠가 찾아올지도 모를 '기적의 한 권'에 대한 집념이라 해도 될 것이다.

하지만 고헤이는 가까운 미래에 자신에게 그런 기회가 찾아올 거라고는 기대하지 않는다. 10년이나 계속 배신당하다보면 꿈도 푸슬푸슬 꺾여버리고 만다. 반 포기 반 기대라는 미묘한 심정으로 새 책을 마주하고 있었다.

두꺼운 봉투가 도착한 것은 2월 첫 번째 수요일이었다. 서적용 봉투 한쪽에는 분카슈토의 고대 문자를 닮은 로고가 박혀 있다. 또 작가 중 누군가의 증정본인가. 증쇄를 한 적이 없는 고헤이의 책일 가능성은 없다.

봉투를 뜯자 푸른 하늘이 나왔다. 빨려 들어갈 것만 같은 새파란 하늘에 떠 있는 순백의 적란운이 빛나고 있다. 이소가이 히사시가 「올 슈토」에 연재하던 『푸른 하늘의 밑바닥』의 단행본이다. 고헤이는 손에 든 순간 알아버리고 말았다. 이 책은 좋은 책이다. 작가로서가 아니라 책을 좋아하는 사람으로서 30년이나 계속 책을 읽다보면 손에 쥐기만 해도 느낌이 온다. 이미 인기 작가의 반열에 들어가 있는 이소가이 히사시는 이 책으로 더욱 더 큰 성공을 거머쥘 것이다. 그 대학생 같기만 한 작가는 얼마나 더 크게 될까.

"칫치, 오늘 저녁은 뭐야?"

방에서 숙제를 하던 가케루가 나왔다. 고헤이는 새 책을 식탁에 올려놓고 저녁 준비를 시작했다.

두반장을 살짝 넣어 매운맛과 감칠맛을 더한 아마미소에 절인 돼지고기 등심을 참기름으로 굽는다. 이 중국식 스테이크에는 식초에 절인 채소가 딱이다. 무, 당근, 양배추에 두껍고 새빨간 파프리카. 국물의 육수는 등심 스테이크의 모양을 맞출 때 잘라낸 허드레 고기로 뺐다. 소금과 맛간장을 넣어서 간을 맞추고 파의 흰색 부분과 생강을 썰어서 띄웠다. 둘이서 생활하게 된 지 3년이 된 터라 고헤이의 요리 솜씨도 꽤 좋아졌다.

"칫치, 이 돼지고기 맛있어."

가케루는 열 살이지만 이제 곧 마흔이 되는 고헤이와 거의 같은 양을 먹는다. 몸이 점점 커질 때는 깜짝 놀랄 정도로 많이 먹는다. 원고를 손보고 있을 뿐이라서 그런지 고헤이는 그다지 식욕이 없었다. 아버지와 아들의 식욕은 아이의 성장에 따라 멋지게 반비례하는 것 같다.

(나야 클 일도 없지만 이 아이는……)

최근 들어 기름진 것이 영 내키지 않는 고헤이는 약간 착잡한 기분으로 왕성한 식욕을 보이는 가케루를 쳐다봤다.

저녁을 먹은 후 고헤이는 소파에 드러누워서 이소가이 히사시의 새 책을 읽기 시작했다. 반복되는 시간의 함정에 잡힌 주인공의 눈앞에서 아내 또한 반복해서 죽어간다. 감정은 산뜻하지만 애절하며 이소가이 히사시의 지금까지의 스타일과는 다르게 문장의 세세한 부분까지 꼼꼼하게 처리되어 완성도가 높다. 기발한 재능이 있는 이 젊은 작가는 문장을 잘 쓰고자 노력하지도 않아 기막히게 멋진 묘사를 한 직후에 바로 맥 빠진 문장을 붙이기도 했다. 그런데 이번 책에서는 그런 결점이 거의 눈에 들어오지 않았다.


"칫치, 목욕 안 해?"

가케루의 말에 벽시계를 쳐다봤다. 벌써 9시가 넘었다. 읽기 시작했을 때는 누워 있었는데 어느새 소파에 앉아 있다. 고헤이는 이소가이 히사시의 새 책을 읽으면서 말했다.

"이 책 진짜 좋다. 목욕은 나중에 할게. 내일 학교 갈 준비는

다 했어?"

　소설에 빠져 있는 아버지의 모습에 가케루는 익숙해져 있다. 가케루는 냉장고를 열어서 종이팩에 바로 입을 대고 우유를 마셨다.

　"다 했어. 근데 칫치, 목욕은 먼저 하는 게 좋아. 그거 읽다가 또 밤새지 말고."

　말투가 죽은 아내를 꼭 닮았다. 가족이란 왜 이렇게나 닮아 버리는 걸까.

　"알았어. 가케루 먼저 자."

　"네~ 네~ 안녕히 주무세요."

　잠옷 차림의 남자아이가 짧은 복도를 걸어서 멀어져 갔다. 고헤이는 다시 책으로 눈을 돌렸다. 인터뷰할 때 자주 받는 질문이 있다. 소설을 쓰니까 남의 소설을 읽지 않게 되지 않느냐고. 고헤이는 그럴 때마다 이렇게 대답한다. "말도 안 됩니다, 남의 작품도 읽으면 그것대로 재미있습니다." 직접 소설을 쓰고 있는 사람이지만 고헤이에게 소설만큼 재미있는 것은 없다.

　글을 쓰는 일은 중노동이다. 정신적으로도 육체적으로 엄청난 에너지를 소모한다. 얼마나 고생해서 쓰는지 알기에 다른 작가의 책을 읽는 것이 너무나 재미있다. 이야기가 잘 풀리면 박수를 보내고 싶어지고 꼬이고 있으면 저도 모르게 그만 동정하게 된다. 자신도 언제 똑같은 실수를 할지 알 수 없다. 창작은 안전망이 없는 외줄 타기다. 프로 작가가 되고 나서는 다른 동업자의 작품을 보는 눈이 분명 이전보다 훨씬 너그러워졌다. 아미추어 독자처럼 한마디로 작품을 평가하거나 작가의 인격을 부정하는 난폭한 비판을 할 수 없게 되었다. 고헤이는 글 쓰는 쪽의 인간이 되면서 읽는 사람으로서도 조금 성숙해지지 않았나 하고 스스로를 평가했다.

『푸른 하늘의 밑바닥』을 읽기 시작했을 때는 드러누워 있었는데 다 읽었을 때는 소파에 정좌를 하고 있었다. 한 권의 책에 그만큼의 진지한 힘이 있었다. 벽시계의 바늘은 새벽 1시를 지나고 있었다.

절반 정도 읽었을 때 고헤이는 알아차렸다. 이 작품의 설정은 자신의 가족과 상당히 닮아 있었다. 사고로 몇 번이나 죽어버린 아내와 남겨진 남편과 아이. 상세한 부분은 전혀 다르지만 상황은 같았다.

아버지와 아들 둘만의 이야기에서 이소가이는 마지막에 두려운 선택을 제시한다. 반복되는 시간의 함정을 빠져나와 아내의 생명을 구하려면 아이의 존재를 미래로부터 지워야 한다. 시간의 패러독스를 넘어도 생명의 숫자는 변하지 않는다. 아이를 선택할까, 아내를 선택할까, 푸른 하늘의 밑바닥에 있는 시간 관리실에서 주인공은 선택하게 된다. 이소가이 히사시가 준비한 것은 궁극의 자기희생이었다. 아내와 아이의 미래를 선택한 주인공은 영원히 고독한 시간 관리인이 된다.

고헤이는 감동했다. 좋은 책을 읽은 후에 찾아오는 마음의 지평선이 넓어지는 듯한 감각에 사로잡혔다. 그러나 동시에 상당히 마음이 혼란스러웠다. 이 설정은 자신도 떠올릴 수 있었다. 무엇보다 이야기가 자신의 집안 상황 그 자체 아닌가. 그런데도 자신은 이 정도로 멋진 작품을 쓸 수 없었을 것이다, 분명히.

고헤이는 거실 소파에 정좌를 한 채 우두커니 있었다. 젊은 작가에 대한 질투를 마음속에서 떨쳐낼 수 없다. 그것이 너무나 괴로웠다. 재능도 센스도 책 판매 부수로도 도저히 이길 수 없다. 질투의 검은 연기로 가슴을 태우면서 고헤이는 어기적어기적 욕실로 향했다.

## 8

다음 날부터 고헤이는 더 이상 신간 『텅 빈 의자』의 수정 작업을 할 수 없었다. 자신이 쓴 문장의 흠에만 눈이 가서 계속 읽고 수정하기가 너무 괴로웠다. 문장 속의 '책상'이라든지 '기쁨'이라든지 그런 간단한 단어 하나조차도 눈에 거슬려서 견딜 수가 없었다. 여기에 등장하는 '연필'은 정말로 '연필'로 좋은 것일까. 만년필, 볼펜, 샤프펜슬이 아니라 연필인 이유는 어디에 있을까. 모든 단어를 의심하기 시작하자 문장을 읽는 것이 불가능해졌다. 원고 수정 작업은 절반 정도 지점에서 완전히 멈추고 말았다. 이대로 신간을 낼 수는 없다.

고헤이는 혼자서 고민했다. 평상시 같으면 아오노 모임의 동료 작가들과 잡담이라도 해서 우울함을 걷어냈겠지만 이번에는 다르다. 이소가이 히사시의 신작을 질투해서 일을 할 수 없게 됐다고는 입이 삐뚤어져도 말할 수 없다. 싫다.『텅 빈 의자』의 담당 편집자인 오카모토 시즈에에게 못난 소리를 들어달라고 해도 되겠지만 초판 발행 부수가 8,000부에서 7,000부로 삭감되어 충격을 받은 이후로는 거의 연락하지 않고 있다. 문예 편집자들은 다들 혼자서 20~30명의 작가를 담당하고 있어서 너무 바쁘다. 자신과 같이 인기 없는 작가와 전화로 이야기하는 것은 편집자의 귀중한 시간을 빼앗는 일일지도 모른다. 냉철하게 생각하면 그런 거리낌은 단지 피해망상에 지나지 않을 것이다. 그러나 작가의 상상력이란 창작에서는 긍정적으로 작용하지만, 자신감을 상실한 상태에서는 끝없이 부정적으로 작용한다.

고헤이는 2월 중순의 한 1주일 동안을 우울하게 보냈다. 그렇게나 좋아하는 소설조차 읽을 수 없을 정도가 되었고 신간 교정지는 손도 못 댄 채 그대로 두었다. 가구라자카의 비탈길 위에 있는 슈퍼에 갈 때 말고는 거의 외출도 하지 않고 집에 박혀 있었다. 아침과 저녁 식사 준비, 오전 중의 청소, 저녁의 세탁. 기계처럼 아버지로서의 일만을 반복하고 그 외 시간에는 드러누워 뒹굴거렸다. 겨울의 막바지는 너무 추웠고 봄이 찾아올 기색도 보이지 않았다. 마음 밑바닥까지 얼어붙어 버려서 두 번 다시 소설을 쓸 수 없게 될지도 몰랐다. 작가로서 살 수 없을지도 모른다는 근원적인 공포에 괴로웠다.

그러나 고헤이에게는 열 살이 되는 하나뿐인 아들 가케루가 있고 아파트 주택대출도 남아 있다. 이제 곧 마흔이니 작가 이외의 일을 찾기는 어려울 것이다. 다른 길로 바꿀 수도 없고 되돌아갈 수도 없는 상태다. 고헤이는 이러지도 저러지도 못한 채 누구에게도 털어놓을 수 없는 울적함과 답답함을 가슴속에 안고 있었다.

한 주가 지났지만 고헤이의 기분은 여전히 그대로였다. 그러나 편집자와 미팅 약속이 있어서 화요일에는 거리로 기어 나왔다. 미팅 장소는 신주쿠 3초메에 있는 찻집이다.

"오랜만입니다."

이전에 같이 책을 낸 적이 있는 하시즈메 고이치로다. 하시즈메는 외국 미스터리를 좋아하는 편집자로, 그가 일하고 있는 돗포기획은 규모는 크지 않지만 가끔 문학 부문에서 히트 작품을 낳는 중견 출판사다.

"오랜만이야. 잘 지냈어?"

1년 정도 전의 일이다. 문학상 파티 뒤에 같이 술을 마시면서 새 작품을 구상한 적이 있다. 고헤이는 하시즈메가 분명 일을 의뢰하리라고 긍정적으로 생각하고 있었다. 그러나 하시즈메는 주저주저하며 무거운 입을 열었다.

"실은 다음 달부터 문학 편집부를 떠나게 되어서."

아는 편집자들이 잇달아 다른 부서로 흩어져 간다. 회사라는 조직에 몸을 담고 있는 이상 어쩔 수 없는 일이지만 외부 사람으로서는 섭섭한 얘기다.

"그렇게 됐군. 다음 부서는 어디죠?"

"영업부입니다. 현장에서 일을 더 배우라는 뜻이겠죠. 책도 잘 안 팔리게 됐으니까요."

이번 이동이 하시즈메의 뜻이 아니라는 사실은 말투에서 알아차렸다. 붙박이창 너머로 무수히 많은 사람들이 지나간다. 신주쿠 거리를 걷는 사람은 한겨울이라도 컬러풀하다.

"그러면 우리들이 얘기한 신작은 다음 편집자가 인수인계하는 건가?"

테이블 맞은편에 앉은 편집자의 등이 더 동그랗게 말리며 몸집이 작아졌다. 얼굴에는 땀이 송글송글 맺혔다.

"아니, 그게, 저, 그러니까, 정말 죄송합니다."

하시즈메는 말을 삼키고 눈을 깔았다. 뭔가 아주 안 좋은 일이 일어날 것만 같았다. 고헤이는 각오했다.

"괜찮아. 하시즈메 씨 탓이 아니라는 거 아니까. 그래서 무슨 말을 하고 싶은 거지?"

오래 알아온 편집자는 고헤이의 눈을 뚫어지게 쳐다봤다.

"죄송합니다. 아오다 씨의 담당자는 이제 저희 회사에 없습니다. 맹렬히 반대했지만 위의 결정을 뒤집을 순 없었습니다. 그 신작 아이디어는 훌륭합니다. 지금도 그렇게 생각하고 있지만 저희 회사에서는 더 이상 출판이 어렵게 되었습니다. 오늘은 직접 만나서 사죄를 해야겠기에……."

충격이 마음 밑바닥에 도달할 때까지는 잠시 동안의 시간이 필요했다. 또 출판사에 버림을 받고 말았다. 돗포기획에는 이제 담당 편집자조차 없다. 데뷔했을 때는 열몇 개의 회사에서 연락이 왔는데 10년 동안 점점 줄어 이제 두 곳밖에 남지 않았다.

"알았어."

고헤이는 얼어붙은 미소를 지으며 어떻게든 대답은 했지만 찻집을 나올 때까지 무슨 이야기를 했는지 전혀 기억이 나지 않았다. 골든가이 골목이라도 가서 혼자 횟술을 마시고 싶었지만 돌아가야 한다. 가케루를 위해 저녁밥을 지어야 한다. 고헤이는 등을 둥글게 움츠리고서 터벅터벅 지하철역 계단으로 향했다.


"고헤이 씨?"

한밤중에 전화가 걸려온 것은 그 주가 끝날 무렵이었다. 고헤이는 죽은 듯 소파에 드러누워서 전혀 웃기지 않은 예능을 보며 자신에게 벌을 주고 있었다. 가케루는 이미 침대에 누워 있었다. 아무 말 않고 있자 또 여자 목소리가 들렸다.

"선생님, 일어나 있어요?"

드디어 알아차렸다. 긴자의 문단 바 소와레의 종업원 쓰바키다. 한숨이 나올 뻔했다.

"……응. 일어나 있어."

이보다 더 침울할 수 없을 정도로 어두운 목소리로 말했지만 쓰바키는 전혀 신경 쓰지 않는 듯했다. 생기 넘치고 통통 튀는 목소리로 돌아왔다.

"다행이다. 내일 드라이브 가기로 가케루랑 약속했는데 선생님도 같이 가는 거죠?"

금시초문이다. 도저히 주말에 외출할 기분이 아니다. 자신감이 바닥을 치고 있다. 객관적인 절대평가가 존재하지 않는 창작의 세계에서 자기 자신에 대한 신뢰를 한번 잃기 시작하면 그때부터는 바닥이 보이지 않는 암흑만이 기다리고 있을 뿐이다. 대답을 못 하고 있자 쓰바키가 말했다.

"일도 안 하고 매일 서재에서 뒹굴거리고 있다고 가케루가 메일로 그러던데요."

멋쩍은 웃음이 나오고 말았다.

"그랬군. 초등학생 아들에게 아빠 걱정을 하게 만들었네. 아버지로서 실격이야."

"왜 그래요. 좀 피곤해서 그런 거예요. 소설 쓰는 게 정신적으로 무척 힘든 일이잖아요. 그럴 때는 기분 전환이 최고죠."

어차피 토요일이라고 집에 있어본들 일 따위 할 리 없다. 하지만 고헤이는 가타부타 대답 못 하고 그저 전화기만 붙들고 있었다.

"맛있는 도시락도 만들어 갈 거예요. 요즘 가케루 데리고 외출 잘 안 하죠? 칫치가 토요일도 일요일도 계속 집에만 있다고 가케루가 슬퍼했어요."

프리랜서는 분명 자유롭기는 하지만 회사원처럼 생활의 강약이 없다는 게 결점이다. 그러고 보니 이번 겨울 들어서 가케루와 주말에 외출한 적이 몇 번이었지?

"알았어. 내일은 나도 갈게. 하지만 지금 일적으로 상황이 영 아니라서 기분이 그다지 안 좋아. 미리 사과해둘게."

전화기 너머로 번화가의 소음이 들렸다. 손목시계를 보자 새벽 1시가 지나 있었다. 일이 막 끝난 모양이다. 쓰바키가 웃었다.

"걱정 마세요. 선생님은 작가치고는 드물게 남을 배려하는 타입이니까. 기분이 나쁘다고 남한테 화풀이하고 그런 사람 아니잖아요. 우리 가게에서도 종웝원보다도 더 사람들을 챙기면서요. 그럼 내일 아침 8시에 집 앞으로 갈게요."

그리고 쓰바키는 잠시 어색한 침묵을 사이에 두더니 말했다.

"선생님, 힘내세요."

한숨 같은 목소리가 귀에 울렸다. 갑자기 끊어진 휴대전화를 고헤이는 잠시 동안 바라봤다.

# 9

—

토요일은 새벽이 오기 전부터 날씨가 좋았다. 고헤이는 거실 창문 너머로 가구라자카의 하늘이 밝아오는 것을 진절머리나는 기분으로 쳐다봤다. 잠을 잘 수 없어서 어영부영거리다가 하룻밤 사이에 DVD를 세 장이나 봐버렸다. 모두 CG나 액션이라고는 없이 소소한 재미와 정취가 느껴지는 유럽과 아시아 영화였지만 전혀 가슴에 와닿지 않았다. 다 본 후 감독이나 시나리오 작가 모두 재능이 있는 것 같아서 두려워졌을 뿐이다. 고헤이는 여전히 자신감을 상실한 상태였다.

아침 일찍 주방에서 아들을 위해 아침밥을 만들고 그 후에는 소파에 드러누워 꾸벅꾸벅 졸았다. 인터폰이 울렸을 때는 너무 놀라서 벌떡 일어날 뻔했다. 동작이 굼뜬 아버지와 달리 가케루는 재빨랐다. 가케루는 거실 주방 벽에 박혀 있는 액정 화면에 대고 씩씩하게 인사했다.

"쓰바키 아줌마, 어서 오세요. 칫치랑 바로 내려갈게요."

밤을 새서 부은 눈을 비비고 있는 고헤이에게 가케루가 더플코트를 던졌다. 이 짙은 남색 코트는 아버지와 아들의 커플룩이다. 초등학교 4학년 아들이 너무하다는 표정으로 말했다.

"저기 칫치, 심신이 말이 아닌 건 아는데 수염은 좀 깎아."

"앗, 깜빡했다. 기다리게 하면 미안하니까 먼저 내려가 있어. 칫치는 수염 깎고 얼굴 씻고 갈게. 3분 정도면 끝나."

"알았어."

가케루는 코트를 입고 어깨에 큰 숄더백을 걸치고 현관으로 향했다. 등을 약간 웅크리며 걷는다. 왠지 자신감을 상실한 자신을 닮았다는 생각이 들어 고헤이는 그 걸음걸이가 싫다.

현관의 자동문을 나서자 봄이 느껴질 정도로 가볍고 따뜻한 2월의 바람이 불어왔다. 쓰바키가 운전석에서 손을 흔들었다. 자동차와 똑같이 새빨간 스카프로 머리를 묶고 갈색의 뿔테 선글라스를 쓰고 있다. 50년대 여배우 같았다. 코와 턱의 균형이 좋아서 선글라스가 잘 어울렸다.

"선생님, 안녕하세요. 가케루가 지붕 열고 싶다는데 괜찮죠?"

쓰바키의 자동차는 빨간색 푸조였다. 금속제 지붕이 스위치 하나로 열고 닫히는 모양이다. 가케루는 신이 나서 난리다.

"저기 안 춥죠? 괜찮죠?"

"난 신경 쓰지 마. 오늘 주인공은 가케루니까. 맘대로 하게 해줘. 쓰바키 씨, 미안해."

고헤이는 자동차 지붕이 천천히 열리는 것을 멍하니 쳐다보고 있었다. 고헤이는 자동차에 딱히 흥미가 없어서 차가 없다. 가구라자카는 편리한 동네여서 도쿄의 어디로 가도 택시로 한 2,000엔 정도면 대충 다 갈 수 있다. 작가라고는 해도 경제적으로 넉넉하지 않은 고헤이에게 자동차는 사치품이었다. 지붕이 열리자 쓰바키가 안쪽에서 문을 열어줬다.

"타세요."

운전석에는 캐러멜색 트렌치코트를 입은 쓰바키가, 뒷좌석에는 가케루가 앉았다. 조수석이 비어 있다. 만약 아내가 사고를 일으키지 않았더라면 우리 가족은 이런 식으로 주말에 드라이브를 하고 있었을까. 쓰바키와 죽은 히사에가 갑자기 오버랩되더니 어지럼증이 일어났다. 아이보리색 가죽 시트 뒤에서 가케루가 재촉했다.

"칫치, 빨리 타. 고속도로 막혀."

"아, 미안."

고헤이는 누구에게 하는 것인지도 모를 사과를 하고 갑작스러운 어지럼증을 숨긴 채 오픈카에 탔다.

고속도로를 달려서 자동차는 미나미보소에 도착했다. 두 시간이 좀 넘는 드라이브를 하는 동안 쓰바키와 가케루는 계속 수다를 떨었다. 고헤이는 거의 대화에 참여하지 않고 그저 앞만 쳐다보고 있었다. 끝없이 계속되는 쭉 뻗은 길이 왠지 기묘하게 느꺼졌다. 쓰바키가 운전하면서 코트의 앞섶을 풀었다.

"미나미보소반도 끝까지 오니까 봄이네요. 더워요."

지붕을 열어놓아 차 안으로 직사광선이 바로 내리꽂히고 있었다. 가케루와 고헤이는 일찌감치 더플코트를 벗고 있었다. 멀리 육지가 돌출되어 있는 곳에 등대가 하얗게 번뜩이며 서 있었다. 바로 저기가 이번 드라이브의 목적지인 보소 플라워라인이다. 이차선 도로의 양쪽으로 성질 급한 유채꽃들이 마치 카펫을 깐 듯 피어 있다. 아빠와 둘만 있을 때는 아이답고 밝은 면을 보이지 않는 가케루였지만 오늘은 뒷좌석에서 몸을 앞으로 쑥 내밀고는 흥분하고 있었다.

"멋지다. 매년 꽃이 이렇게 피는 거야? 거울로 자기 자신을 볼 수도 없는데 어떻게 저렇게 예쁜 노란색을 만들어낼까?"

마흔을 코앞에 둔 고헤이지만 꽃이 화려하게 피는 것도 매년 이렇게 봄이 찾아오는 것도 점점 신기해질 뿐이다. 슬슬 인생의 반환점이 다가오고 있다. 인생의 절반은 성공하고 절반은 실패했다. 좋아하는 창작 일을 하고 있고 착한 아들도 있다. 하지만 아내를 사고로 잃고 나서 외톨이가 되었고 밥벌이인 작가 일도 순조롭다고는 말할 수 없다. 나이를 먹을 때마다 자신에게 힘이 없다는 사실이 피부로 절실하게 와닿는다.

"좀 이르지만 이 근처에서 점심 먹을까요?"

쓰바키가 고헤이의 표정을 읽고 유채꽃밭 속에 있는 주차장으로 차를 돌렸다.

"칫치는 일 때문에 피곤하니까 나랑 쓰바키 씨가 준비할게. 잠깐 기다려."

고헤이가 시트에 앉아 있는 동안 둘은 주차장과 꽃밭의 경계에 있는 제방에 비닐 돗자리와 모포를 깔고 분주하게 요리와 종이 접시를 꺼내놓았다.

"짜자~안. 칫치, 쓰바키 씨가 만든 점심이야."

고헤이는 피곤한 웃음을 지으며 캐주얼한 가죽 신발을 벗고 돗자리 위로 올라갔다. 콜리플라워와 브로콜리가 든 샐러드. 닭튀김에 달걀말이. 나폴리탄 파스타와 원기둥 모양 주먹밥. 다 가케루가 좋아하는 음식들뿐이다. 주먹밥 속을 간장으로 볶은 소시지로 채우는 것은 히사에가 자주 쓰던 레시피다. 밥에 라드와 간장이 스며들어 맛있어 보였다. 가케루가 가장 먼저 집은 것도 역시 주먹밥이었다. 고헤이는 형형색색의 요리를 앞에 두고 가볍게 고개를 숙였다.

"쓰바키 씨, 늘 신경 쓰게 만들어서 미안해."

미나미보소의 밝은 햇살 속에 있는 쓰바키는 긴자의 바 종업원으로는 보이지 않았다. 쓰바키는 수줍은 듯 웃으며 말했다.

"별말씀을요. 가케루가 주문한 거라 실력 발휘 좀 해봤어요."

고헤이도 주먹밥을 한입 먹었다. 그리운 맛이 난다. 눈 아래로 유채꽃밭이 노랗게 흔들리고 있다. 저 멀리로 푸른 봄의 바다가 어둔한 듯 유유자적하게 자리 잡고 있다.

"저기, 선생님. 도쿄에서 얼마 벗어나지 않았는데도 기분이

다르죠?"

고헤이는 말없이 끄덕이며 먹는 것에 집중했다. 이럴 때는 일 생각은 잊는 편이 좋다.

점심을 다 먹은 가케루가 괴일 샐러드를 입에 넣고 우물거리며 말했다.

"저기 칫치……."

"왜?"

"요즘 고민 있지? 그게 뭔지는 모르지만 한번 읽어봐."

가케루는 코트 주머니에서 봉투를 꺼내서 고헤이에게 억지로 떠넘기듯 건네더니 스니커즈를 대충 구겨 신고 유채꽃밭으로 뛰어가 버렸다.

"가케루가 부끄러운 모양이에요."

쓰바키가 선글라스를 이마 쪽으로 올리며 웃었다.

"애인지 어른인지. 남자애도 열 살이 되니까 잘 모르겠어."

모든 아버지는 아들을 이해하지 못할 것이다. 남자끼리니까 아는 것도 있지만 남자끼리라서 모르는 것도 있다. 아버지와 아들이란 그런 것이다. 고헤이는 봉투에서 편지를 꺼냈다.

펼치니 빨강, 파랑, 오렌지의 삼색 드래곤이 눈에 뛰어들어왔다. 아래로는 검은 크레용으로 쓴 아이다운 문장이 이어졌다.


칫치, 파이팅.

늘 응원하고 있어요.

나는 언제나 아빠 편이야.

고헤이의 눈에 눈물이 맺혔다. 쓰바키에게 보여주자 '세상에' 라고 말하며 손으로 입을 막았다. 고헤이는 요즘 일도 손에 안 잡히고 우울한 나날을 보내고 있었다. 그걸 가케루가 눈치채고 는 늘 걱정하고 있었던 모양이다. 이 드라이브 여행도 저 애가 계획한 게 틀림없다. 아이도 부모 생각을 하고 있었다. 자신의 일밖에 보이지 않았으니 아빠로서 자격이 없다.

"잠깐 얘기하고 올게."

고헤이는 일어서서 신발을 신고 유채꽃밭 속으로 가케루를 뒤쫓아갔다.

## 10

눈 아래로 노란색 바다가 펼쳐져 있다. 남쪽 태양빛을 받아 유채꽃 한 송이 한 송이가 안쪽에서부터 빛을 발하는 듯 선명했다. 약간 떨어진 바다에서 밀물과 썰물의 냄새를 품은 바람이 불어오자 유채꽃은 파도치듯 줄기가 휘어지더니 쓰러지고 다시 태양을 향해 자늑자늑 머리를 들어 올린다.

고헤이는 둑에서 내려와 유채꽃밭의 좁은 이랑을 걸어서 열 살짜리 아들을 뒤따라갔다. 가케루는 막힌 좁은 길에서 꽃에 둘러싸여 있었다. 고헤이는 가케루와 반 보 정도를 사이에 두고 걸음을 멈췄다. 그리고 아들의 가느다란 어깨에 손을 올렸다. 갑자기 가케루가 말했다.

"있잖아, 쓰바키 씨 가게에서 술 마시지?"

갑자기 무슨 말을 하려는 걸까. 그 말대로 쓰바키는 긴자의 문단 바에서 일하는 종업원이다.

"응. 그런데 왜?"

갑자기 돌아보는 가케루의 얼굴이 핑크색으로 상기되어 있었다. 죽은 아내를 닮아 피부가 무척 하얀 아이다.

"술에 취한다는 게 이런 느낌일까? 어른들은 취하면 기분이 좋아지잖아, 그치?"

매일 여러 장의 그림을 그려대는 가케루였다. 분명 시각적인 감수성이 풍부할 것이다. 한 면을 뒤덮은 유채꽃의 경치에 몸도 마음도 빼앗겨버려 북받친 감정을 주체할 길이 없는 듯했다. 어쩌면 이 아이는 진짜 그림에 재능이 있을지도 모른다. 문득 그런 생각이 든 고헤이는 갑자기 '내 아이가 최고'라고 생각하는 자신이 한심해서 그만 피식 웃고 말았다. 그것보다도 중요한 이야기가 있다.

"저기, 가케루. 칫치가 요 열흘 정도 이상했잖아."

아들이 흘낏 아빠를 쳐다봤다.

"응. 안 웃었어. 나랑 이야기할 때도, 밥을 먹을 때도, 코미디를 볼 때도, 하나도."

고헤이는 전혀 눈치채지 못했던 사실이다. 작가의 자식이란 참으로 힘든 역할일지도 모르겠다.

"그랬구나. 칫치가 자주 그랬나?"

가케루는 예쁜 모양의 눈썹을 찡그렸다. 윤기 나는 검은색 머리카락 저편으로 유채꽃이 흔들리고 있다.

"으~응, 소설을 쓰고 있을 때는 꽤 그러지만 이번처럼 고통스러워 보이지는 않았어. 칫치는 늘 혼잣말했어."

"응? 뭐라고?"

"'안 돼, 안 돼, 이제 더 이상 안 돼'라고."

고헤이는 기절할 뻔했다. 하나뿐인 가족에게 매일 그런 혼잣말을 억지로 듣는 상황이라면 보통은 정신적으로 이상해질 것이다. 그런데 가케루는 아직 초등학교 4학년이다.

바닷바람이 불어 유채꽃과 소년의 머리카락을 헝클어뜨렸다. 고헤이는 마음을 담아 말했다.

"가케루, 미안하다."

소년은 싱긋 웃으며 어른처럼 고개를 끄덕였다.

"괜찮아. 소설 쓰는 거 힘들지? 그러니까 선생님이나 다른 애들의 엄마 아빠가 칫치를 대단하다고 하는 거잖아."

정말 그럴까, 자신의 어디가 대단한 걸까. 달리 할 줄 아는 게 없어서 10년간 글 쓰는 일에만 들러붙어 있는 게 아닐까. 고헤이는 어리둥절해하면서 말했다.

"얼마 전에 작가 친구가 책을 보내왔어. 그게 우리 집처럼 아버지와 아들 둘이서 살고 있는 가족 이야기였어."

가케루는 유채꽃을 바라보며 말했다.

"그거, 아오노 모임 사람 거?"

"응. 맞아. 칫치보다 더 젊고 재능도 있고 책도 잘 팔리고 돈도 많아."

아빠가 그런 말을 입에 담는 것을 처음 들었을 것이다. 가케루는 고통스러운 듯 갈라진 목소리로 대답했다.

"……그렇구나."

"그래. 칫치가 질투하고 말았어. 이 책은 나도 쓸 수 있었어. 하지만 분명 나라면 이 정도로 좋은 책은 완성하지 못했을 거야. 벌써 10년이나 작가 일을 하고 있고 다음 책은 열다섯 권째가 돼. 그런 지금에 와서 재능이 없다는 사실을 깨닫게 돼서 정말 괴로워. 친구를 질투하고 있는 자신이 너무 한심하고 증오스러웠어. 그러면서 점점 일을 할 수 없게 되었고."

이것이 솔직한 자신의 모습이다. 남에게 부러움을 살 상황이 절대 아니다.

"이런 칫치, 별로지? 다음 책 안 내면 가케루와 생활을 할 수 없는데 말이야."

마지막에는 스스로도 한심해서 자조적인 웃음이 섞이고 말았다. 가케루가 이쪽을 향해 천천히 뒤돌아봤다. 유채꽃 바다에 둘러싸여 둘은 반 보 거리를 두고 마주 섰다. 소년은 주먹을 꽉 쥐고 있었다.

"칫치는 칫치잖아. 소설을 안 써도 멋지지 않아도 칫치는 칫치라고. 만약 일을 할 수 없게 되면 나도 같이 일할 테니까 날 혼자 내버려두지마."

가케루는 얼굴을 꾸깃꾸깃 찡그리며 눈물을 참고 있었다. 일한다고 해도 아직 열 살 소년이 무슨 일을 할 수 있을까. 가케루가 소리치듯 말했다.

"심부름이든 뭐든 할 거야. 이다바시의 책방에 가서 칫치의 책을 사달라고 부탁이라도 할 거야. 마맛치가 죽고 칫치도 없어지면 난 혼자 남게 된다고. 그럼 누가 나를 지켜주냐고. 나는 혼자서는 살 수 없어."

가케루가 큰 목소리로 울기 시작했다. 고헤이는 입을 실룩거렸다. 눈물이 나는 것을 억지로 참았다. 주먹을 꽉 쥐고 딸꾹질하는 아들을 꽉 껴안았다.

고헤이는 글을 써야 한다. 글 쓰는 일을 평생의 직업으로 정하고 선택한 생활 아닌가. 이 아이를 위해서도 자신을 위해서도 가령 재능이 눈곱만큼도 없다고 하더라도 계속해나가야 한다. 자신에게서 소설을 빼면 아무것도 남지 않는다. 같은 업종의 누군가를 질투하거나 자신을 불쌍히 여길 시간이 있다면 한 줄이라도 앞으로 더 써야 한다. 그렇게 전진하면 되는 것이었다. 머리도 센스도 재능도 없는 인간이 알아서 멋대로 포기하면 어떻게 하나. 두 팔로 안은 가케루의 몸은 작지만 놀랄 정도로 뜨거웠다.

"가케루, 미안하다. 칫치가 잘못했어. 오늘 돌아가면 바로 책상에 앉아볼게. 이제 안 된다고 혼잣말도 안 하고 절대로 포기하지도 않을게."

"응, 응."

남자아이가 천천히 주먹을 풀더니 고헤이를 껴안았다.

"칫치, 정말 걱정했어. 죽기 전의 마맛치와 똑같아서 칫치도 죽을지도 모른다는 생각이 들어서 정말 걱정했어."

히사에도 교통사고를 일으키기 반년 정도 전부터 상태가 이상했다. 그것은 고헤이도 잘 알고 있다. 그 사고가 피할 수 없는 과실인지 아니면 자살인지 가슴속으로 아직 확실히 정리하지 않은 채 그냥 그렇게 내버려 두고 있다.

"알았어. 칫치는 안 죽을 거고 더 이상 이상해지지도 않을 거야. 일도 제대로 할게. 자, 쓰바키 씨가 기다리고 있으니까 눈물 닦고 돌아가자."

휴대용 휴지를 몇 장 건넸다. 가케루는 쑥스러운 듯 웃으며 있는 힘껏 코를 풀었다.

유채꽃 속을 걸어가고 있는데 둑 위에서 쓰바키가 손을 흔들었다. 꽃밭의 이랑에는 가련한 민들레꽃이 점점이 피어 있다. 밟혀서 꽃잎이 진흙투성이가 된 것도 있다.

"칫치, 유채꽃은 따면 안 되지만 민들레는 괜찮지?"

"뭐 하게?"

"쓰바키 씨에게 선물로 꽃다발을 줄 거야."

자신보다 가케루가 훨씬 철이 들었다고 생각했다. 여자 마음도 알고. 가케루는 잡초 꽃을 열심히 따고 고헤이는 이랑에 쭈그리고 앉았다.

민들레꽃을 이렇게 가까이 보는 것은 어릴 때 이래 처음이었다. 튼튼해 보이는 연둣빛 줄기 끝에 자신만만하게 노란색 꽃이 붙어 있다.

이 정도의 유채꽃 군락 속에서는 누구도 발밑의 민들레 따위에 눈길을 주지 않을 것이다. 키 큰 유채꽃에 비하면 땅을 기어가듯 피어 있는 민들레는 햇빛도 제대로 못 받을 것이다. 그런데도 이렇게 열심히 자신만만하게 피어 있다. 이 꽃의 아름다움은 다른 어떤 꽃에도 비교할 수 없다.

고헤이는 민들레 한 송이를 따려고 손을 뻗으며 생각했다. 이 민들레는 자신이 아닌가. 누구도 알아차리지 못해도 꽃을 피울 수 있다. 모든 꽃에 저마다의 아름다움이 있다면 작가도 마찬가지 아닐까. 자신의 창작의 꽃은 결코 흔들려서는 안 된다. 민들레가 유채꽃이 되려고 해도 유채꽃을 닮은 가짜일 수밖에 없다. 거기에는 민들레의 아름다움이 없다. 고헤이는 마음속에서 한 송이씩 결심을 굳히면서 기도하는 마음으로 민들레꽃을 땄다.

# 11

—

"쓰바키 씨, 이거."

가케루가 만든 민들레 꽃다발은 열 살 소년의 머리 정도 크기였다. 길이가 제각각인 줄기는 둑에 떨어져 있던 마른 풀로 대충 묶었다. 쓰바키는 너무 놀라 입을 다물지 못했다.

"나, 꽃다발을 받고 이렇게 기쁜 건 처음이야."

고헤이는 깜짝 놀라서 쓰바키를 쳐다봤다. 새끼손가락 끝으로 눈꼬리에서 흘러 떨어지는 눈물을 닦고 있다. 쓰바키는 긴자에서 일하는 여자다. 호화로운 장미나 난초를 질릴 정도로 많이 받고 있을 것이다. 그런데 진흙투성이 민들레 꽃다발에 이렇게나 기뻐해준다. 자신은 길바닥에 피는 잡초 같은 작가라고 막 생각하던 고헤이다. 분명 민들레만 가능한 일이 있을 것이다. 가케루가 기쁜 듯 말했다.

"칫치는 말이야, 오늘 드라이브로 건강해졌대. 역시 쓰바키 씨에게 도와달라고 하기를 잘했어."

"그래? 이 계획은 가케루가 쓰바키 씨에게 부탁한 거였어?"

새빨간 스카프를 두르고 가슴에 민들레 꽃다발을 안고 있는 쓰바키는 어딘가 소녀 같았다. 저녁의 긴자에서와는 다르게 청초함마저 배어나고 있다.

"맞아요. 칫치가 죽을지도 모르니까 쓰바키 씨가 도와달라고 하더라고요. 그래서 오늘 산노기획 사장이 초대하는 것도 뿌리치고 여기 왔죠. 가게 애들은 다들 하야마 마리나에 갔지만."

그 연예 프로덕션은 소와레의 단골로 매월 수백만 엔의 접대비를 쓰고 있다.

"맞다, 쓰바키 씨는 그 사장 담당이잖아. 다른 사람들은 가는데 담당이 빠져도 되는 거야?"

긴자 클럽은 영구 지명제다. 담당이 되면 일정한 수준의 급료를 받는 대신 영업도 책임진다. 그 고객이 자신이 속한 가게로 오도록 말이다. 쓰바키는 웃었다.

"선생님이 죽을지도 모른다고 가케루가 그러는데 그냥 모른 척할 순 없잖아요. 걱정 마세요. 그 사장님은 나보다도 젊은 애들을 좋아해요. 또 나중에 잘하면 되니까요."

가케루는 어느새 비닐 돗자리에 앉아서 남은 과일 샐러드에서 딸기만 주워 먹고 있었다.

"가케루, 손 더럽잖아. 손 잘 닦아야지."

소년의 입술은 과일즙으로 빨갛게 물들어 있었다.

"네~ 네. 근데 칫치 화내는 목소리까지 건강해진 것 같아."

고헤이는 아들을 쩨려보면서 쓰바키에게 고개를 숙였다.

"이러지 마세요. 무슨 인사까지."

손을 젓는 쓰바키에게 고헤이가 정중하게 말했다.

"아니, 요 몇 년 동안 경험한 적이 없을 정도로 자신감을 잃고 있었어. 더 이상 소설을 쓸 수 없을지도 모른다는 생각이 들면서 무척 약해져버렸지. 하지만 오늘 드라이브로 다시 기운 차렸어. 특히 민들레 덕에."

쓰바키는 소박한 꽃다발을 내려다보며 이상한 얼굴을 했다.

"민들레요?"

"응. 민들레. 아무도 관심을 가져주지 않지만 민들레에게는 민들레만의 가치가 있잖아. 나는 10년이나 글 쓰고 있잖아. 세상에 잡초 같은 작가가 한 명 정도 있어도 되지 않을까 싶어. 그런 생각을 했어."

쓰바키는 양손으로 가슴에 꽃다발을 안고 있다.

"나, 민들레 좋아해요."

어떤 대답을 해야 할지 몰라 당황한 고헤이는 적당히 맞장구만 쳤다.

"아, 그렇구나."

쓰바키가 약간 화난 표정을 지었다.

"선생님은 늘 그렇게 소극적이니까 안 되는 거라고요. 나는 술 상대 정도 하는 입장이지만 선생님에게는 멋진 능력이 있다고요. 전에 이런 말 했잖아요, 전혀 인기 없는 자신에게 왜 다들 일을 줄까 하고. 그건 선생님의 능력을 믿고 미래를 인정하기 때문이라고요. 틀림없어요. 출판시 사람들이 얼마나 인색한데요."

그러더니 목소리가 작아졌다.

"더 우쭐거리면서 큰소리 치고 다녀도 되는데."

고헤이는 웃고 말았다.

"하지만 작가라고 우쭐해져서 여기저기 클럽 다니면서 여자애들 꼬시는 건 별로잖아. 내가 그러면 쓰바키 씨도 싫어할 거 아냐?"

그런 짓을 하는 잘나가는 작가 몇 명이 바로 떠올랐다. 쓰바키는 시치미를 떼며 말했다.

"그 정도쯤이야 괜찮다고 생각하는데. 선생님은 홀몸이고."

그때 가케루가 고헤이의 셔츠 소매를 당겼다. 올려다보는 얼굴에는 다 알고 있으니까 그만하라는 표정이 담겨 있었다.

"그런 어른들 이야기는 나중에 해. 칫치, 디저트 맛있어."

보소반도를 거의 반 정도 돌고 집에 돌아오니 날이 저물고 있었다. 고헤이는 안전벨트를 풀고 뒷좌석을 봤다. 고속도로의 상행선이 막혀서 지루했나보다. 가케루는 잠들어 있었다.

"이제 깨워야지."

쓰바키가 작은 목소리로 말했다.

"선생님, 잠깐만요."

자동차 창문 너머로 흰색 대리석으로 마감한 미술관 같은 현관이 눈부셨다. 고헤이의 아파트는 공용 공간만 호화롭다.

"왜?"

쓰바키는 약간 상처 받은 표정을 지었다. 표정이 자주 바뀌고 얼굴에 그대로 드러난다. 이것이 이 사람의 매력이라고 고헤이는 생각했다.

"선생님은 제 이름에 언제나 '씨'를 붙여서 부르시지요. 저랑 거리를 두시려는 것 같아서 섭섭한 거 있죠."

지붕을 내린 자동차 안은 어두컴컴했다. 엔진의 예열로 따뜻했다. 소형차 안은 농밀한 친밀감으로 채워져갔다.

"쓰바키 씨도 나를 늘 선생님이라고 부르잖아."

"……그건 직업병이니까."

쓰바키가 풍만한 입술을 삐죽거리며 곤란하다는 표정을 지어 보였다.

"알았어. 다음부터는 조심할게, 쓰바키…… 씨."

역시 고헤이에게 갑자기 상대방의 이름만 부르는 것은 어려운 일이었다. 그만 어색해서 뒤늦게 '씨'를 붙이고 말았다. 그래도 쓰바키는 기뻐하는 듯했다.

"그만 들어갈게."

고헤이는 가케루를 깨우려고 뒷좌석으로 손을 뻗었다. 그 순간 볼에 뭔가 부드러운 것이 닿았다. 놀라서 운전석 쪽을 보자 쓰바키가 미소를 지으며 바라보고 있었다.

"립스틱이 묻어버렸네."

가느다란 손가락이 다정스럽게 고헤이의 볼을 어루만졌다.

"······아, 고······ 고······ 고마워."

쓰바키는 부끄러운 듯 다른 곳을 보며 웃었다.

"선생님, 신경 쓰지 마세요. 지금 이 순간 왠지 마음이 동한 것 같아서. 그냥 기뻐서 그랬어요."

"나 그만 일어나도 되는 거야?"

당황하며 가케루를 쳐다보자 누운 채 눈을 동그랗게 뜨고 있다. 잠시 잊고 있었다. 이 아이는 잠에서 깰 때 전혀 칭얼대지 않는다는 사실을.

"아······, 집에 가자."

저녁밥은 휴게소에서 간단히 먹었기 때문에 집에 돌아가서는 씻기만 하면 된다. 피곤했는지 가케루는 평소보다 일찍 자러 들어갔다. 히사에가 죽고 나서 고헤이는 반드시 자기 전에 가케루를 꼭 끌어안고 잠시 동안이지만 이야기를 나눈다. 고헤이는 불의 밝기를 낮춘 아이 방에서 침대 옆에 쭈그리고 앉았다. 이 시간은 고헤이도 하루의 끝을 느끼는 편안한 시간이다.

"가케루는 오늘 즐거웠어?"

아들의 앞머리가 흐트러져 있다. 드라이어로 덜 말렸나보다.

"응. 즐거웠어. 그리고 나 알았어."

손을 뻗어 머리카락을 매만졌다. 아이의 이마가 따뜻하다.

"뭘?"

"칫치가 집에 와서 혼잣말을 한 번도 안 했어. 이제 끝났다고 도 말 안 해."

"걱정하게 해서 미안해. 이제부터 일 더 열심히 할게."

"응. 무리하지는 말고."

오리털 이불 위로 아들을 꼭 끌어안았다. 불을 끄고 문을 조금 열어둔 채 방을 나왔다. 그러고 나서 고헤이는 일하는 방으로 향했다. 새 장편소설이 기다리고 있다. 한 송이 민들레의 아름다움을 목표로 하자. 이제 고헤이에게는 기적의 한 권에 대한 기대도, 이 책을 팔아야 한다는 절박함도 없었다. 지금 있는 힘을 다 쏟아부으면 그걸로 충분하다. 고헤이는 조용히 맑은 물 같은 기분으로 내버려둔 교정지로 향했다.

## 12

그로부터 1주일간 고헤이는 『텅 빈 의자』 교정지를 소중히 다뤘다. 마치 어미 닭이 달걀을 품듯 늘 곁에 두고 뭔가 생각이 나면 포스트잇투성이가 된 교정지 뭉치에 메모를 했다. 지금까지 원고를 거의 수정하지 않던 과거와는 전혀 딴판으로 고헤이는 이번 새 장편의 교정지를 새빨갛게 물들여갔다.

몇 번이고 다시 읽고 또 읽어 스스로도 좋은 것인지 아닌지 판단이 서지 않을 정도가 되었다. 군데군데 만족스러운 장면은 있고 가끔 자신이 쓴 문장에 눈물을 글썽이기도 하지만, 좋다 싫다 판단할 수는 없었다. 소설을 쓰는 것은 노래를 부르는 것과 무척 닮았다. 한번 음악 세계에 빠져버리면 자신의 목소리가 들리지 않는다. 늘 제삼자의 평가를 기초로 판단하지 않으면 자신이 지금 서 있는 위치조차 모른다. 표현하는 이의 다양한 고민이 거기에서 시작되는 것일지도 모르겠다.

에이슌칸의 편집자 오카모토 시즈에를 가구라자카의 비탈길 아래에 있는 찻집에서 만났다. 2월의 마지막 금요일이다. 늦은 오후에 간 찻집에는 둘 외에 다른 손님은 없었다. 갤러리로 쓰는 2층은 이번에 보니 오리지널 프린트 사진이 흰색 회반죽 벽에 장식되어 있었다. 슬로 셔터로 저녁의 강을 촬영한 사진뿐이었다. 사진은 마치 어둠 속에서 옅은 빛이 흘러가는 듯한 모습이었다. 오카모토는 교정지를 휘리릭 넘기며 내용을 확인했다.

"아오다 씨 치고는 이번에 빨간 글자가 엄청 많네요. 왠지 이번엔 기합이 잔뜩 들어가 있는 것 같아요."

오카모토와 함께 일하는 것은 이것으로 세 권째 책이다. 이소가이 히사시의 신작을 읽고 이 교정지를 던져버릴 뻔했다고는 도저히 말할 수 없었다.

"심기일전해서 마지막까지 버둥거려보자고 마음먹었거든."

"……그랬군요."

잠시 침묵을 사이에 두고 대답하자 오카모토가 머리를 푹 수그렸다.

"영업부와 싸우지 못하고 초판 부수가 줄어들게 되어 죄송합니다. 하지만 가능한 한 좋은 책으로 완성하겠습니다."

고헤이는 이제 인쇄 부수에 목매는 것은 그만두기로 했다. 원래 자신의 책이 얼마나 팔리는지 신경 쓰는 타입도 아니다.

"곧 디자이너에게서 표지 디자인 시안이 올라올 거예요."

자신의 책 표지를 꽤 신경 쓰는 작가도 있지만 고헤이는 그렇지 않았다. 요즘은 책 표지가 제목만큼이나 판매량을 좌우한다. 표지 디자이너들도 작품을 다 읽고 작업한다. 책 표지는 전문가에게 맡겨두면 충분하다. 디자인 센스도 없으면서 묘하게 표지에 집착하는 작가 때문에 골치 아프다는 소문을 고헤이도 몇 번인가 편집자에게 들은 적이 있다.

"잘 부탁합니다."

오카모토는 테이블 위에 있는 전표를 손에 쥐며 말했다.

"저도 『텅 빈 의자』를 몇 번이고 다시 읽어봤어요. 저 역시 이번 책이 아오다 씨의 돌파구가 될 거라고 생각해요. 책도 나오기 전에 이런 말씀 드리는 게 이상하지만 틀림없이 이 작품으로 아오다 씨에게 새로운 독자들이 생길 거예요."

'히트 예감' 작가라고 불린 지 어언 10년째. 상대방이 진지하다는 건 잘 알겠지만 그렇다고 곧장 기뻐할 수는 없다. 고헤이는 기쁜 감정을 억누르며 말했다.

"고마워. 1,000부든 1,500부든 증쇄만 된다면 나는 만세라도 부르고 싶은 심정이야."

10년 전 데뷔 작품 때 이후 단 한 번도 증쇄한다는 연락을 받지 못했다.

"좋은 책인 만큼 확실하게 영업 뛰겠습니다."

편집자의 말에 그저 멋쩍은 웃음밖에 지을 수 없었다. 영업이 중요한 건 사실이다. 그러나 책은 선전을 대대적으로 한다고 팔리는 것도 아니다. 책은 상당히 개인적인 존재다. 100만 부 베스트셀러라고 해도 일본 인구 전체를 놓고 보면 독자는 100명 중한 명도 안 된다. 팔려도 마이너에 지나지 않는 것이 바로 책의세계다.

"이다음 책은 언제쯤 될까요?"

오카모토는 다른 회사의 출판 스케줄을 확인했다.

"다음은 아마도 10월쯤. 분카슈토의『칫치와 아들』연작이 될거야."

같은 작가의 책을 연달아 내면 독자들이 나뉘어버리기 때문에 좋지 않다고 한다. 1년에 기껏해야 두 권을 내는 고헤이야 그런 걱정을 할 필요 없지만.

"그것도 좋은 시리즈예요. 이제 아오다 씨의 시대가 오고 있어요."

"알았어, 알았어."

고헤이는 적당히 흘려들으며 자리에서 일어섰다.

편집자를 배웅하고 나서 고헤이는 더플코트로 감싼 등을 웅크리며 가구라자카의 비탈길을 천천히 걸어 올라갔다. 날씨가좋아서 햇빛 덕분에 등은 따뜻했지만 역시 2월의 바람은 차다.

교정지를 출판사에 보내고 나면 작가는 할 일이 없다. 이제좋은 부분도 나쁜 부분도 그대로 책이라는 형태로 고정되어 세상 속에 뿌려진다. 너무나 쓸쓸하기도 하고 또 열다섯 권째 책이손을 떠났다는 해방감도 든다. 이런 날에는 어딘가 한잔하러 가고 싶은 마음이야 굴뚝이지만 하나뿐인 아들 가케루가 있다. 마음 내키는 대로 저녁 시간을 즐길 수는 없다.

고헤이는 집으로 돌아가 묵묵히 세탁기를 돌리고 서재를 정리했다. 느림 세탁기를 돌리면서 서재에서는 『텅 빈 의자』에서 사용한 자료를 정리했다. 고헤이의 서재는 바닥부터 천장까지 세 면이 유닛 책장으로 채워져 있다. 고헤이처럼 책이 많은 경우에는 유닛 책장이 꽤 실용적이다. 게다가 바깥 소음을 막아주고 겨울에는 따뜻하다.

(만약 편집자나 아오노 모임의 멤버들이 말한 대로 『텅 빈 의자』가 인기를 끌면 어떻게 하지?)

기대를 하면 허무해진다는 걸 잘 알면서도 이상한 공상이 멈추지 않는다. 일본에서는 작가가 삶과 고뇌의 전문가로 여겨지지만 작가의 머릿속에도 작품의 인물과 마찬가지로 자만도 어리석음도 욕망도 있다. 소설 속에서라면 아는 척도 할 수 있지만 실제 인생은 결코 만만하지 않다.

인터폰이 울린 것은 3시 30분이었다. 모니터를 보자 야구 모자를 쓴 가케루가 렌즈에 얼굴을 바짝 갖다 대고 있었다.

"어서 와."

고헤이는 문을 열어주었다. 가케루에게도 일단 열쇠는 줬지만 늘 아빠를 부른다. 고헤이는 현관으로 갔다.

문이 폭발하듯 열리자 남자아이의 활기찬 목소리가 울렸다.

"칫치, 다녀왔어."

"얼른 들어와."

가케루가 천주머니를 고헤이의 가슴에 던졌다.

"이거, 세탁 부탁."

한 권의 책 작업이 모두 끝난 그날에 아이의 체육복을 세탁해야 한다. 주부 겸 작가의 입장은 꽤나 괴롭다.

"맞다, 가케루 운동화가 작아졌다고 했지?"

"응. 발가락 끝이 까여서 아파."

파란색 운동화를 살펴보자 발끝의 고무가 닳아서 구멍이 날 것 같았다.

"그럼 내일은 휴일이니까 백화점에 갈까? 운동화 사러."

"칫치, 일은?"

고헤이는 잠시 사이를 두고 빙긋 웃었다.

"오늘은 이제 일 없어. 새 책 수정도 다 해서 편집자한테 넘기고 왔어. 칫치는 오늘 밤은 조금 사치를 부리고 싶은 기분이야."

가케루는 좁은 현관에서 폴짝폴짝 뛰었다.

"우아, 신난다! 새 책이 나온다는 건 다시 둘이서 살 수 있다는 거네. 이 아파트에서 안 나가도 되는 거지?"

고헤이는 웃고 말았다. 이 아이는 기억력이 좋다. 미나미보소의 유채꽃밭에서 다음 책을 내지 못하면 생활할 수 없게 된다고 한 말을 아직도 기억하고 있다.

"응. 당분간은 괜찮아."

가케루가 다시 폴짝 뛰었다.

"오늘 저녁도 좀 사치 부려도 되는 거야?"

"그래. 그러렴."

아오다 집안의 사치스러운 외식은 초밥 아니면 고기였다. 초등학교 4학년이라 아직 고급스러운 프랑스 요리나 일본 음식을 먹으러 갈 수 없다. 가케루는 좀 생각하는 표정을 지었다.

"그럼 말이야, 신주쿠 백화점에 가서 운동화 산 뒤, 장난감 매장에서 조금 놀다가 초밥 먹으러 가자."

"그 코스에 찬성."

가케루는 신발을 벗고 현관에 올라오자 고헤이에게 푹 안겼다. 남자아이만의 초원과 같은 푸른 땀 냄새가 난다.

"아~ 너무 기뻐서 심장이 두근거려. 칫치, 고마워."

고헤이는 하나뿐인 아들의 등을 몇 번이나 가볍게 토닥이며 볕이 드는 거실로 걸어갔다.

제2장

# 1

―

『텅 빈 의자』는 4월 25일에 에이슌칸에서 출판되었다. 고헤이는 자신의 책이 나오면 그때부터 한동안은 서점에 안 간다. 새 작품이 매대에 놓이는 일이 있을 리 만무하지만 서점 서가에 꽂혀 있다는 사실을 생각하는 것만으로 왠지 황송해진다.

책은 대문호가 썼든 삼류 작가가 썼든 평등하게 서점에 진열된다. 그리고 책 두께만큼 서가를 차지한다. 고헤이는 자신의 책이 장소를 차지하는 만큼 몸과 마음이 위축된다. 자랑스럽기보다 미안한 마음이 든다. 이런 마음은 데뷔해서 10년이 지나도록 변함없다. 일본에서 1년 동안 출판되는 서적이 약 8만 권에 달한다. 자신이 마치 수많은 모래 알갱이 중 하나에 지나지 않는다고 생각하면 너무나 허무해지기도 한다.

에이슌칸에서 보내온 택배에서 저자 증정본 열 권을 꺼내 서재 책장의 작품 코너에 두 권만 꽂았다. 이것으로 새 책을 맞이하는 의식은 끝이다. 이미 몇 번이나 읽고 고쳤기 때문에 고헤이는 책이 되어 돌아온 자신의 작품을 다시 읽지 않았다. 작가의 마음은 이미 현재 진행형으로 다음 책을 향해 나아가고 있다. 물체가 되어 돌아온 책에 그렇게 감격하지는 않는다.

『텅 빈 의자』의 표지에는 창가에 놓인 하얀 의자 사진이 실려 있었다. 레이스 커튼 너머로 오후의 나른한 빛이 들어오고 있다. 아무도 앉아 있지 않아서 오히려 좀 전까지 사람이 있었던 것 같은 여운이 짙게 깔려 있다. 과연 젊은 여성 편집자는 센스가 좋다. 고헤이가 생각했던 것은 이렇게까지 시크하지는 않았다.

책이 나온 다음 달에는 오랜만에 인세가 넉넉하게 들어온다. 겨우 숨통이 트인다. 고헤이에게 단행본 인세는 1년에 두 번 있는 보너스 같은 것이었다. 금액도 같은 나이 대의 회사원이 받는 것과 크게 다르지 않다. 주택대출과 가케루의 교육비를 생각하면 앞으로도 생활비를 절약해야 한다. 그것만이 아니다. 초판 발행 부수마저 줄었다. 출판계의 불황에 고헤이 같은 비인기 작가들의 생활은 직격탄을 맞았다.

새 책이 서점에 진열될 즈음, 여기저기 잡지에서 『텅 빈 의자』의 서평이 실리기 시작했다. 교정 단계에서 편집자는 유력한 비평가들에게 서평을 부탁한다. 고헤이 책의 경우 당연히 엔터테인먼트 계열의 비평가가 대부분이다.

순수문학 계열과 엔터테인먼트 계열의 비평가는 보는 관점이 전혀 다르다. 전자는 대부분 대학 교수 등 다른 직업을 가지고 예술성이 높은 정도, 새로움을 주로 평가한다. 후자는 작가와 같은 글쟁이로, 작가의 성공을 밀어주려는 의도가 다분해 대놓고 '칭찬' 일색의 서평을 주로 쓴다. 비평가들은 새로운 작가를 발굴하는 것을 큰 공로로 여기는 경향이 있어 무명작가에게는 약간 후한 점수를 주곤 한다.

고헤이의 신간 서평은 세 권의 잡지에 게재되었다. 서평 전문지와 여성 주간지, 발행처인 에이슌칸에서 나오는 월간 남성지다. 비평가들은 모두 다 잘 아는 사람들이었다. 신의 경지라고 치켜세우는 내용이 많았지만 솔직히 지금까지 그런 식의 평을 얼마나 많이 받아왔는지 이제는 기억도 못 할 정도다.

서평에 자주 등장하는 작가는 두 부류다. 앞으로 어떻게 될지 모르는 신인이든지 베테랑이라도 좀처럼 뜨지 못하고 있는 수수한 실력파다. 고헤이는 물론 후자로 데뷔한 지 10년이라는 경력을 고려하면 슬슬 서평을 안 내도 되지 않을까 하는 생각도 든다. 그 사람은 더 이상 안 밀어줘도 된다. 친구이자 비평가들에게 그런 식으로 평가받는다면 얼마나 마음이 편할까. 고헤이는 감사한 마음도 있으면서 또 어딘가 씁쓸한 기분에 잠겨 자신의 책에 대한 서평을 읽어 내려갔다.

『텅 빈 의자』가 출판되고 나서 한 달 동안 아무 일도 없이 지나갔다. 아오노 모임의 작가 친구들, 담당 편집자, 여러 비평가들이 그렇게나 이번 책은 돌파구라고 칭찬을 했지만 에이슌칸으로부터는 아무런 연락도 없었다. 초판 발행 부수가 8,000부에서 7,000부로 삭감되었다. 고정 독자가 8,000부만큼이라도 있다면 1,000부 정도는 증쇄할 가능성도 있다. 고헤이는 속으로 그렇게 허무한 기대도 하고 있었다. 그러나 도무지 2쇄 들어간다는 연락이 없다.

쓸쓸했지만 작가는 언제나처럼 현실을 담담하게 받아들였다. 자신은 히트를 할 기미도 없고 영원히 증쇄를 할 일도 없다. 데뷔 작품이 요행수로 약간 히트를 쳤을 뿐이다. 남은 작가 생활 동안에도 분명 마지막까지 초판만을 낼 게 틀림없다. 쓴웃음을 지으며 다음 단편의 아이디어를 쥐어짤 수밖에 없었다.

매년 장마가 오기 바로 직전의 도쿄는 이상하리만치 무더위가 강타한다. 연일 35도 가까운 뜨거운 날이 계속되고 있다. 이때가 되면 집에서 고헤이는 무릎까지 오는 버뮤다팬츠와 오래 입어 피부처럼 얇아진 티셔츠 차림이다. 일본의 여름 날씨에 울 정장은 벌칙이나 마찬가지다. 서재의 에어컨은 이미 가장 강하게 설정되어 있다. 저녁 무렵까지도 서늘해지지 않으면 가구라자카의 슈퍼까지 장 보러 갈 수도 없을 정도다. 오늘 저녁은 올해 처음으로 중국 냉면을 만들어볼까. 반찬은 매콤한 중국 소스에 오이를 살짝 무친 정도면 될 것이다. 책상 위에 발을 걸치고 반찬거리를 생각하고 있는데 갑자기 전화가 울렸다.

"아오다입니다."

고헤이는 성만 본명이라서 이럴 때는 편했다. 가끔 '이건 또 뭐야'라는 말이 절로 나올 정도로 화려한 필명을 가진 작가도 있다. 그 사람들을 볼 때마다 일상생활에 지장은 없을까 하는 생각이 든다.

"안녕하세요. 에이슌칸의 오카모토입니다."

『텅 빈 의자』가 출판되고 나서도 전혀 연락이 없었다. 거의 한 달 만이다. 고헤이는 자신의 입으로는 도저히 책이 잘 팔리는지 어떤지 물어볼 용기가 나지 않았다. 두려워서 할 수 없었다.

"아~ 오랜만이야. 잘 지냈어?"

일단 어런무던한 인사부터 해둔다.

"네, 저기 아주 기쁜 소식이 있어서."

편집자의 목소리가 통통 튀고 있다. 2쇄 들어간다는 이야기일까. 고헤이는 기쁨을 꾹 누르고 아무렇지도 않은 듯 물었다.

"증쇄라도 하나?"

오카모토는 고헤이의 기분을 전혀 알아차리지 못하고 담박하게 말했다.

"아니요. 다른 얘기입니다."

당황까지는 아니지만 진심으로 실망하고 말았다. 젊은 편집자는 의기양양하게 말했다.

"아오다 씨, 다마 플라자에 있는 일루미나 서점 아세요?"

"아니, 모르는데."

"가나가와에 있는 중견 체인 서점인데요. 지점이 열몇 개나 있을 정도로 커요. 『텅 빈 의자』를 한 점포에서 200권 이상 팔아줬어요. 문학 서적 부문에서는 계속 3위 안에 들어가는 판매량이라고 해요. 엄청난 일이 일어났어요."

놀랐다. 고헤이는 베스트셀러 리스트는 자신 이외의 작가를 위해 있는 것이라고 생각하고 있었다. 설령 단 한 곳에서라도 매출 상위에 오르는 일은 상상조차 한 적이 없었다.

"……그래?"

"일루미나 서점 다마 플라자점의 문학 서적 담당은 요코세 가오리 씨라는 분이에요. 『텅 빈 의자』가 나오자마자 바로 매장 앞쪽에 POP를 만들어서 아오다 씨의 책을 추천 1위로 홍보해줬어요."

요즘 출판계에서는 독자를 매일 직접 접하는 서점 매장 담당자의 입김이 강해지고 있다. 이전과 달리 광고나 서평보다도 친구나 서점 직원의 입소문이 효과가 있다.

"그렇구나. 너무 감사해서 어쩌지."

편집자가 진지하게 말했다.

"진짜 그래요. 게다가 일루미나 서점에서 제안을 해왔어요."

내용이 뭔지 상상도 안 됐다.

"뭔데?"

"아오다 씨, 데뷔하고 나서 신간 사인회 하신 적 없죠? 일루미나 서점에서 첫 사인회 열어보지 않겠습니까?"

고헤이는 너무 놀라서 전화기를 떨어뜨릴 뻔했다. 사인회는 일부 잘나가는 작가들이 하는 것이다. 서점이나 출판사의 부담도 크고 무엇보다도 100명이 넘는 팬들이 사인회에 와주는 것은 인기 작가 몇 명뿐이다.

"아니, 그건 고마운 얘기지만 독자들이 와줄까? 가는 건 상관없지만 두세 명만으로 끝나버리면 체면이 영…… 싫어."

일부러 창피를 당하려고 가는 것이나 다름없다. 오카모토는 열심히 설명했다.

"그 부분은 요코세 씨가 알아서 해줄 거예요. 지금까지 200권이나 팔렸고 홍보도 확실히 하게 해줄 거예요. 아오다 씨, 좋은 기회니까 사인회 합시다."

## 2

편집자와 전화를 끊고 나서 고헤이는 안절부절못했다. 마지못해하면서 첫 사인회 개최를 승낙해버리고 말았다. 고헤이는 지금까지 자신의 책 팬이라는 사람을 몇 명밖에 만나지 못했다. 고헤이는 티셔츠에 짧은 바지 차림으로 머리를 긁적거리면서 서재에서 거실로 걸어갔다. 고헤이는 키가 크고 말라서 정강이가 막대기처럼 가늘다. 원래부터 움직이는 것을 좋아하지 않았고 태어나서 39년을 살면서 체육 수업 이외에 운동다운 운동을 해본 적이 없었다. 팀플레이나 단체 행동처럼 운동부에 따라붙는 문화에도 거부감이 있었다. 그런데도 중년 나이에 살이 찌지 않는 걸 보면 체질이라고밖에 설명이 안 된다.

주방에 가서 냉장고를 열어서 차가운 물을 꺼냈다. 잔은 죽은 아내가 자신의 월급으로 산 바카라의 크리스털 잔이다. 고헤이의 수입으로는 도저히 이 비싼 컵을 살 수 없다. 물통에는 수돗물이 들어 있다. 도쿄의 수돗물은 간단한 필터를 통과시켜서 차갑게 식히기만 해도 충분히 맛있다.

"아무리 그래도 사인회라니."

혼잣말을 하고 전국에 있는 몇 안 되는 독자를 상상해봤다. 그중에 몇 명이 다마 플라자 근처에 살고 있을까. 기껏해야 열댓 명 정도, 더 나쁜 상황이라면 한 자릿수일 가능성도 있다. 점점 사인회 개최가 두려워지기 시작했다.

인터폰이 울려서 벽에 붙은 모니터를 봤다. 오렌지색 야구 모자의 차양만 보였다.

"칫치, 다녀왔어."

"어서 와라. 오늘 엄청난 뉴스가 있지."

방과 후의 초등학생은 피곤해 보였다. 반응이 그저 그랬다.

"아, 그래? 잘됐네."

고헤이는 기분이 상했지만 12층 아래의 자동잠금장치를 열어줬다.

"칫치가 사인회라니……."

가케루는 주방에서 손을 씻고 덥다 덥다 하며 머리까지 물로 뒤집어쓰며 얼굴을 씻었다. 그러고는 빼앗듯 고헤이의 유리잔을 낚아채더니 얼음이 떠 있는 물을 다 마셔버렸다. 아무리 장마 직전이라고는 하지만 기온이 30도를 넘는다. 가구라자카의 골목에도 분명 아지랑이가 피어올랐을 것이다.

"그런데 말이야, 사인회는 야마자키 씨나 이소가이 씨 같은 스타 소설 작가들이 하는 거 아냐?"

둘 다 동기이자 아오노 모임의 잘나가는 멤버들이다. 가케루가 의심스럽냐는 듯 곁눈질하는 표정이 묘하게 비위에 거슬렸다. 남자아이도 열 살이나 되면 건방진 말을 하게 되나보다. 자기 자식이라고 하지만 지고 싶지 않았다.

"그건 그렇지만 나도 다마 플라자에서는 스타야. 서점 딱 한 곳에서 새 책이 200권 이상이나 팔렸다고."

"네~ 네~."

가케루는 알 게 뭐냐는 듯 대충 끄덕이기만 했다. 이래서는 부모와 자식의 입장이 뒤바뀐 거 아닌가. 고헤이 자신이 시험 성적을 필사적으로 부모에게 어필하는 아이 같다. 열 받은 머리를 식히며 고헤이가 말했다.

"칫치가 난생처음으로 하는 사인회니까 가케루도 가자."

"응."

아들은 흥미가 없다는 듯 적당히 대답했다.

"게임하기 전에 학교 숙제부터 해라."

"알았어요, 선생님."

가케루는 긴자의 종업원 쓰바키의 말투를 흉내 내며 책가방을 열었다.

"그럼 국어 읽기 숙제 바로 할 거니까 칫치는 거기 앉아 있어."

둘은 식탁에 마주 보고 앉았다. 가케루가 교과서를 펴더니 갑

자기 미야자와 겐지(宮沢賢治, 1896~1933: 일본의 대표적인 시인이자 동화 작가-옮긴이)의 『영결의 아침(永訣の朝)』을 읽기 시작했다. 여동생이 눈앞에서 죽어가는 동안의 마비된 시간을 노래하는 시다. 빈사의 여동생이 오빠에게 막 내린 눈을 보고 싶다고 말한다. 오빠는 깨진 도자기 그릇으로 눈을 퍼온다. 살이 떨릴 정도로 맑고 투명한 단어들이 이어지고 있다.

가케루는 이 걸작을 아무 감정도 담지 않고 담담하게 계속 읽어갔다. 고헤이는 오랜만에 겐지의 시를 듣고 눈물을 머금고 말았다. 초등학교 5학년이 이 정도로 높은 수준의 내용을 교과서에서 읽는단 말인가. 이 아이에게는 자신의 작품이 어떤 식으로 보일까. 일반 독자만이 아니라 가족도 자신의 책을 읽는다. 소설 쓰는 일을 더욱더 적당히 할 수 없게 되고 말았다. 교과서를 다 읽은 가케루는 이상한 얼굴로 아빠를 쳐다보며 학습장을 열어 건넸다.

"칫치, 울었어? 눈이 빨개."

"아, 아니야. 과연 미야자와 겐지야. 좋은 시였어."

고헤이는 보호자 체크란에 동그라미를 크게 치고 가케루에게 돌려줬다.

몇 번 전화 통화를 한 끝에 사인회 일정은 5월의 마지막 토요일로 결정되었다. 저녁 5시부터 시작이다.

통상적으로는 사인회장이 되는 서점에서는 단행본을 구입하는 사람에게 사인회의 예약 티켓을 같이 건네게 되어 있다. 참가자는 그 티켓을 가지고 당일 서점의 사인회장에 줄을 선다. 하지만 일루미나 서점에서는 예약 티켓을 배포하지 않았다. 사인회 홍보도 서점 앞에서만 하고 있다. 결국 참가자를 늘리기 위해 다른 서점에서 책을 산 독자도 참가할 수 있도록 했다. 『텅 빈 의자』를 가지고 오면 누구나 사인회에 참가할 수 있다. 그래도 고헤이는 몇십 명만 모이면 성공이라고 자조적으로 생각했다.

사인회에는 낙관이 필요했지만 고헤이는 가지고 있지 않았다. 보통은 사인펜이나 만년필로 사인을 하고 자신의 필명을 새긴 도장을 찍는다. 그것이 일반적인 스타일이지만 고헤이는 중국식 도장이 왠지 자신답지 않아서 너무 부담스러웠다. 그래서 고헤이는 편집자에게 『텅 빈 의자』를 모티프로 한 고무도장을 몇 개 만들어달라고 부탁했다. 표지 사진의 창가 의자를 선화로 그리고, 그 아래에 책 이름을 넣었다. 이 정도라면 문방구에서 1,500엔 정도로 만들 수 있다. 낙관같이 고품격이지 않아서 스탬프잉크로 다양한 색상을 낼 수도 있다.

이런저런 생각을 하면서 당일 입을 옷을 정했다. 초여름에 어울리게 상쾌한 이미지로 가자. 베이지색 면 정장에 흰색과 옅은 블루 스트라이프가 들어간 셔츠. 넥타이는 라이트 블루가 좋을 것 같다. 옷장에 푸른색 포켓치프가 없어서 그것만 신주쿠의 남성 의류 숍에서 새로 샀다. 매끄러운 실크 소재로, 한 장에 2,000엔 정도다.

고헤이는 패션에 딱히 관심이 있는 편은 아니지만 신경은 쓰고 있다. 작가라는 직업은 자유로움의 정점에 있는 직업이므로 얼마든지 기발하게도 편하게도 입을 수 있다. 그렇기 때문에 오히려 더 갖춰 입을 필요가 있지 않을까. 자신의 개성을 표현하는 것은 좋지만 그래서 주위에 불쾌감을 줘서는 안 된다. 고헤이는 옷 취향도 작품과 마찬가지로 서민적이다.

5월의 일다운 일이라고는 「분카슈토」의 『칫치와 아들』 최종회를 쓰는 것뿐이었다. 햇빛도 바람도 습도도 1년 중 가장 아름답고 화창한 이 계절을 고헤이는 여유롭게 보낼 수 있다. 일이 없는 작가의 생활은 이상적인 백수 생활이다. 좋아하는 책을 읽고 음악을 듣고 영화를 보고 저녁 시간은 가케루와 함께 보낸다. 꿈같은 나날들이 지나간다. 늘 그렇듯 연작의 최종회는 정신없이 집중한 덕에 좋은 단편으로 완성되었다. 게다가 이번에는 「올 슈토」의 담당 편집자인 요네야마가 놀랄 정도로 마감일과 매수를 지켰다. 달력이 바람에 날려 넘어가듯 사인회 날짜가 가볍게 찾아왔다.

"앗, 차 안 불러도 되는데."

고헤이의 집 앞에는 검정 렉서스가 서 있었다. 신인상 수상식 이래 10년 만에 탄다. 운전사가 딸린 자동차다. 에이슌칸의 오카모토가 가볍게 인사했다.

"오늘 잘 부탁드리겠습니다. 아무리 그래도 전철로 저자를 모실 순 없잖습니까. 우리 회사의 규칙입니다."

가케루는 남색의 반바지 정장에 검붉은색 넥타이를 맸다. 오카모토와는 서로 아는 사이다.

"오카모토 씨, 안녕하세요. 저기 진짜 칫치 사인회에 사람들이 올까요?"

가케루의 목소리가 이렇게 들떠 있는 이유는 아마도 태어나서 처음으로 운전사가 딸린 차를 타게 되어서일 것이다. 젊은 여성 편집자는 곤란한 표정을 지었다.

"글쎄, 와줄 것 같은데……. 하지만 몰라요. 시작하기까지 두 시간이나 남았으니까. 전화로 요코세 씨에게 확인하긴 했는데 그쪽도 아직 정확하게 파악하고 있지 않다고 해요."

"신경 안 써도 돼. 사람들이 안 모여도 오카모토 씨 탓은 아니니까."

고헤이는 웃으며 말했지만 속으로는 바늘로 위를 쿡쿡 찔리는 듯한 통증을 느꼈다.

# 3
—

검은색 차는 다마 플라자역의 북쪽 출구 로터리를 천천히 한 바퀴 돌아 목적지인 복합 빌딩 앞에 멈춰 섰다. 시부야에서 쭉 뻗은 덴엔도시선 중에서도 멋스러운 곳으로 유명한 역이다. 로터리 주변에는 막 지은 새 유리 건물들이 줄지어 서 있다.

"아오다 씨, 도착했습니다."

편집자인 오카모토가 그렇게 말하자 운전사가 안전벨트를 풀고 큰 자동차를 돌아서 정중하게 문을 열더니 머리가 지붕에 닿지 않도록 손으로 가려주었다. 고헤이는 작가지만 VIP 대우에는 익숙하지 않았다. 무척 불편했다.

"칫치, 굉장해. 마치 영화 같아."

가케루가 먼저 내리자 운전사는 머리를 살짝 숙였다.

"고맙습니다."

고헤이도 차에서 내렸다. 역 앞을 지나는 사람들 몇 명이 이쪽을 쳐다봤다. 도대체 어떤 사람이 내릴까 궁금했을 것이다. 부끄러운 감정을 숨기고 인사를 했다.

"앗, 감사합니다."

역시 자신은 럭셔리함과는 거리가 멀다. 평생 운전사가 딸린 렌트카에 익숙해질 일은 없을 것이다. 자동차의 문은 자신이 원할 때 직접 열고 닫는 편이 정신 건강에 좋다.

많은 사람들이 오가는 교외의 로터리였다. 5월 말의 건조한 바람이 부드럽게 휴일의 저녁 무렵 사이를 빠져나간다. 폭이 넓은 보도에서 등을 쭉 펴고 있는데 갑자기 편집자인 오카모토가 복합 빌딩의 현관을 향해 손을 흔들었다. 정장 차림의 남성 둘이 잰걸음으로 다가왔다. 나이가 많은 쪽이 인사를 했다.

"먼 곳까지 와주셔서 감사합니다. 에이슌칸 서적 영업부의 바바입니다."

남자는 젊은 남자 쪽을 쳐다봤다.

"이쪽은 요코하마 지구의 영업을 담당하고 있는 고시미즈입니다."

"언제나 감사합니다."

고헤이가 머리를 숙였다. 그 후 언제나 하는 명함 교환이 저녁 무렵의 역 앞에서 시작되었다. 고헤이는 작가로는 드물게 명함을 가지고 다닌다. 출판사의 영업부에는 얼굴을 아는 이가 거의 없었다. 이런 사람들은 직접 판매를 하지는 않지만 자신의 책을 서점에 추천한다. 편집자에 비해 사회인으로서 태도도 그렇고 옷도 정장 차림으로 제대로 챙겨 입고 있는 듯했다. 편집자 중에는 작가보다도 더 독특한 사람들이 많아 가끔 곤란할 때도 있다.

영업부의 뒤에 서 있어서 보이지 않던 여성이 한 발 앞으로 나왔다. 화려한 연두색 앞치마를 두르고 있다. 가슴에 일루미나라는 알파벳이 자수로 놓여 있는 걸 보니 분명 서점의 유니폼이다. 흰색 셔츠블라우스에 폭이 좁은 부츠컷 청바지를 입고 있다. 서 있는 모습이 아름답다. 키가 커서 그런지도 모르겠다. 볼을 살짝 붉히고 있는데, 이유가 뭘까? 오카모토가 소개해줬다.

"그리고 이쪽은 일루미나 서점의 문학 매장 담당이신 요코세 가오리 씨입니다. 아오다 씨의 열렬한 팬이기도 하죠."

고헤이는 쑥스러워하면서 문학 담당자의 얼굴을 봤다. 요즘은 서점 직원이라고 하면 남성보다도 여성이 압도적으로 많다. 그중에서도 문학 담당은 여성들이 독차지하고 있다. 예전에는 촌스러운 문학소녀가 하는 일이라는 이미지가 강했지만 지금은 다르다. 문학 담당자는 어느 서점이든 선망의 대상으로 미인들이 많다.

요코세 가오리도 문단 바의 쓰바키에 뒤지지 않을 정도로 미인이다. 화려하지는 않지만 들에 핀 한 송이의 하얀 꽃처럼 청초함이 느껴진다.

"저, 대학생 때 엄청난 실연을 경험했는데 그때 아오다 선생님의 『지정대는 데이즈』에 구원을 받았어요. 그 후 팬이 됐어요. 선생님이 내신 단행본은 모두 가지고 있어요. 해설도 읽고 싶어서 문고판도 모으고 있어요. 선생님의 책은 다 완벽해요."

놀라고 말았다. 고헤이의 작품은 도시적이지만 화려하지 않고 수수한 스타일이다. 지금까지 이토록 열렬한 팬을 만난 적이 없다.

"이번 『텅 빈 의자』는 지금까지의 책 중에서도 최고라고 생각해요. 책이 나오자마자 하룻밤 만에 자지도 않고 다 읽어버렸어요. 그리고 바로 저희 '서점 강추'로 올렸어요. 사인회가 결정되고 나서 매대에 서른 권 놔뒀거든요. 근데 다 팔렸어요. 지금까지 230권이나 팔았어요. 고객의 평도 아주 좋아요."

고헤이에게는 이상하게도 걸작을 쓰겠다는 욕심이 없어서 이번 신간이 자신의 최고 정점이라고 생각한 적이 없다. 하지만 작가로서 작품에 대한 칭찬을 들으니 기분이 나쁘지는 않았다.

"고맙습니다. 그런 말 처음 들었습니다."

가오리가 자신의 명함을 내밀며 말했다.

"저도 선생님의 명함을 받고 싶습니다."

얼마 남지 않은 명함을 건넸다. 대신 손에 쥔 가오리의 명함에는 서점 주소와 연락처만이 아니라 개인 휴대전화 번호와 메일 주소가 선명하게 손글씨로 적혀 있었다.

"아, 감사합니다."

어쩌면 자신은 다마 플라자 지역에만 먹히는 스타일일지도 모른다. 잠시 한심한 상상을 하고 있는 고헤이를 가케루가 차가운 눈빛으로 보고 있었다.

고헤이의 일행이 안내받은 곳은 서점의 스태프 전용 공간이었다. 좁은 통로에는 박스가 발 디딜 틈 없이 산처럼 쌓여 있었다. 아르바이트생이 열심히 내용물을 확인하면서 클립보드에 뭔가를 적고 만화나 잡지를 묶고 있었다. 서점의 일은 얼핏 보면 손을 더럽힐 필요가 없는 깔끔한 일인 듯 보이지만 실제로는 몸을 계속해서 움직여야 하는 육체노동이다. 종이는 기름을 흡수하므로 손끝은 늘 까칠까칠하게 말라버린다. 월급이 괜찮은 편도 아니다. 책을 좋아하는 사람이 아니면 할 수 없는 일이다. 고헤이는 작가의 한 사람으로서 진심으로 감사의 인사를 전하고 싶어졌다.

사방이 책 상자로 둘러싸인 회의용 테이블에 편집자와 같이 앉았다. 테이블 위에는 『텅 빈 의자』가 스무 권 정도 쌓여 있었다. 오카모토가 페트병에 담긴 보리차를 종이컵에 부어주었다. 가케루는 단숨에 차가운 보리차를 들이켜고는 더 달라고 했다.

"휴, 넥타이 같은 걸 하니까 목이 마르네, 오카모토 씨는 안 그래?"

가케루는 열 살이지만 긴자 바 종업원과 메일 친구라서 그런지 대형 출판사의 편집자에게도 반말이다. 이 아이는 어떤 어른이 될까. 고헤이는 어처구니가 없었다. 그때 가오리가 자리에서 일어섰다.

"사인회장 상황을 보고 오겠습니다. 좀 신경이 쓰이네요."

오카모토가 손목시계를 보며 말했다.

"아직 30분 정도 남았어요. 그동안 책에 사인하시겠어요?"

이 책들은 사인용 책이었다. 정말 인기 작가 같다. 고헤이는 안주머니에서 은색 사인펜을 꺼냈다. 『텅 빈 의자』의 면지는 짙은 회색이다.

고헤이에게 연예인처럼 마구 흘려 쓰는 사인은 없다. 평범한 해서로 자신의 필명을 쓸 뿐이었다. 주위 사람들이 고개를 내밀고 들여다봐서 무척이나 쓰기가 불편했다. 난처해서 글자가 점점 작아져가는 것이 왠지 불쾌했다.

사인한 책을 오카모토에게 건네면 이번엔 고무도장을 찍었다. 그러고 나서 영업 담당인 고시미즈가 잉크가 묻지 않도록 종이를 끼우면 끝이다. 다섯 권 정도 자신의 책에 사인을 하고 나서야 겨우 필체가 안정되었다. 본궤도에 올라 거리낌 없이 슥슥 써가자 가케루가 말했다.

"저기, 오카모토 씨, 나도 스탬프 찍고 싶은데."

"그래 한번 해봐. 이쪽으로 와."

가케루가 테이블을 돌아서 왔다. 흰색 셔츠 소매의 단추를 풀고 소매를 걷어 올렸다.

"실패하면 책을 못 쓰게 되니까 잘 찍어야 해. 알았지?"

가케루는 진지한 표정으로 고무도장을 눌렀다. 체중을 다 실어서 누르는 것 같았다. 얼굴이 빨개졌다. 자신의 아들이지만 이럴 때는 귀엽다. 잠시 딴생각을 하느라 고헤이의 손끝이 흔들렸다. 그러다 필명의 한자를 틀리고 말았다. 아오다 고헤이의 '다'를 빼먹었던 것이다.

"앗, 실패했다."

"칫치야말로 제대로 해. 봐, 한 권 못쓰게 됐잖아."

오카모토가 웃으며 말했다.

"가케루, 걱정 마. 나중에 새 책 가지고 올게. 출판사에는 책이 얼마든지 있으니까."

그때 파티션의 얇은 문이 열렸다. 가오리가 잰걸음으로 들어왔다. 흥분해 있다.

"사인회장이 열렸어요. 줄이 엄청나요."

고헤이는 믿을 수 없었다. 자신에게 팬이 그렇게 많을 리가 없다.

"만세! 칫치 최고!"

환성을 지르고 폴짝폴짝 뛰는 가케루의 옆에서 고헤이는 분명 뭔가 잘못되고 있다고 생각하며 담담하게 사인을 계속했다.

# 4

젊은 아르바이트생이 파티션의 문을 열고 얼굴을 살짝 내밀며 말했다.

"사인회 시간입니다. 아오다 선생님, 이쪽으로 오십시오."

갑자기 긴장감이 온몸을 덮쳐왔다. 이제부터 미지의 독자들과 직접 얼굴을 마주한다. 편집자인 오카모토가 먼저 자리에서 일어났다.

"이제 가볼까요. 사인회 잘 부탁드립니다. 오늘은 한 명이라도 더 많은 사람들이 기쁜 마음으로 돌아가도록 힘내자고요."

고헤이도 일어섰다. 목이 너무 말랐다. 영업 담당인 고시미즈가 가오리에게 물었다.

"고객이 몇 분 정도 기다리고 있습니까?"

가오리는 볼을 발갛게 상기시키며 말했다.

"한 60~70명 정도입니다. 얼마 전 개최한 미나즈키 하야토 선생님 때보다도 시작이 좋습니다."

미나즈키는 인기 라이트노벨 작가다. 늘 마스크를 쓰고 사인회를 하는 것으로 유명했다. 본업은 아르바이트가 금지된 공무원이라는 소문이 있다. 열린 문을 오카모토가 잡아주었다.

"아오다 선생님, 나오세요."

고헤이는 은색 사인펜을 꽉 쥐고 서점 뒤쪽에 숨어 있는 간소한 회의실을 뒤로했다.

"칫치, 대통령 후보 같아."

가케루가 작은 목소리로 말했다. 초등학교 5학년 남자아이는 잰걸음으로 아버지 옆을 지나갔다. 교외의 대형 서점 속을 걷는 고헤이의 양옆을 오카모토와 고시미즈가 호위하고 가오리가 등을 곧바르게 세운 자세로 선도하고 있었다. 뒤쪽에는 영업 부장인 바바가 수상한 사람은 없는지 둘러보고 있었다. 난처한 팬이 저자에게 피해를 주거나 위해를 가하지 않도록 주의하고 있었다.

"진짜 좀 유난스럽네."

첫 사인회를 맞이하는 고헤이다. 열혈 팬 따위가 있을 리 없다. 컬트적인 독자들이 많은 미인 여대생 작가도 아니다. 곧 마흔인 인기 없는 작가에 지나지 않는다. 그 증거로 서가 사이에 서서 책을 찾고 있는 손님 중 누구도 고헤이에게 주목하지 않았다. 행렬을 유지하며 넓은 책의 계곡 사이를 빠져나갔지만 목적지는 여전히 보이지 않았다. 사인회장까지 꽤 멀다.

"저기, 어디서 하는 거지요?"

고헤이가 맥이 풀려서 질문을 했을 때는 이미 그리스 신전의 기둥을 본떠서 만든 것 같은 흰색 기둥이 세워져 있는 일루미나 서점의 입구를 훨씬 지난 뒤였다. 가오리가 뒤돌아봤다.

"도착했습니다. 아오다 선생님, 이쪽입니다. 잘 부탁드리겠습니다."

고헤이는 주위를 둘러보고 눈이 휘둥그레졌다. 그곳에서 바로 죄송합니다 하고 돌아가고 싶어졌다.

(이런 곳에서 사인회라니……. 창피하다.)

그곳은 복합 빌딩의 넓은 로비였다. 유리로 마감된 아트리움은 4층까지 뚫려 있고 투명한 엘리베이터가 벽면을 타고 올라가고 있었다. 토요일 저녁이라 인파가 밀려왔다가 나갔다 서로 부딪히며 갈 길을 가는 로비는 러시아워처럼 혼잡했다. 고개를 들고 주변을 둘러보니 행렬을 알아차린 사람들이 2층, 3층의 난간에서 무슨 일인가 하고 내려다보고 있었다. 그 시선의 끝에는 아무도 모르는 자신이 있었다.

흰색 천이 덮여 있는 옆으로 긴 테이블 위에는 꽃이 장식되어 있었다. 사인회를 기다리는 사람들의 줄은 로비를 가로질러 수십 미터나 이어지고 있었다. 테이블 옆에는 손으로 쓴 간판이 서 있었다. 작가 아오다 고헤이의 신간 『텅 빈 의자』 사인회. 왠지 자신이 책 세일즈맨이 된 것 같은 기분이 들었다. 문학 매장 담당자가 마이크를 잡았다.

"여러분, 오래 기다리셨습니다. 드디어 아오다 고헤이 선생님의 사인회를 시작하겠습니다. 선생님, 한 말씀 부탁드립니다."

마이크가 고헤이 쪽으로 다가온다. 머릿속이 새하얀 백지가 되어버렸다. 젊은 커플이 지나가다가 별생각 없이 한마디 툭 던졌다.

"아오다 어쩌고가 누구야?"

"몰라. 다이어트 책 쓴 사람 아냐?"

고헤이가 마이크를 잡자 행렬에서는 짝짝짝 박수 소리가 났다. 로비의 쇼핑객들은 아무도 고헤이에게 신경 쓰지 않았다. 선거 연설을 할 때도 틀림없이 이렇게 허무한 기분일 것이다.

"저기, 오늘이 제 인생의 첫 사인회입니다……."

이럴 때는 무슨 말을 해야 하는 걸까 하는 생각이 들자 갑자기 머릿속에 저장되어 있던 말들이 하나둘 증발해버렸다.

"저기, 그러니까……."

줄 서 있는 사람들이 웅성거리기 시작했다. 고헤이는 식은땀을 흘리며 말을 쥐어짜냈다.

"……멀리서부터 와주셔서 감사합니다. 몇 시간이고 사인회를 하겠습니다. 이 시간을 즐겨주시기 바랍니다."

필사적으로 생각했는데도 뻔한 말밖에 나오지 않았다. 자신에게 센스가 없다는 사실을 독자들에게 들킨 것만 같았다. 잘난척 사인회 따위 할 상황이 아닐지도 모른다. 첫 독자가 다가왔다. 초로의 남성으로 작은 몸집에 표정은 딱딱하게 굳어 있었다.

"잘 부탁합니다."

그만 고헤이가 머리를 숙이고 말았다. 가오리가 책과 정리권을 받았다. 사인회가 결정되고 나서 새롭게 배포된 것이다. 가오리는 책을 고헤이 앞에 펼치고 정리권은 뒤집어놓았다.

"성함을 쏠까요?"

남자는 팔짱을 끼고 입도 크게 벌리지 않고 말했다.

"필요 없습니다. 서명과 오늘 날짜만 적어주십시오."

고헤이는 부탁받은 날짜와 자신의 사인을 쓰고 나서 옆에 앉은 오카모토에게 건넸다. 악수하려고 손을 내밀자 남자는 책만 받아 들고 고헤이의 손을 무시한 채 가버렸다. 악수를 원하던 고헤이의 손은 갈 곳을 잃어버려 쑥스러운 듯 머리만 긁적였다. 오카모토가 다가와서 작은 목소리로 속삭였다.

"신경 쓰지 마세요. 사인한 책을 노리고 온 헌책방 사람입니다. 분명 오늘 밤에 인터넷에 옥션에 내놓을 겁니다."

자신이 사인한 책 따위에 무슨 가치가 있을까? 참으로 기묘한 장사도 있다. 두 번째는 30대 여성이었다. 유치원생 정도 되어 보이는 여자아이와 함께였다. 여자아이는 뒤에 숨어 있었다. 이번에는 독자가 먼저 말을 걸어왔다.

"오늘은 남편을 집에 두고 전철 타고 두 시간이나 걸려서 찾아왔어요. 새 작품, 너무 좋았어요. 아오다 선생님의 돌아가신 부인은 정말 멋진 분이셨네요."

죽은 아내를 칭찬하면 어떤 대답을 해야 할지 몰라 곤란하다.

"감사합니다. 소설에서는 너무 멋지게 만들어버렸는지도 모르겠습니다."

정중하게 독자의 이름을 적고 사인했다. 고헤이가 오른손을 내밀었다. 여자의 손을 잡자 땀으로 젖은 손이 희미하게 떨렸다.

(이 사람은 나 같은 사람을 만나고도 긴장하고 있구나.)

나보다 훨씬 긴장하고 있다. 그 사실을 알아차리자마자 고헤이는 거짓말처럼 긴장감이 풀려갔다.

"앞으로 사인회를 더 많이 열어주세요."

아이와 함께 온 여자는 인사를 하고 테이블 앞을 떠났다. 두 시간이나 전철을 타고 와서 행렬의 선두에서 계속 서서 기다리다가 작가와 1분도 채 안 되는 시간을 보내고 돌아간다. 독자란 고마운 사람들이다. 사인회에 익숙하지 않다든가, 여러 사람이 쳐다보는 로비에 있기가 거슬린다고 말할 처지가 아니었다. 휴일에 시간 내서 여기까지 찾아온 사람들이다. 반드시 뭔가 가지고 돌아가게 하자. 고헤이는 다음 책의 면지를 열면서 속으로 굳게 결심했다.

독자들이 잇달아 눈앞에 나타났다가 사라져갔다. 고헤이는 한 명 한 명에게 말을 걸고 정중하게 대하면서 놀랐다. 서적 광고에서는 손쉽게 몇만 권이나 팔았다는 한 문장으로 정리되어버리지만 독자 한 명 한 명은 이렇게나 다채롭고 개성이 풍부했다. 독자는, 아니 인간은 숫자가 아니다. 독자들의 연령 대는

10대 전반부터 60대까지 다양했다. 가장 책을 많이 사 보는 연령대는 20~30대 여성인가. 『텅 빈 의자』는 연애소설이니까 어쩌면 당연한 일인지도 모르겠다.

그중에는 오사카, 니가타에서 첫차로 왔다는 독자도 있었다. 편지와 꽃을 건네거나 선물이라며 가케루를 위해 장난감을 주는 사람도 있었다. 테이블에서 고개를 들어 가케루를 찾았다. 가케루는 약간 떨어진 곳에 준비된 파이프 의자에 앉아 있었다. 가케루는 기쁜 듯 손을 작게 흔들었다. 고헤이도 점점 사인회 분위기에 적응해갔다. 사인도 익숙해지고 독자와 대화도 편하게 하게 되면서 첫 사인회를 즐기기 시작했다. 여유가 생기자 사인 이외에도 뭔가 즉흥적으로 한마디 추가하는 서비스 정신도 생겨났다. 상대에 따라 말을 선택해서 사용하는 일이 즐거운 여흥처럼 느껴졌다.

그때 자원봉사자의 팔에 의지해 흰색 지팡이를 짚으며 한 여성이 다가왔다. 아직 젊어 보였다. 여성이 금속제 지팡이를 톡톡 소리를 내며 접으면서 말했다.

"처음 뵙겠습니다. 후지마키 미호입니다. 잘 부탁드립니다."

## 5

"저야말로 잘 부탁드립니다."

얼굴을 들어 사인회의 테이블 앞에 서 있는 젊은 여성을 쳐다봤다. 접은 흰색 지팡이, 자원봉사자의 안내. 이 사람은 눈이 안 보이는 것 같다. 잘 보이지 않는 두 눈은 구름이 걸린 달처럼 어슴푸레한 하얀색으로 침침해 보였다.

고헤이가 여자 이름을 면지에 쓰기 시작했을 때였다. 머리 위에서 맑고 깨끗한 목소리가 들려왔다.

"저기, 제 첫인상은 어떤 느낌이세요? 저는 태어날 때부터 이래서 한 번도 제 얼굴을 본 적이 없어요."

은색 사인펜을 쥔 손이 멈췄다. 옆에 앉아 있는 편집자 오카모토가 숨을 삼켰다. 그때까지 몇 명이나 되는 여성 독자가 자신의 인상에 대해 물어왔다. 그러나 눈앞에 있는 사람은 평생 자신의 얼굴을 본 적이 없다. 어떻게 말해야 하나. 두 번 다시 만날 일이 없는 사람일지도 모르지만 고헤이는 거짓말은 하고 싶지 않았다.

다시 한 번 천천히 상대방을 관찰했다. 흰색 민소매 여름 원피스, 머리는 단발로 웨이브가 굵게 들어가 있었다. 얼굴은 자원봉사자 여성에게 도움을 받았는지 옅은 화장을 하고 있었다. 가는 어깨에 섬세해보이는 콧날. 눈동자는 흐릿하지만 길게 찢어진 눈에서는 힘이 느껴졌다. 고헤이는 손으로 시선을 떨어뜨렸다. 그녀의 이름은 후지마키 미호다. 천천히 손을 움직이면서 말했다.

"저는 지금 '이름처럼 아름다운 얼굴'이라고 적고 있습니다."

불안해하던 여성의 얼굴이 갑자기 빛을 발하며 화사해졌다.

"아오다 선생님의 책, 도서관에 점자책으로 된 건 다 읽었어요. 아오다 선생님은 키가 어느 정도 되시나요?"

고헤이는 멋쩍은 듯 웃었다. 젊은 여성다운 질문이다.

"음, 한 180 정도 됩니다."

"머리카락은 어떤 느낌인가요? 뻣뻣한가요?"

고헤이는 자신의 머리카락이 뻣뻣한지 부드러운지 생각해본 적이 없었다.

"만져보세요."

고헤이가 머리를 내밀자 가는 손가락 끝이 머리카락 속으로 비집고 들어왔다. 왠지 간지러운 것 같기도 하고 불가사의한 감촉이었다. 오카모토가 스탬프를 찍은 신간을 건넸다. 가슴에 사인한 책을 두 손으로 끌어안고서 여성이 말했다.

"이 책을 제 평생의 보물로 삼겠어요. 정말 고맙습니다."

여성은 자원봉사자가 내민 팔을 가볍게 잡고 테이블 앞에서 멀어져갔다. 그 후 90초 정도였을까, 고헤이는 사람과의 만남이 만들어내는 불가사의함에 대해 짧은 시간이나마 생각하게 되었다. 그녀가 오늘의 일을 잊지 못하듯 고헤이도 결코 그녀를 잊지 못할 것이다.

"사인회에서 이런 일도 있군요."

목소리에 정신을 차리고 옆을 보니 오카모토의 눈이 빨개져 있었다.

"아오다 씨, 긴장하고 있다고 하시면서 애드립도 잘하시고. 다시 보게 됐어요."

문학 매장 담당자인 요코세 가오리가 다음 책을 테이블에 펼치면서 웃었다.

"평상시의 아오다 씨는 이런 느낌이 아닌가봐요?"

손가락으로 눈물을 닦으며 오래 알아온 편집자가 말했다.

"평상시에는 '앗'이라든지 '그러니까'라든지 의미를 알 수 없는 단어들이 많죠."

그런 말을 들으니 그렇구나 싶기도 하다. 작가에는 두 종류가 있다. 화려한 언변으로 청산유수처럼 말을 잘하는 타입과 말을 잘 못 하고 입이 무거운 타입. 작가가 쓰는 문장을 읽는 것만으로는 어떤 타입인지 알 수 없다. 현대 통속소설가가 의외로 말이 없고, 중후한 역사소설을 쓰는 작가가 말이 많은 경우도 있다. 고헤이의 문장은 매끄럽고 리듬감이 좋지만 정작 본인은 사람들 앞에서 말을 잘 못 하는 편이다.

"잘 부탁드립니다."

이번에는 중학생 정도 되어 보이는 남자아이였다. 묘하게 당당한 인상이다. 『텅 빈 의자』는 중년에 접어든 부부의 평범한 이야기다.

"몇 살이에요?"

"열세 살입니다."

어린 나이에 어른들의 연애소설을 읽는다니 센스가 꽤 좋다. 장래가 기대되는 남자아이에게 고헤이는 기분 좋게 사인을 하면서 말을 걸었다.

"연애소설을 읽어요?"

"아오다 선생님의 연애소설을 좋아합니다. 다 읽었습니다."

가만히 이쪽을 바라본다. 눈을 먼저 피한 쪽은 고헤이였다.

"좋아하는 문장이 있으면 말해봐요. 넣어줄게요."

남자아이는 한 순간도 주저하지 않고 말했다.

"그럼 『텅 빈 의자』의 문장으로 해주세요."

"어떤……?"

중학생이 노래하듯 말했다.

"오늘은 내일보다도 영원히 하루 젊다."

"우아……."

환성을 지른 것은 에이슌칸의 고시미즈와 오카모토였다. 고헤이는 식은땀이 났다. 사인펜이 손에서 미끄러지는 바람에 당황했다.

"그런 멋진 말을 내가 썼나?"

소설을 쓸 때면 저도 모르게 분위기에 빠져서 명언 같은 문장을 쓰기도 한다. 하지만 사인회에서 새삼스럽게 그 부분만 뽑아서 쓰자니 작가로서 너무나 쑥스러웠다. 마지막으로 악수를 청하자 남자아이는 눈을 반짝거리며 말했다.

"「올 슈토」의 『칫치와 아들』 연작도 읽고 있습니다. 앞으로도 계속 읽을 겁니다. 아오다 선생님, 힘내십시오."

"아, 고마워요."

「올 슈토」는 월간 소설지 중에서도 역사가 깊은 잡지로 독자층의 평균 연령대는 60대 이상이다. 그것을 매월 사서 읽는 이 남자아이는 어쩌면 엄청난 작가가 될지도 모른다.

"다음 분 오세요."

가오리의 맑은 목소리가 유리로 마감된 아트리움 속에서 높게 울려 퍼지더니 반사되어 사라져갔다.


첫 사인회는 두 시간 만에 종료되었다. 온 사람은 총 약 90명이었다. 시간이 그만큼 오래 걸린 것은 고헤이가 독자 한 명 한 명에게 시간을 꽤 할애하며 정중하게 대응했기 때문이다. 벨트

컨베이어식으로 사인만 했다면 아마도 절반의 시간만으로 끝났을 터다. 마지막으로 고헤이는 서점에서 준비한 꽃다발을 가오리에게 받고는 사인회장을 뒤로했다.

다시 편대를 꾸려 대형 서점 속을 걸어갔다. 가케루가 옆으로 와서 작은 목소리로 말했다.

"칫치, 다시 봤어. 왠지 진짜 스타 같았어. 왜 칫치의 사인이 갖고 싶은지 전혀 이해는 안 되지만."

오카모토와 가오리가 킥킥거리며 웃었다. 잡지 코너를 돌 때 가오리가 말했다.

"위에 있는 이탈리안 레스토랑을 예약해뒀습니다. 그전에 저희 서점에서 준비한 아오다 선생님 코너를 잠시 둘러보세요."

끝없이 계속되는 책 표지의 바다를 건너 국내 남성 작가 코너로 안내되었다. 고헤이의 최근 책이 여섯 권이나 쌓여 있었다. 각각에는 손으로 쓴 POP가 세워져 있었다.

"우아, 대단하다. 요코세 씨, 진짜 아오다 씨의 책을 좋아하시는군요."

편집자인 오카모토가 POP를 한 장 한 장 꼼꼼하게 들여다봤다. 책을 파는 입장에서 고객에게 어떤 식으로 홍보를 하고 있는지 관심이 있을 것이다. 고헤이도 읽어보려고 했지만 『텅 빈 의자』의 홍보 문구를 보자마자 더 이상 읽을 수 없었다.

"이렇게 맑은 눈물을 흘리게 한 소설은 이전에도 이후에도 없습니다."

손으로 쓴 글자의 마지막에 큰 눈물 마크가 들어가 있었다. 고헤이는 자신의 책에 대해 나쁜 말을 들으면 안심이 되지만 칭찬을 들으면 반대로 안절부절못하게 되는 버릇이 있었다.

"이렇게 밀어주시면 출판사로서도 작가로서도 감사할 따름입니다."

과연 고시미즈는 영업사원다웠다. 빈틈을 주지 않고 바로 영업 멘트를 한다. 최근 미디어에 실리는 서평에는 책을 파는 힘이 없어졌다. 그 대신 영향력이 강해진 것이 바로 서점 직원의 추천이다. 서가에 서 있는 한 장의 POP로 베스트셀러가 몇 권이나 탄생했는지 모른다. 가오리가 자신이 만든 코너를 만족스러운 듯 쳐다봤다.

"아오다 선생님은 성공했지만 책이 잘 팔리지 않으면 이렇게 공간을 사용 못 하죠. 상사가 허락해주지 않거든요. 아오다 선생님은 저희 문학 매장에서도 드물게 성공한 예입니다."

편집자인 오카모토가 말했다.

"그래서 제가 전부터 말씀드렸잖아요. 올해야말로 아오다 씨가 이름을 알리게 될 거라고요."

사인회를 한 번 열었다고 안심해서는 안 된다. 벌써 10년 동안 이제 곧 아오다의 시대가 찾아오리라는 말을 계속 들어왔다. 고헤이는 애매모호한 웃음을 지으며 달콤한 미래를 마음속으로 경계했다.

# 6
—

"먼저 샴페인 한잔하실까요?"

편집자 오카모토는 사인회가 예상 밖으로 대성황이어서 무척 들떠 있었다. 레스토랑의 창가 테이블에 오카모토와 일루미나 서점의 문학 매장 담당인 요코세 가오리, 고헤이와 가케루가 둘러싸듯 앉아 있다. 최상층이므로 유리창 너머로는 교외의 역 앞 풍경이 펼쳐져 있다. 서쪽 지평선에는 저녁 해가 마지막으로 투명한 빛을 발하고 있다. 바라보고 있자니 마음 어딘가가 찢어질 것 같은 그런 선명함이다.

"아오다 씨, 수고 많으셨습니다."

네 사람은 붉은색 지평선에서 시선을 돌려 도착한 샴페인 잔에 손을 뻗었다. 가케루는 무스카트 포도 주스를 들었다.

"그럼, 건배 인사 부탁드립니다."

사인회를 하느라 목이 쉬어버린 고헤이가 슬쩍 말했다.

"오카모토 씨, 그러지 마. 내가 그런 거 잘 못 하는 거 알잖아. 아까도 엄청 곤란해 죽는 줄 알았어."

사인회 때 마이크로 인사해야 한다는 이야기는 못 들었다.

"하지만 오늘 같은 일이 계속되면 그런 말 못 하실 거예요."

열 살 가까이 어린 여성 편집자의 목소리에서 놀리는 듯한 느낌이 묻어났다.

"알았어, 알았다고. 첫 사인회를 이렇게 도와주셔서 감사합니다. 수고 많으셨습니다. 건배!"

크리스털들이 조심스럽게 마주치는 소리가 울린다. 가케루가 분한 듯 말했다.

"어른들은 좋겠다. 샴페인도 마시고. 그거 엄청 맛있지?"

고헤이가 황금색 거품이 솟아나는 술을 한 입 마시고 일부러 눈을 감았다. 잠시 입속에서 굴린 다음 샴페인을 식도로 흘려보냈다. 상쾌한 단맛과 신맛. 식도를 타고 내려갈 때의 탄산 거품이 몸속을 깨끗하게 정화해주는 것 같다.

"으음~ 맛있군. 앞으로 10년이나 요 녀석을 마실 수 없다니 애들은 불쌍해."

"칫치, 너무해. 오늘 저녁부터는 욕실 청소 안 할 거야."

샴페인의 거품처럼 달콤한 웃음소리가 하늘에 떠 있는 창가 테이블에서 터졌다.

"그런데 『텅 빈 의자』는 2쇄 들어갔습니까?"

책이 팔리지 않는 작가에게 가장 두려운 질문을 가오리가 가볍게 꺼냈다. 그물버섯과 모래집 마리네를 먹고 있던 오카모토의 손이 멈췄다. 도움의 손길을 청하듯 고헤이 쪽을 봤다. 고헤이는 이런 상황에 익숙해져 있었다. 고개를 끄덕이며 말했다.

"아, 그건 아직⋯⋯."

그렇게 말하긴 했지만 데뷔작을 제외하고 지금까지 단 한 권도 2쇄에 들어간 적이 없다. '아직'이 아니라 영원히 증쇄를 기대할 수 없다. 가오리는 어깨를 축 늘어뜨리며 말했다.

"그렇군요. 역시 책이 안 팔리는 시대이긴 한가보네요. 여기저기서 서평도 좋게 나왔고 이 정도 내용이라면 틀림없이 증쇄하는데, 예전이라면. 안타깝네요."

고헤이는 전채의 맛을 느낄 수 없게 되었다. 도저히 입 밖으로는 내지 못하지만 가오리가 최고 걸작이라고 평가하는 『텅 빈 의자』는 초판 부수가 1,000부나 삭감되었다.

"일본 전국에 서점이 만 7,000곳이나 있어요. 우체국이 2만 4,000곳이니까 3분의 1 정도죠. 하지만 요즘은 서점 경영이 너무 힘들어서 많을 때는 1년에 1,000곳씩 사라지고 있어요. 운 좋게도 우리 같은 체인점은 중간 규모로라도 어떻게든 굴러가고 있지만 동네 책방은 참 힘들죠."

고헤이가 어릴 때는 집에서 걸어갈 수 있는 곳에 작은 서점이 몇 군데나 있었다. 오래 서서 읽을 수 없기 때문에 늘 이 서점 갔다가 저 서점 갔다가 하며 열두 권짜리 만화 단행본을 다 읽은 적도 있었다.

"맞아. 다들 컴퓨터와 휴대전화는 열심히 보지만 책은 그다지 안 읽게 됐어."

대형 출판사에서 일하는 오카모토도 한탄했다.

"우리 회사도 잡지의 부수가 엄청 줄고 있죠. 제일 많이 팔렸던 때에 비하면 20퍼센트 이상 판매 부수가 줄었어요."

고헤이는 같은 출판계에 있어도 숫자에는 어두웠다.

"허~ 그렇군요. 문학소설은 어떻습니까?"

"그쪽 상황이 오히려 낫죠. 에이슌칸의 경우에는 한 8퍼센트 정도만 떨어졌을 뿐이죠. 역시 소설이 고정 독자를 잡는 힘이 확실한 것 같아요. 문학소설은 의외로 상황이 좋아요."

고헤이는 잡지나 서적의 판매 부수가 총액에서 어느 정도를 차지하는지 잘 몰랐다. 그러나 자신이 점점 쇠퇴하는 숲에 사는 희귀 동물이 된 기분이 들었다. 가오리가 한숨을 크게 쉬었다.

"하~ 책 많이 읽어주면 좋겠다."

나이 대가 비슷한 오카모토가 맞장구를 쳤다.

"정말이에요. 에이슌칸의 책을 대량으로 사주면 좋겠어요."

고헤이는 가볍게 머리를 숙였다. 왠지 책이 팔리지 않는 것이 자신의 책임 같아서다.

"미안합니다. 제가 별로 도움을 못 드려서. 100만 부짜리 베스트셀러를 쓸 수 있다면 좋겠지만."

당황하며 가오리가 손을 저었다.

"무슨 말씀을요. 아오다 선생님은 이대로 충분해요. 그렇게 갑자기 팔리면 아오다 선생님답지 않아요."

가오리는 자신이 무슨 말을 했는지 알아차린 듯 입을 막았다. 가케루가 냉정하게 말했다.

"100만 부가 팔리면 인세가 1억 5,000만 엔. 그런 일은 복권에 당첨되는 거나 다름없으니까 칫치에게는 절대 안 일어날 거야. 말도 안 되는 일이야."

"어머, 가케루, 무슨 말을. 그건 모른다."

오카모토가 샴페인 잔을 다 비우고 말했다.

"소설의 세계란 말이야, 정말 불가사의하거든. 어떤 작가가 출판사 주최 골프대회에 가게 돼서 운전사 딸린 렌트카를 탔어. 그때 운전사한테 슬쩍 신세 한탄을 했다네. 자신은 책은 안 팔리고 평생 1쇄로 끝날 작가라고. 그랬더니 운전사가 빙긋 웃으며 돌아보며 말했다고 해. X 선생님도 젊었을 때 똑같은 말씀을 하셨습니다. 언젠가 히트작이 나올 겁니다, 하고."

X 선생님은 신간을 낼 때마다 세간에 화제를 몰고 다니며 밀리언셀러를 기록하는 대작가다. 고헤이는 자신과는 속한 세계가 달라 오카모토의 이야기에 그리 공감할 수 없었다. 가케루가 테이블 쪽으로 상반신을 쑥 내밀었다.

"그럼 칫치가 엄청난 베스트셀러 작가가 될 수도 있는 거네."

오카모토는 고헤이를 흘깃 보며 말했다.

"그럼. 최선을 다해서 열심히 글을 쓰는 작가에게는 그럴 가능성이 있을지도 모르지. 나는 가케루의 칫치가 그렇게 될 거라고 믿고 있어."

가오리가 거들었다.

"아오다 선생님은 꼭 성공하실 거예요."

고헤이는 기쁘기도 했지만 복잡 미묘했다. 팔릴까 안 팔릴까의 문제가 아니라 작품의 질은 지금까지도 나쁘지 않다고 생각한다. 이 둘의 의견을 들어보면 지금까지의 작품들이 모조리 실패작이 아닌가 하는 생각이 들었다.

"칫치는 지금대로도 충분히 만족스러운데."

편집자는 그런 고헤이의 말에 불만을 품은 듯 보였다. 샴페인을 더 주문하고는 잠시 입을 꽉 다물더니 말했다.

"아오다 씨는 늘 자신은 됐다며 남한테 양보를 하세요. 대담 의뢰나 취재도 거의 안 받으시고. 그런 소극적인 자세는 별로 안 좋다고 생각해요. 너무 수수하다고나 할까. 소설가는 책 세계를 대표하는 위치에 있잖아요. 그래서 독자들도 기대하고 있죠. 그건 오늘 사인회만 봐도 알 수 있잖아요."

확실히 악수를 할 때마다 기대감이 전달되어왔다. 더 좋은 작품을 써야 한다. 하지만 그것과 미디어 속에서 스타 작가로 행동하는 것은 별개 문제다. 고헤이에게는 고헤이 나름대로 사정이 있다. 가케루가 불쑥 말했다.

"오카모토 씨, 미안해."

의표를 찔린 듯한 표정으로 편집자는 초등학교 5학년 남자아이를 쳐다봤다.

"다 나 때문이야. 4년 전까지는 칫치도 문학상 파티나 저녁 미팅에도 가고 취재도 꽤 받았는데 마맛치가 죽고 나서는 날 혼자 두지 않으려고 늘 집에만 있어. 칫치의 일이 잘 안 풀리는 데는 내 탓도 있어."

아이에게 그런 말을 하게 만들다니 작가로서만이 아니라 아버지로서도 실격이다. 고헤이는 답답했다. 책이 잘 팔려서 가케루가 미안한 마음을 안 가질 수만 있다면 무슨 짓이라도 하고 싶었다. 하지만 아무리 전력투구를 해도 방법을 알 수 없었다. 그때 가오리가 편을 들듯이 말해줬다.

"저는 지금 이대로의 아오다 선생님도 충분히 작가로서 빛나고 있다고 생각해요."

조용해진 테이블에서 세 사람의 시선이 서점 직원에게 쏠렸다. 창 너머로 다마 플라자의 저녁 하늘이 보였다. 저녁 무렵의 적란운이 회색으로 부풀어 올라 하늘의 절반을 차지하며 유유자적하게 떠 있다. 요코세 가오리는 자신의 말에 놀란 듯 볼을 발갛게 물들이고 있었다.

"주제넘은 말을 해서 죄송해요. 하지만 저는 아오다 선생님이 작가로서 존재감이 없다든지, 촌스럽다든지, 작품이 매력적이지 않다든지, 그런 생각 전혀 안 해요."

샴페인에 취했는지 문학 매장 담당자는 조심성 없이 대담하게 말했다. 마치 복부에 가하는 타격을 한 대 맞은 것 같다. 고헤이는 겸연적은 듯 웃으며 얼버무릴 수밖에 없었다.

"오늘 사인회에 오신 분들의 반응만 봐도 알 수 있어요. 저는 여러 작가의 사인회를 개최해왔지만 오늘 오신 분들이 제일 따뜻했고 진심으로 선생님을 좋아한다는 것을 알 수 있었습니다. 그리고 정말 많이 오셨잖아요."

오카모토가 탕 하고 소리를 내며 유리잔을 내려놓았다. 왠지 화가 나 있는 듯했다.

"맞아요. 나도 아오다 씨의 소설을 옛날부터 좋아해서 일부러 담당시켜달라고 했어요. 주위의 반응이 싸늘했죠. 더 젊은 작가를 찾는 편이 좋다든지, 책이 팔리는 인기 작가를 담당하라든지. 다들 정말 왜 아오다 씨 작품의 좋은 점을 모를까요."

에이슌칸의 제2문예부에서는 고헤이의 평판이 별로 좋지 않나보다. 웃고 있기가 점점 힘들어졌다. 가케루가 화이트 아스파라거스와 햄 파스타를 돌돌 말면서 담박하게 말했다.

"오카모토 씨, 어쩔 수 없어. 칫치의 책은 데뷔작 외에는 모두 초판으로 끝났으니까."

가오리 씨가 숨을 삼키며 포크를 놓고 말했다.

"……가케루, 그 말 진짜야?"

자신이 무슨 말을 했는지 잘 모르는 걸까. 초등학교 5학년은 천진난만하게 고개를 끄덕였다.

"응, 칫치는 늘 책이 팔리지 않는다, 책이 팔리지 않는다며 투덜거리는걸."

가케루는 오카모토와 고헤이가 고개를 숙이고 말았다는 걸 알아차린 듯했다.

"칫치, 왜 그래? 책이 안 팔리는 건 비밀이었어?"

이렇게 된 이상 뭘 더 숨기겠는가. 고헤이는 고개를 들어 가오리를 봤다.

"아, 부끄러운 얘기지만 가케루 말은 전부 사실이야. 열심히 쓰기는 하는데 증쇄하기에는 부족한가봐."

머리를 긁적이며 웃을 수밖에 없었다. 이마에서도 등에서도 기분 나쁜 식은땀이 흐르고 있다. 그때 가오리가 깜짝 놀랄 정도로 큰 목소리로 말했다.

"반드시……."

조용한 이탈리안 레스토랑 안에 젊은 여자의 목소리가 울려 퍼졌다. 다른 테이블에 앉은 사람들의 시선이 이쪽에 집중되었다. 고헤이는 눈이 맞은 건너편 테이블의 중년 여성에게 죄송하다며 목례를 했다. 가오리는 주변 상황을 전혀 알아차리지 못하고 있다.

"말도 안 돼요. 아오다 선생님의 책은 책을 읽을 줄 아는 사람이 읽으면 재미있어요. 제대로 된 판매 방법을 쓰면 팔려요. 우리 문학소설 코너가 그걸 증명하잖아요."

어안이 벙벙해진 고헤이는 가오리를 쳐다봤다. 오카모토는 만족스럽다는 듯 고개를 끄덕였다.

"알겠습니다. 아오다 씨의 책, 더, 더, 더 세게 밀어붙여보겠습니다. 내일부터 매대의 면적을 넓혀야겠습니다."

"아오다 씨, 잘됐어요. 저도 열심히 팔아보겠습니다. 요코세 씨, 우리 같이 싸워보자고요."

오카모토와 가오리는 서로 바라보며 고개를 끄덕였다. 편집자와 서점 직원에게 책이 안 팔린다고 동정을 받다니 작가로서 체면이 말이 아니다. 그러나 인사는 했다.

"잘 부탁드립니다."

가케루는 별로 관심이 없는 듯 말했다.

"칫치, 잘됐다. 포도 주스 한 잔 더 주세요."

사인회의 뒤풀이는 평화로운 분위기에서 진행되었다. 책이 팔리지 않는 작가라는 비밀이 폭로되어 무의식의 방어벽이 무너져버렸나보다. 가오리와는 이날이 첫 만남인데도 고헤이는 그냥 마음을 허락하고 속내를 말했다. 증쇄를 못 하는 작가의 속사정, 작가와 아버지의 겸업에서 오는 고생스러움, 죽은 아내에 대한 추억을 이야기했다.

가오리도 웃으며 서점 업무의 고생담이나 실패담을 이야기했다. 테이블에는 점점 웃음소리가 늘어갔다. 고헤이는 얼굴이 아름다운 여성보다도 머리가 좋고 이야기를 재미있게 하는 사람을 좋아한다. 독서량도 풍부하고 머리 회전도 빠른 가오리와는 자신과 잘 맞는 것 같다. 테니스의 혼합복식 파트너 같다.

밤 10시가 지나서야 뒤풀이는 끝났다. 오카모토가 숄더백을 들고 계산하러 가자 가케루도 자리에서 일어났다. 마음을 써준 것일까.

"칫치, 나 오줌."

가오리와 둘만 남겨졌다. 숨쉬기가 거북해져서 창밖으로 시선을 돌렸다. 이 거리는 푸른 나무들과 조명의 균형이 좋다. 저녁의 나무들이 녹음을 한껏 자랑하고 있다.

"오늘은 정말 즐거웠어. 첫 사인회라서 걱정했는데 덕분에 잘 끝났고. 요코세 씨, 고마워."

가오리는 가볍게 고개를 가로저었다. 흔들리는 앞머리가 보기 좋다는 생각이 문득 들었다.

"아니요, 사인회가 성공한 건 다 아오다 선생님의 실력 덕분이에요. 멋진 책을 계속 쓰고 계셔서 팬들이 모인 거예요. 저야말로 감사합니다."

형식적인 인사가 끝나자 두 사람 다 할 말이 없어졌다. 열기를 띤 침묵은 불쾌하다기보다 오히려 기분이 좋다. 고헤이는 역앞 로터리의 야경을 쳐다봤다. 이 광경을 잊지 말자. 낼모레면 마흔이지만 첫 경험이란 나이와 상관없는 법이다.

"저기…… 아오다 선생님."

마치 뭔가를 결심한 듯한 목소리가 들려서 고헤이는 가오리에게 시선을 돌렸다. 똑바로 이쪽을 바라보는 눈은 알코올 때문인지 옅은 붉은색이다.

"응?"

가오리는 아주 잠깐 숨을 돌린 다음 파고들듯 말했다.

"아까 제 명함, 가지고 계시죠?"

고헤이는 압도당한 듯 고개를 끄덕였다.

"그러면, 혹시 괜찮다면, 그 주소로 메일 주세요. 저는 평범한 서점 직원이고 일개 독자에 불과해서 선생님으로서는 뻔뻔하게 보이겠지만."

"아니, 그렇게 생각 안 하는데."

"그럼 오늘 밤 안에 메일 주세요."

진지한 눈빛으로 고헤이를 뚫어지게 바라본다. 날카로운 칼 끝에 찔린 것 같다. 여성에게 이렇게 대놓고 메일을 보내달라는 요구를 받은 적이 없었다. 너무 긴장되었다. 그저 연신 고개를 끄덕일 수밖에 없었다.

"시간이 좀 걸렸네요."

오카모토가 가케루와 같이 자리로 돌아왔다. 남자아이가 작은 종이봉투를 들어올려 보였다.

"오카모토 씨가 계산하는 곳에서 초코칩 쿠키 사줬어."

"가케루는 좋겠네."

카오루는 시치미를 뚝 떼고 말했다. 여자는 변신에 능수능란 하다.

빌딩 밖으로 나가자 봄날 저녁의 바람이 불고 있었다. 전신을 부드러운 손으로 감싸는 듯하다. 차가 보도 건너편에서 기다리고 있었다. 운전사가 문을 열어두고 옆에 서 있다.

"요코세 씨, 고마웠습니다."

고헤이가 인사하자 오카모토가 같이 고개를 숙였다. 가케루가 폴짝거렸다.

"누나, 또 놀아요."

가오리가 가케루의 머리를 쓰다듬으며 말했다.

"응, 다음에는 도쿄에서 보자."

오카모토는 조수석에, 고헤이와 가케루가 뒷좌석에 탔다. 검정 차가 천천히 움직이기 시작했다.

고헤이가 사이드 윈도의 스위치를 누르자 옅은 파란색을 띤 유리창이 매끄럽게 내려간다.

"그럼. 고마웠어요."

가오리가 두세 걸음 다가오더니 입을 손으로 가리고 속삭였다.

"아오다 선생님, 약속 잊지 않으셨죠? 기다리고 있겠습니다."

차는 역 앞 로터리를 검은 물고기처럼 돌아서 간다. 손을 흔드는 가오리가 조명으로 밝은 보도 위에서 작아졌다.

오카모토가 고헤이를 돌아봤다.

"오코세 씨의 약속이 뭔가요?"

"아냐, 별거 아냐. 책 이야기니까."

"뭐예요, 이건 수상한데요."

가케루는 창에 이마를 대고 저녁 거리를 바라보고 있었다. 고헤이는 등을 좌석에 기대고 편안한 자세로 앉아 생각에 잠겼다. 가오리에게 보내는 첫 메일을 어떻게 쓰면 좋을까. 차라리 소설의 첫 문장을 쓰는 게 훨씬 쉽다.

# 8

검은색 자동차가 고속도로로 진입했다. 거리의 가로등이 기분 좋게 리듬을 타며 튀어 오르듯 날아가버린다. 긴 하루였다. 고헤이는 너무 오래 웃음을 지으며 악수를 하는 바람에 사람에게 가볍게 취한 상태였지만 기분은 상쾌했다. 조수석에서 편집자인 오카모토가 말한다.

"사인회 아주 좋았어요. 게다가 요코세 씨가 아오다 씨의 진짜 열혈 팬에 단행본 문고판의 초판까지 모으고 있다니. 게다가 미인이고. 아오다 씨, 나쁘지 않았죠?"

과연 담당 편집자는 날카롭다. 이쪽의 표정을 읽고 있는지도 모른다. 작가라고는 하지만 살아 있는 인간이며 건강한 남성인 고헤이로서도 촉촉하게 젖은 눈을 반짝이며 자신을 바라보는 젊은 여성이 싫지 않았다. 손에 들고 있는 은색 휴대전화에 시선을 떨어뜨렸다.

(오늘 저녁에 메일 하겠다고 말을 했지만…….)

불과 몇 시간 전에 처음 만났을 뿐인 열 살 가까이 어린 여성에게 뭐라고 써서 보내야 하나. 첫 메일이다. 게다가 상대는 평소에 신세를 지고 있는 서점 직원으로 자신의 열혈 팬이다. 옆에 앉은 가케루를 쳐다봤다.

사인회 두 시간에 그 뒤 뒤풀이 세 시간. 어른들에게도 긴 시간이었으니 피곤할 만도 하다. 처음에는 창밖을 즐겁게 바라보고 있었지만 어느새 남자아이는 문에 기대어 자고 있다. 고헤이는 마음을 정하고 엄지손가락으로 메일을 쓰기 시작했다.

✉️ 오늘 고마웠습니다.

잊을 수 없는 첫 사인회가 되었습니다.

이번 쉬는 날

가구라자카에 맛있는

일본 요리를 먹으러 갑시다.

가케루도 기대하고 있습니다.

그럼. 안녕히 계십시오.

작가가 썼다고 생각할 수 없을 정도로 평범한 메일이었다. 아이를 이용하는 것이 비겁하게 느껴졌지만 너무나 들이대듯이 보이는 것도 마음이 내키지 않았다. 고헤이는 4년 전에 아내를 잃고 나서부터는 여성을 신중하게 대한다. 독신이라 자유롭다고 할 수도 있지만 아이도 있고 마흔 가까운 나이 탓도 있고 해서 가볍게 처신할 수 없었다. 아이로니컬하게도 결혼한 상태가 오히려 독신보다 자유롭다. 사귈 거면 매번 진지해야 한다. 그런 생각이 고헤이가 여성에게 다가서는 것을 막고 있었다.

이대로 계속 아들과 둘이서만 살아가게 되는 걸까. 불안하다고까지는 말할 수 없지만 가끔 신기하게 생각될 때가 있다. 언젠가 가케루도 성인이 되어 자신에게서 멀어져갈 것이다. 십수 년 후 쉰을 훌쩍 넘긴 자신은 여전히 홀로 살고 있다. 상상하면 두렵지만 아빠와 엄마의 역할을 모두 해야 하는데다 눈앞의 마감까지 처리하느라 정신없는 고헤이로서는 고독에서 헤어날 방법을 알면서도 감히 실행에 옮기지 못하고 있다.

"가케루가 잠들어버렸네요."

오카모토가 어두운 차 안에서 말을 걸어왔다.

"아오다 씨는 재혼이라든지 그런 거 생각 안 하세요?"

같은 방향을 향해 달리는 자동차 안은 미묘한 문제도 입에 담기 쉬워지나보다.

"아, 그건…… 전혀 생각을 안 하고 있는 건 아니지만 나 혼자 될 일도 아니고 가케루도 있고 또 우리 집 경제 상황이라든가…… 이런저런 문제가 복합적으로 뒤엉켜 있으니까."

작가라고 하면 듣기에는 좋아 보이지만 연 수입은 같은 세대의 샐러리맨과 별반 다르지 않다. 복리후생이나 기업 연금도 없다. 게다가 초등학교 5학년짜리 아이도 있다. 건강하고 전업 작가고 배가 나오지 않았다. 자신의 장점이라면 그 정도뿐이었다.

"문제만 있는 건 아닐 것 같은데."

오카모토가 우물거렸다.

"우리 회사에도 아오다 씨의 팬을 자처하는 여자들이 꽤 있어요. 제가 담당으로 결정되었을 때 부럽다는 말을 듣기도 했으니까요. 그것도 연속해서 세 명에게 말이죠."

오늘은 도대체 무슨 바람이 불어서 이번이 연속적으로 일어나는 걸까. 처음 만난 서점 직원에게는 메일을 달라는 요구를 받고 출판사 직원들 중에도 팬들이 꽤 있다는 말을 들었다. 부디이 차가 사고를 당하지 않고 무사히 도착했으면 하는 바람이다.

"그런 건 빨리빨리 말해줘야지."

"하지만 편집자와 작가라는 관계가 어렵잖아요. 차이도 확실히 있고."

고헤이는 팔짱을 꼈다. 작가와 편집자 부부도 몇 쌍이나 있다. 대형 출판사라면 같은 나이 대라도 연봉이 50퍼센트 정도 더 높다. 작가와 편집자라고 하지만 전혀 상하 관계라고 생각되지 않았다.

"무슨 차이? 옛날 작가는 선생님으로 존경받을 정도로 훌륭했을지도 모르지만 요즘은 거의 독자와 대등하지. 어떤 젊은 작가들은 독자들이 불쌍하다고 응원해주고 있다는 걸 공공연하게 말하고 다닐 정도인데 뭐."

블로그나 인터넷에서 자신의 작품을 공개하고 있는 작가도 몇 명이나 있다. 창작도 완전히 민주화가 되어버렸다. 그래서 위대한 작품이 태어나기 어렵다고도 말할 수도 있지만 고헤이는 그다지 신경 쓰지 않았다. 위대한 소설을 낳는 위대한 시대는 동시에 고난의 시대다. 위대하지 않아도 자신이 좋아하는 작품을 쓸 수 있는 평범한 시대를 사는 편이 훨씬 좋다. 고헤이는 가케루의 아버지로 매년 계속되고 있는 디플레이션 속에서 출판계에 데뷔했다. 작가로서의 욕심은 거의 없다.

가구라자카에는 저녁 11시를 지나서 도착했다. 오카모토는 이 시간에도 회사에 들러 확인해야 하는 메일이 있다고 한다. 차를 그대로 타고 갔다. 문학소설 편집자는 다들 놀랄 정도로 일을 열심히 한다.

고헤이는 가케루를 안고 엘리베이터를 탔다. 가케루가 너무 무거워서 좁은 상자 안에서 그만 쭈그리고 앉아버렸다. 30킬로그램 가까이 되는 게 아닐까. 아이는 점점 성장해간다.

겨우 현관 열쇠를 열어 가케루를 앉히고 가죽 신발을 벗겼다. 그때 고헤이의 휴대전화가 울렸다. 주머니에서 꺼내 액정 화면을 확인했다. 가오리에게 온 첫 메일이다.

✉ 별말씀을요. 저야말로 감사했습니다.

　너무 좋은 사인회였어요.

　눈이 불편한 분을 대하실 때는

저도 감동하고 말았습니다.

6월이 되면

꼭 식사 같이 해요.

할 얘기가 많아요.

아오다 선생님과 가케루를

다시 만나고 싶어요.


이런 경우 바로 답장을 보내는 편이 좋을까? 요즘 젊은 커플은 답장하기까지의 시간으로 자신에 대한 상대방의 마음을 가늠한다고 들었다. 고헤이가 망설이며 현관에 우두커니 서 있는데 갑자기 가케루의 목소리가 들려왔다.

"칫치, 좋은 메일인가봐."

"아, 그래 보여?"

"응. 현관에서 서서 싱글벙글하며 보고 있잖아. 징그러워. 잠 오니까 빨리 침대까지 데려다줘."

고헤이는 가케루의 머리를 마구 헝클어뜨렸다. 간지러운지 남자아이는 도망치듯 스스로 일어섰다.

"언제 깬 거야? 엄청 무거웠어."

가케루가 복도 안쪽으로 향하며 말했다.

"가구라자카에 도착하고 나서. 오랜만에 안겨볼까 하고 그냥 자는 척했어."

남자아이도 열 살이 되면 말이 많아진다. 귀여운 건지 속을 뒤집어놓으려는 건지 알 수 없다.

"오늘 저녁은 늦었으니까 이만 닦고 자."

욕실 문에서 얼굴만 내밀며 가케루가 말했다.

"요코세 씨 예쁘더라. 칫치도 꽤 마음에 들었지?"

아이에게까지 들켰으리라고는 생각도 못 했다.

"어떻게 알아?"

"그 사람 웃는 모습이 마맛치를 닮았거든."

"그랬나…… 어서 자."

고헤이는 허탈하게 중얼거리며 서재로 향했다. 책상 위에 걸터앉아 자신의 저서가 꽂혀 있는 코너를 쳐다봤다. 죽은 히사에의 사진 옆에 유백색의 작은 유리 향로가 놓여 있다. 그 속에는 아내의 뼛조각이 4년이 지난 지금도 그대로 있다.

"왠지 말이야, 가케루가 건방진 말도 할 줄 알게 됐어. 거기서 우리들을 보고 있으면 어떤 기분이 들어? 히사에, 나는 어떻게 하면 좋을까?"

고헤이는 합장은 하지 않았다. 아직 아내가 살아 있는 것 같아서 도저히 합장만은 할 수 없었다.

# 9

가구라자카의 밤은 화려하다.

급경사가 진 비탈길 양쪽에는 카페와 음식점들이 형형색색의 빛을 발하며 늘어서 있다. 가로수를 잇는 홍백의 초롱이 바람에 느긋하게 흔들리고 있다. 2층 룸에서 요코세 가오리가 거리를 오가는 사람들을 바라보고 있다. 가케루가 말한 대로 뾰족한 코와 입이 죽은 아내를 무척 닮았다.

"일본식 다다미에 앉으면 왠지 마음이 편안해져요."

밝은 회색의 여름 원피스를 입은 가오리가 말했다. 서점 앞치마를 입고 있을 때와는 전혀 다르게 꽤 성숙해 보였다.

"다마 플라자에는 이런 곳이 없거든요. 왠지 한숨 돌릴 수 있는 분위기네요."

이전에 편집자와 같이 온 적이 있는 닭전골집이다.

"마음에 든다니 다행이네요. 더 고급스러운 요정도 근처에 있지만 게이샤를 부르는 곳에 간 적이 한 번도 없어서. 사는 동네인데 참 한심하죠."

머리를 긁적이며 웃는 고헤이를 하나뿐인 아들이 냉담하게 바라보고 있다.

"있잖아, 이 전골 맛있어. 둘 다 더 먹어."

남자아이는 막 끓어오른 전골의 부드러운 다릿살을 미즈나(겨잣과에 속하는 야채의 한 품종 – 옮긴이)와 같이 폰즈(감귤류의 과즙으로 만든 일본의 대표적인 조미료 – 옮긴이)에 찍어서 와작와작 먹는다. 가오리가 웃었다.

"누군가가 맛있게 먹는 모습을 보는 건 기분이 좋아요. 저는 동경하던 아오다 선생님과 마주 앉아 있으니까 가슴이 벅차서 도저히 먹을 수 없지만."

가케루는 의심스러운 눈빛으로 두 어른을 번갈아 보더니 다시 전골을 독차지했다. 고헤이는 복잡 미묘한 심경이었다. 자신의 팬이라는 젊은 여자와 식사를 하는 건 단순히 기쁘다. 하지만 가케루와 셋이라는 조합은 아무래도 여기에는 존재하지 않는 히사에를 떠올리게 만든다. 존재하지 않는 사람의 존재감이 훨씬 무겁게 다가온다. 이제 돌아갈 수 없는 날들이지만 얇은 레이스 커튼 너머로 죽은 아내와 셋이 있던 때의 모습이 오버랩된다. 의미 따위 없지만 가오리에게는 실례가 되는 일이다. 마음이 자꾸만 슬퍼지려고 하는 걸 막을 수 없었다. 작품 속의 인물은 자유자재로 움직일 수 있는데 자신의 마음은 도저히 그렇게 안 된다. 작가도 다른 수많은 인간과 마찬가지로 나약한 인간의 마음을 가지고 있다.

"왠지 그 표정 너무 어른 같은데요."

가오리의 말에 고헤이의 마음은 닭전골집 룸으로 돌아왔다.

"앗, 뭐가요?"

"아오다 선생님의 그 표정이요. 반은 웃고 반은 울고 있어요. 여자 앞에서 그렇게 애절한 표정을 지으면 아마 가만두지 않을 걸요."

"저를요……?"

의외의 말이다. 고헤이는 스스로 어떤 표정을 짓고 있는지 알 수 없었고 가케루는 입에 당면을 달고 이상한 듯 가오리를 쳐다봤다.

"네, 요즘 여자들은 연애에서는 꽤 적극적이죠. 그런 점에서 아오다 선생님은 바로 먹잇감이 되기 쉬운 타입이고요."

가케루가 젓가락으로 닭고기 완자를 집으며 말했다.

"칫치가 공격당해서 먹이가 되는구나. 이 완자같이. 여자란 엄청 무서운 거군요."

가오리가 손을 뻗어 가케루의 볼을 잡았다.

"그래 맞아. 사실 여자는 무서운 존재야. 나도 요 쫀득하고 부드러운 볼이 갖고 싶어."

이제 막 30대에 접어든 가오리가 가케루와 자신의 피부를 비교하며 자조하고 있다. 그러나 곧 마흔이 되는 고헤이에게 가오리는 지나칠 정도로 젊었다.

"지금은 안 그래. 남자도 여자도 나이 따위 그다지 의미 없는 시대잖아. 30대의 절반이 독신이니까."

가오리는 자신의 작은 그릇을 들여다보며 축 처진 쑥갓을 집었다.

"하지만 여자에게는 서른이라는 벽이 분명히 존재해요. 젊을 때랑 남자들 보는 눈이 전혀 다른 걸요."

쓸쓸한 목소리로 그런 말을 하면 남자는 아무 말도 할 수 없다. 고헤이는 가케루가 남긴 미즈나를 뿌옇게 된 전골에서 건져 올렸다.

큰길로 나온 시간은 9시 30분이 지나서다. 장마가 시작되기 전의 열기로 가구라자카의 거리 전체가 희미하게 미열을 띠고 있는 것 같다. 고헤이가 손목시계를 봤다. 곧 가케루가 잘 시간이다. 그러나 가오리와 좀 더 이야기하고 싶었다. 어떻게 하면 좋을까. 아이와 함께 하는 데이트는 이래서 어렵다. 앞서가는 여름 원피스의 뒤에서 말을 걸었다.

"저기, 가케루가 잘 시간이긴 한데 어떻습니까, 난 좀 더 마시고 싶은데 가오리 씨는 시간 괜찮습니까?"

뒤돌아보는 가오리의 뒤로 비탈길 저 아래까지 초롱이 점점이 밝혀져 있다. 부드러운 불빛의 리듬에 취할 것만 같다.

"그러면 카페에서 기다릴게요. 오늘은 이소가이 씨의 신간을 가지고 왔으니까 그거 읽으면서 기다리면 돼요."

분명 고헤이를 자신감 상실 상태로 처박아버린 그 책이다.

"『푸른 하늘의 밑바닥』이죠? 그거 재미도 있고 좋은 책입니다. 가케루, 그만 가자."

"싫은데. 아직 시간 있잖아. 전골 먹었으니까 디저트로 아이스크림 먹고 싶은데."

고헤이는 골목 앞의 밤을 향해 아들의 손을 끌고 갔다.

"인사는 해야지. 안 그러면 가오리 씨가 또 안 놀아준다."

"네~ 네, 안녕히 주무세요. 오늘 밤에는 칫치를 잘 부탁드립니다. 먹이로는 삼지 마세요."

학교의 시험은 그저 그런데 이럴 때만은 기막히게 머리가 잘 돌아가는 아이다. 가오리가 웃으며 손을 흔들었다.

"그래. 전골로 만들어버리는 건 참을게. 가케루도 잘 자."

맹렬한 속도로 가케루의 이 닦기와 목욕을 끝내고 드라이어로 머리카락을 말렸다. 젖은 채로 자면 아침에 머리를 다듬느라 시간을 많이 허비하게 된다.

고헤이는 하나뿐인 아들이 침대에 들어가자 바로 집을 나왔다. 남자 혼자서 저녁 외출을 한다. 발목에 작은 날개라도 달린 듯 가벼운 기분이다.

가구라자카 거리에 면한 오픈 카페에서 가오리가 기다리고 있다. 회색 원피스를 입고서 다리를 꼬고 앉아 단행본을 읽고 있다. 날씬한 종아리 아래에는 흰색 펌프스를 신고 있다. 느슨하게 컬이 들어간 머리카락은 흐르듯 어깨에 앉아 있다. 고헤이는 가게에 들어가기 전에 잠시 가오리를 바라봤다. 책을 읽는 여자는 꽤 보기 좋다. 재킷의 깃을 단정히 하고 테이블로 다가가 다정하게 말을 걸었다.

"늦었습니다."

가오리는 잠시 동안 얼굴을 들지 않았다. (왜지?) 얼굴을 들자 눈이 빨갰다. 울고 있었나.

"죄송해요. 이 책 마치 아오다 씨와 가케루의 이야기 같아서. 읽다가 너무 슬퍼서 저도 모르게."

고헤이는 가오리 옆에 앉아 생맥주를 주문했다.

"이소가이 히사시는 친구입니다. 아내 장례식에도 왔었죠. 본인에게 확인해보지는 않았지만 아마도 우리 가족이 모델이 아닐까 싶어요. 나도 울었을 정도니까요."

손수건 끝으로 눈물을 흡수시키며 가오리가 억지로 웃었다.

"올 상반기에 읽은 책 중에서 아오다 선생님의『텅 빈 의자』와 이소가이 선생님의『푸른 하늘의 밑바닥』이 제일 좋아요."

기쁜 평가긴 하지만 인기 작가인 이소가이의 책은 벌써 20만 부를 넘었다. 그에 비해 고헤이의 신간은 30분의 1에 지나지 않았다.

"고마워요. 그런 말을 들으니 기쁘네요. 전혀 안 팔리고 있지만……."

도착한 맥주로 건배했다. 가오리는 화이트 와인이다. 하늘을 올려다보니 별이 보이지 않는 도심의 저녁 하늘이었다. 초여름의 저녁 바람이 작은 생물의 혀처럼 전신을 빈틈없이 훑고 지나간다.

"나중에 바다로 갈까요?"

가오리가 두 팔을 들어 기지개를 켰다.

"아니요. 여기가 마음에 드니까 오늘 밤은 이 카페로 충분해요. 하우스 와인도 맛있고요."

고헤이는 아무 말 없이 고개를 끄덕였다. 가오리는 눈을 치뜨고 쳐다보며 말했다.

"실례되는 말을 해도 될까요?"

정해놓은 연인이 있느냐고 갑자기 물어보는 걸까. 고헤이가 자세를 똑바로 하자 가오리가 의외의 말을 했다.

"남자는 죽은 부인을 절대로 잊을 수 없나요? 아니, 아오다 씨만이 아니라 이 책을 읽고 그 점이 신기해서요."

이상한 기분이 들었다. 사람들은 모두 히사에가 죽었다고 한다. 하지만 고헤이의 팔 안에는 지금도 아내가 아무렇지도 않게 살아 있다. 같이 살고 있는 가케루 속에도 아내가 살아 있다. 사람은 죽은 후에도 생전과 마찬가지로 당연히 살아 있다. 고헤이는 저녁 비탈길을 바라보며 고개를 끄덕였다.

"내가 잊을 수 없는 게 아니라 저쪽이 잊게 만들어주지 않을 뿐입니다."

# 10

"아오다 선생님에게 그런 말을 들을 수 있는 부인은 행복하겠어요."

저녁 바람이 가오리의 머리카락을 매만진다. 외국인들 한 무리가 뭔가 농담을 하면서 떠들썩하게 가구라자카를 올라간다. 산 자가 잊어주지 않는 죽은 이와, 죽은 이를 잊을 수 없는 산 자. 도대체 어느 쪽이 행복할까. 취한 머리로 고헤이는 멍하니 떠올려봤다.

"그런 거예요. 다들 아내를 먼저 보낸 남편을 지나치게 로맨틱하게 생각하죠. 딱히 그런 게 아닌데 말이에요."

『텅 빈 의자』 같은 작품을 쓴 사람이 하기에는 이상한 이야기지만 가오리에게는 아내를 먼저 보낸 남편이 아니라 한 명의 남자로 비치고 싶었다.

"하지만 아오다 선생님의 문장에도 아오다 선생님 자신에게도 슬픔이 창백한 그림자 같이 따라붙어 있는 느낌이 들어요."

고헤이는 순간 섬뜩했다.

"아, 그건 감상적이고 서글픈 느낌인가요?"

서점의 문학 매장 담당은 서둘러서 손을 저었다.

"아니요. 전혀 그런 끈적거리는 것이 아니라 산뜻하고 건조해서 좋아요. 엄청 매력적이에요."

작가가 얼마나 힘든 경험을 하든 그 감정이 살아 있는 그대로 드러나 있다면 작품으로서는 실격이다. 논픽션과는 거리를 두고 있는 창작의 세계에서는 세상의 현실감을 이용하면서 전혀 다른 세계를 만들어내야 한다. 현실의 감정을 그대로 사용할 수 없다.

"내 얘기만 했네. 요코세 씨 남자친구는 어떤 사람인가요?"

멋대로 호의를 품고 있을 뿐 고헤이는 가오리의 연애에 대해서 아는 게 없다. 이야기를 들어보면 독신 같지만 매력적인 30대 여성이다. 분명 만나는 사람이 있을 것이다. 화이트 와인이 든 유리잔을 들고 가오리는 킥 하고 웃었다.

"그건 아직 비밀이에요."

그런 말을 들으면 더 이상 집요하게 파고들지 못하는 소심한 성격의 고헤이다. 이런 담백함이 소설에도 드러나서 인기가 없는 걸까. 모든 성격적인 결점이 소설 창작에서 부정적으로 작용하고 있을 것 같은 기분에 젖는다. 작가란 참 골치 아픈 직업이다. 어쩌면 실제로 글을 쓰는 시간보다 반성의 시간이 더 길지도 모른다.

"부인이 돌아가시고 나서 4년 동안 아오다 선생님은 가케루와 둘이서만 살았어요? 다른 여성과 사귀거나 아니면 다른 사람과 결혼할 생각은 안 하셨어요?"

날카로운 질문에 고헤이는 가만히 손 안의 유리잔을 바라볼 수밖에 없었다.

"으음, 어떤 세월이었을까. 처음 반년은 충격으로 아무것도 할 수 없었고 새로운 생활을 하는 데 필사적이었습니다. 매일 아침 가케루를 깨우고 아침밥을 만들고 청소도 세탁도 하고 수업 참관도 가죠. 초등학교가 그렇게 귀찮은 건 줄 몰랐습니다."

남자 혼자서 아들을 키우고 있는 고헤이의 솔직한 감상이다. 급식비나 교재비를 거스름돈이 안 생기도록 준비하고 체육복이나 수영복에 이름을 써둬야 한다. 매일같이 가케루는 학교 알림장을 가지고 돌아오고 제출할 숙제와 감상문도 무수히 많다. 하지만 아이 키우기가 얼마나 고생스러운지 아이가 없는 가오리에게 말한들 뭐 하겠나. 확실히 흰머리가 늘어나는 기분이 들기는 하지만 결코 불행한 삶은 아니다. 고헤이는 억지로 웃음을 지어 보였다.

"이제 익숙해졌어요. 게다가 『텅 빈 의자』를 쓰고 나서 한 절반 정도 아내로부터 자유로워진 기분이 들어요. 지금은 다른 사람에 대해 생각할 여유도 생겼고."

작가가 문제를 극복하기 위해서는 실제로 손을 움직여서 글을 쓸 수밖에 없었다. 이야기 속에 사는 인물의 삶을 빌려 생각한다. 그것이 습관이 되어버렸다. 누구나 알 수 있는 간단한 문제라도 작가는 저 멀리 돌아서 몇 개월, 몇 년이나 시간을 투자해 글을 쓰면서 생각한다. 글을 쓰는 것은 답을 도출하기 위해서가 아니라 자신만의 방법으로 빠짐없이 사고하고자 하는 수단이었다.

"아무리 힘든 일도 작품으로 승화시키니 너무 멋져요."

가오리가 알코올로 빨갛게 충혈된 눈을 반짝거리며 말했다. 고헤이의 기분은 복잡했다. 자신은 벌레의 속도로 천천히 그리고 착실하게 소설을 쓸 뿐이다. 머리가 좋은 사람이라면 재빠르게 그 자리에서 해답을 꺼낼 수 있는 것만 지금까지 써온 듯한 기분이 들었다.

"그런가요? 소설은 두렵고 귀찮고 에두르는 거라고만 생각했는데."

"그런 거 아니에요. 아오다 선생님은 멋진 책을 쓰시고 아버지로서도 훌륭하다고 생각해요."

고헤이는 고개를 끄덕이는 대신 미지근해진 맥주를 비웠다.

그날 밤 고헤이와 가오리는 전철 막차 시간까지 오픈 카페에서 얘기를 나눴다. 초여름의 저녁 공기가 가슴 바닥에 달콤함을 남겨주었다. 매력적이지만 아직 잘 모르는 이성을 조금씩 이해해간다.

"이제 그만 가야겠어요."

가오리가 손목시계를 봤을 때 고헤이는 진심으로 실망했다. 하지만 가오리는 내일도 서점에 출근해야 했고 고헤이는 가케루의 아침밥 준비를 해야 한다. 전표를 손에 쥐고 웨이터를 불렀다. 고헤이가 내려고 하자 가오리가 말했다.

"이곳은 더치페이로 하죠."

열 살 가까이 어린 여자다. 고헤이는 옛 남자라서 여자에게 돈을 내게 하는 것이 영 불편했다. 가오리는 같은 나이 또래의 남자친구와 더치페이를 하며 데이트를 즐기고 있는 걸까. 가슴이 좀 어지러워졌다.

"아니야. 여기는 내가 낼게요. 정 그러면 다음에 가케루에게 뭔가 선물이라도 하나 사줘요."

이럴 때는 아이를 핑계를 대니 편하다.

"알겠습니다."

고헤이는 골드도 플래티넘도 아닌 그냥 평범한 신용카드로 지불하고 영수증을 받았다. 개인 사업자인 작가는 접대 교제비에 상한이 없다. 무엇보다 고헤이의 교제비는 매년 그리 큰 금액도 아니었다. 신주쿠의 세무서에서 조사가 들어온 적도 없다. 분명 너무 바빠서 딱히 소득세를 빼앗을 것도 없는 고헤이의 신고서 따위는 문제 삼지 않을 것이다.

이다바시역을 향해서 둘은 천천히 비탈길을 내려갔다. 전철

막차가 곧 끊어지는 시간이라 가구라자카에도 사람들이 적었다. 가오리는 고헤이가 모르는 노래를 콧노래로 부르며 옆에서 걸었다. 비탈길 아래에 있는 황궁 해자를 향해서 거리 양옆으로 초롱이 희미한 불빛의 띠를 만들고 있다. 마구 소리를 지르면서 비탈길을 달려 내려가고 싶은 기분이 갑자기 들었다. 내일모레 마흔인데도 이런 기분이 드는구나. 고헤이는 책만 읽던 젊은 시절을 떠올렸다. 그 시절에 보란 듯 복수라도 하고 싶을 걸까.

"아오다 선생님…… 이 아니라 고헤이 씨, 손잡아주실래요?"

"아, 알겠습니다."

가오리가 내민 손을 고헤이가 다정하게 잡았다. 처음 잡는 여성의 손은 방금 우물물에라도 담갔다 뺀 것처럼 차가웠다. 이런 식으로 자연스럽게 손을 잡는구나. 이 사람과 잘 해나갈 수 있지 않을까. 고헤이는 행복한 상상으로 가슴이 저렸다.

비탈길 아래로 지하철 입구가 보이기 시작했다. 배수구가 낙엽이라도 빨아들이듯 수많은 술 취한 남녀들이 사라져간다. 어두컴컴한 가구라코지 골목에 다다랐을 즈음 가오리가 툭 한마디 던졌다.

"저, 꽤 취한 것 같아요. 고헤이 씨는 취한 여자 싫어해요?"

"아니, 아닌데."

가오리가 고헤이의 손을 끌어 작은 음식점들이 늘어서 있는 골목으로 들어갔다. 미치쿠사 요코초라는 간판이 보인다. 이 주변에는 지갑이 얇아지는 월말에 가끔 들르는 술집이 몇 군데 있다. 희미한 네온 빛이 스며드는 골목에는 인기척이 전혀 없었다.

가오리가 갑자기 멈춰 서더니 고헤이 쪽을 돌아봤다. 그리고 얼굴을 위로 향하더니 눈을 감았다. 살짝 튀어나온 입술은 무엇을 의미하는 걸까. 연애 감각이 둔한 고헤이지만 벼락을 맞은 것처럼 다음 순간을 이해했다.

(키스를 기다리고 있다.)

작가는 머리를 기울여 서점 직원과 스치듯 키스했다. 그러자 가오리가 갑자기 세게 껴안더니 팔을 풀었다. 어두운 골목길에서 빙긋 미소를 띠며 말한다.

"이건 친구 키스예요. 왠지 고헤이 씨가 귀여워서 이대로 가케루가 있는 곳으로 그냥 돌려보내기가 아까워졌거든요."

남성과 여성의 역할이 완전히 역전되어버린 것 같다. 고헤이가 대학생일 때는 지금 가오리의 말을 남자가 했었다.

"응, 나도 기뻤어."

지하철 입구를 향하는 가오리의 뒤를 고헤이는 자신의 입술을 누르면서 따라갔다.

# 11

—

6월 중순에 걸쳐서 고헤이는 가오리와 몇 번인가 데이트를 했다. 서로의 직장이 있는 다마 플라자와 가구라자카, 그리고 중간 지점인 후타코타마가와에서 주로 만났다. 고헤이가 무한정의 자유가 주어지는 작가라는 직업을 가지긴 했지만 초등학생 아들이 있는 터라 좀처럼 시간을 맞출 수 없었다.

서로의 스케줄을 맞춰가다가 아주 작은 접점이라도 발견하면 시간을 내서 차를 마시거나 식사를 하거나 한다. 고헤이가 워낙 여성에게 진지한 타입인데다 가오리 역시 쉽게 틈을 보이지 않아 비록 어른들이지만 관계는 그다지 깊어지지 않았다.

매일 하는 업무나 최근 읽은 재미있는 책 이야기를 하다가 문득 시간을 보면 벌써 헤어질 시간이었다. 아내와 사별한 충격을 진정시키기 위한 재활 훈련과 같다고 고헤이는 생각했다. 손을 잡고 걷고 어떨 때는 가벼운 굿나잇 키스도 한다. 마흔 살을 목전에 둔 어른이 마치 고등학생 같은 데이트를 하고 있는 셈이지만 그곳에는 초여름의 바람에 등이 어루만져지는 상큼함이 있었다.

서두를 거 없다. 인연이 있다면 자신들은 자연스럽게 다음 단계로 넘어갈 것이다. 가오리와 헤어진 후 전철을 타고 집으로 돌아가면서 고헤이는 늘 그렇게 자신을 납득시켰다.

그 전화는 점심 먹으러 나가던 도중에 걸려왔다. 흙벽이 이어지고 있는 가구라자카 골목은 사람이 적어서 고헤이가 마음에 들어하는 산책 코스다. 샤미센 소리가 유유자적하게 들려오고 바닥에 깔린 돌벽돌에는 좀 전에 뿌린 물이 자국만 어슴푸레 보였다. 휴대전화의 작은 액정을 보니 「올 슈토」의 편집자인 요네야마 데루다.

"아니, 요네야마 씨, 마감할 게 또 있었나?"

이미 『칫치와 아들』의 최종회는 보냈다. 다음 호에 에세이 아니면 서평이라도 쓰기로 했었나?

"아니오. 원고 얘기가 아닙니다. 지금 아주 잠깐이면 되니까 시간 좀 내주시겠습니까?"

고헤이는 손목시계의 달력을 확인했다. 6월 중순으로 문예지의 교열 작업은 분명 끝났을 텐데.

"점심 먹으러 나온 거니까 시간 괜찮아."

생선을 별로 좋아하지 않는 가케루 탓에 고헤이 혼자 먹는 점심은 주로 일본 음식이다. 오늘은 가다랑어회를 먹을까, 고등어 구이를 먹을까, 금방 튀긴 전갱이 튀김도 좋겠다. 뭘 먹을까 고민하고 있는데 요네야마가 말했다.

"1분이라도 빨리 알려드리고 싶어서 전화했습니다. 아오다 씨의 『텅 빈 의자』가 제149회 나오모토상 후보에 올랐습니다."

역시 산뜻하게 가다랑어를 폰즈에 찍어 먹기로 정했을 때였다. 나오모토상이라는 단어가 귀에서 폭탄처럼 터져버렸다. 머리가 징징거리며 울린다. 아무 말도 못 하고 있는데 편집자의 말이 다시 들렸다.

"처음으로 후보에 오르신 거 축하드립니다."

일본에서 반년 동안 출판된 소설 중에서 월마다 최고라고 생각되는 한 권을 골라 후보작으로 선정한다. 나오모토상의 후보가 되는 것만으로 명예로운 일이다. 고헤이는 데뷔 10년째, 단행본 열다섯 권째에야 비로소 후보에 선정되었다.

"잠시 후 정식으로 문서를 보내드릴 겁니다만 후보 수락하시겠습니까?"

요네야마의 어투도 평소와 다르게 무겁다. 고헤이는 입안이 바짝 말라서 혀가 잘 움직이지 않았다.

"영광입니다. 수락하겠습니다. 잘 부탁드립니다."

"별말씀을요. 『텅 빈 의자』는 정말 좋은 책입니다. 후보작은 일반에는 공개되지 않으니까 절대 말씀하시면 안 됩니다. 비밀입니다."

땀으로 미끄러지려는 휴대전화를 끊었다. 샤미센 소리는 아직도 계속되고 있다. 여우에게 홀렸다는 기분이 이런 건가. 고헤이는 갑작스럽게 찾아온 기쁜 소식이 실감나지 않았다.

이 기쁨을 누군가에게 전하자. 실제로 수상했다면 몰라도 후보 여섯 작품 중에 들어갔을 뿐이다. 출판계를 아는 사람 이외에는 의미가 없다. 부모님께는 얘기할 마음이 들지 않았다. 큰 결심을 하고 가오리에게 전화했다. 메일은 마흔 살 남자치고는 자주 보내는 편이지만 가오리에게 전화를 하는 일은 거의 없었다.

"네, 요코세입니다."

오늘은 늦게 출근하는 날이라서 아직 서점은 아닐 것이다.

"고헤이입니다. 지금 시간 돼?"

수화기를 통해서 고민하는 가오리의 분위기가 느껴졌다. 마치 비즈니스 상대처럼 말했다.

"네, 잠시라면 괜찮습니다."

접객하는 것 같은 말투다. 이상했지만 지금 고헤이는 흥분해 있었다.

"잘 들어.『텅 빈 의자』가 나오모토상 후보에 올랐어. 올해 상반기 베스트 식스에 선정되었다고!"

가오리의 목소리에서 기뻐하는 기색과 함께 조심스러움이 묻어났다.

"대단하세요. 좀 있다가 제가 다시 연락드리겠습니다. 축하드립니다."

통화는 바로 끊어졌다. 업무 중이었을지도 모른다. 서점 직원도 출판사 영업과 업무상 점심이라도 먹는 걸까. 고헤이는 골목에서 너무 많이 빨아서 퇴색되어버린 노렌(상점 입구의 처마 끝이나 가게 입구에 치는 막으로 영업을 하는 동안에 걸어두고 영업이 끝나면 내린다 - 옮긴이)을 꺼내고 있는 식당으로 향했다.

폰즈의 산미와 묘가의 상큼함과 가다랑어의 지방을 머금은 감칠맛. 좋은 소식을 들은 뒤에 먹는 가다랑어회는 최고로 맛있다. 고헤이는 말하고 싶었지만 '비밀'이라는 한마디가 마음에 걸려 연락을 참고 있었다. 점심을 먹고 가구라자카 골목으로 나왔을 때였다. 평상시에는 거의 울릴 일이 없는 고헤이의 휴대전화가 울리기 시작했다. 전화를 받자마자 비명 같은 목소리가 귀를 때렸다. 고헤이는 저도 모르게 휴대전화에서 귀를 뗐다.

"축하드려요!"

"아, 고마워."

"드디어 해내셨군요. 아오다 씨가 나오모토상 범위 내에 들어왔다고 생각하고 있었어요. 멋진 책을 제가 만들 수 있게 해주셔서 너무 감사하고 또 감격하고 있다구요."

에이슌칸의 오카모토는 『텅 빈 의자』 담당이다. 편집자가 기뻐하면 작가로서는 그 이상 없을 정도로 기쁘다. 그러나 이제 막 결정된 소식을 오카모토가 어떻게 알고 있을까.

"근데 오카모토 씨는 어떻게 알았어? 나도 막 알았는데."

"아~ 아오다 씨, 처음이죠? 나오모토상의 후보작은 결정된 순간부터 공공연한 비밀이에요. 신문 등을 통해서 일반인에게 발표되는 것은 시상식이 열리기 1주일 정도 전이지만 실제로는 한 달 전에 후보가 결정돼요."

프로로 10년이나 글을 쓰고 있는데도 출판계에는 모르는 일 투성이다.

"그러니까 앞으로가 길어요. 후보에 오르신 분들이 다들 그러시더라고요, 후보 선정 후의 시간이 힘들다고요."

미경험자인 고헤이로서는 상의 결과를 기다리는 괴로움을 도저히 상상도 할 수 없었다. 신인상을 탔을 때는 별생각 없이 술을 마시러 갔다가 부재중 전화 메시지를 통해 수상 소식을 듣게 되었다.

"아~ 그래?"

생각해보면 몇천 명이나 되는 작가 중에서 상의 결과를 기다릴 수 있는 권한을 지닌 이는 단지 여섯 명뿐이다. 현재 상태를 경험으로 쌓아두자. 떨어지든 수상하든 경험은 작가로서의 고헤이에게 분명 도움이 될 것이다. 그때 중요한 사실을 깨달았다.

"맞다, 내가 후보에 선정되었다는 건 다른 다섯 작품도 확정되었다는 거네?"

평정을 가장하며 말했다. 오카모토는 고헤이의 기분 따위는 전혀 신경도 쓰지 않는 듯 거침없이 말한다.

"네, 알고 있어요. 나중에 메일로 보낼까요? 지금 말로 해도 되는데."

고헤이는 소리를 죽이며 침을 삼켰다.

"지금 말해줘."

"네. 잠깐만 기다리세요."

가슬가슬 종이 문지르는 소리가 난다.

"먼저 『친선시합 배우짓테의 추리소설』 가미야마 시즈나 씨. 후보는 여섯 번째고 이번 후보에 오른 작가들 중에서 가장 많이 후보로 선정되셨어요."

가미야마 시즈나는 베테랑 역사소설가로 후보작은 요즘 유행하는 에도시대를 그린 역사소설이다.

"역사소설이 하나 더 있어요. 『자쿠추의 눈 안』의 하루미 키이치로 씨. 후보로는 세 번째입니다."

에도시대의 화가 이토 자쿠추의 평전소설이다. 하루미는 재능이 뛰어난 신인으로 방대한 자료로 이미 정평이 나 있다.

"현대물에서는 데아토르 하라다 씨의 『꿈의 또 꿈』. 아오다 씨와 마찬가지로 처음으로 후보에 올랐습니다."

올 상반기에 50만 부를 팔았다는 젊은 코미디언인 데아토르 하라다의 데뷔작이다.

"그리고 노노미 히토미 씨의 『입을 대고 빨아』. 후보로는 두 번째고 20대 마지막에 오른 후보작입니다."

스캔들이 연상되는 성애소설을 쓰는 젊은 소설가다. 데뷔는 라이트노벨로 했지만 몇 작품 만에 순수문학의 벽을 깨고 어른들의 소설 세계로 진입에 성공한 귀재다. 상대하기 벅찬 상대들

뿐이다. 들떴던 기분이 점점 바닥으로 가라앉았다.

"그리고 마지막으로 아오다 씨의 친구『푸른 하늘의 밑바다』의 이소가이 히사시 씨. 후보에 오른 건 네 번째입니다."

충격이다. 하필이면 처음으로 나오모토상 후보에 올랐는데 아오노 모임의 친구 이소가이 히사시와 경쟁하게 되다니. 게다가 그의 책이 얼마나 대단한지 누구보다도 고헤이가 잘 안다.

# 12

오후에는 일이 손에 잡히지 않았다. 읽어야 할 자료도 있고 원고용지 네 장짜리 에세이도 쥐고 있지만 마음은 콩밭에 가 있다. 첫 나오모토상 후보에 올랐다는 소식은 그만큼 고헤이에게 파격적인 소식이었다.

각 사의 편집자에게 이따금씩 축하 전화가 걸려왔다. 어떻게 해서든 일을 하려고 마음을 다잡고 있으면 전화벨이 울린다. 축하한다는 말을 들으면 도저히 바로 전화를 끊을 수가 없다. 다들 진심으로 고헤이가 후보에 오른 것을 기뻐해줬다. 인기라고는 없던 10년간을 견딜 수 있도록 옆에서 버팀목이 되어준 전우들이다. 게다가 축하 전화를 매정하게 끊어버릴 만큼 고헤이는 강단 있는 사람도 아니다.

(이런 상태가 시상식까지 한 달이나 계속되는 건가.)

한숨이 절로 나올 것만 같다. 문학상 후보에 오른 것은 기쁘지만 마음은 점점 우울해진다. 생각해보면 상을 받으면 기쁘지만 수상해도 작품 속의 단 한 글자도 바뀌지는 않는다. 소설로서의 가치는 전혀 변하지 않는다. 그런 관점에서 보면 경쟁이 불가능한 소설을 억지로 경쟁시키는 상은 어쩌면 죄를 만들고 있는지도 모른다.

주방에서 뭘 할 수 있는 기분이 아니라서 저녁은 가케루와 가구라자카 거리로 나가서 먹기로 했다. 근처에 자주 가는 비스트로가 있다. 아이를 데리고 가도 청바지에 티셔츠를 입어도 들어갈 수 있는 편안한 곳이다.

"저기, 칫치. 아까부터 말하던 좋은 소식이 뭐야?"

건배 준비를 하던 고헤이는 빙긋이 웃으며 수수께끼를 냈다.

"맞춰봐."

"알았어. 가오리 씨와 잘되고 있구나? 뭐, 칫치는 칫치니까 하고 싶은 대로 해도 돼. 하지만 내 마맛치는 한 명뿐이야."

아이는 늘 어른의 아픈 부분을 파고든다.

"그건 아니야, 사실은 얼마 전에 낸 칫치의 책이 제149회 나오모토상 후보에 선정됐어."

초등학교 5학년에게는 유명한 문학상이라고 해도 와닿지 않는 모양이다. 잘 모르겠다는 표정을 지으며 가케루가 말했다.

"그 상을 받은 거 아니지? 아니면 수상이 결정된 거야?"

"그건 한 달 후에 시상식이 열리는데 거기서 후보로 오른 여섯 권 중 한 권을 골라. 가끔 두 작품이 공동 수상을 하기도 하고 수상작이 없기도 하고."

점점 분위기가 가라앉아간다. 가케루는 과연 작가의 아이다웠다. 고헤이를 올려다보며 말했다.

"그 상 받으면 책이 많이 팔리는 거야?"

"음~ 잘은 모르지만 10만 부 정도는 금방 증쇄되지 않을까?"

스스로 말하고도 마치 꿈만 같다. 『텅 빈 의자』의 1쇄는 7,000부였지만 단번에 열네 배 이상이나 증쇄되는 셈이다. 기분에 취할 것만 같아서 고헤이는 서둘러 마음을 다잡았다.

"받을지 어떨지는 모르고 칫치는 첫 후보라서 어려울 것 같기도 해. 하지만 후보에 오른 것만으로 작가로서는 기뻐할 만한 상이란다. 가케루, 우리 건배하자."

"응. 건배. 꼭 받을 수 있게. 그걸로 주택대출 갚자. 응, 칫치?"

고헤이는 쓴웃음을 지으며 잔을 맞댔다. 마음속은 복잡했다. 앞으로는 주택대출 이야기나 책이 안 팔린다는 불평은 아이 앞에서 절대로 하지 말자.

자정이 다 되어갈 무렵이다. 평소라면 가오리에게서 잘 자라는 메일이 올 시간이다. 고헤이가 서재에서 자신의 데뷔작이 실린 낡은 문예지를 보고 있는데 휴대전화가 울리기 시작했다. 가오리다.

"낮에는 죄송했어요. 사람을 좀 만나고 있어서 말투가 차가워졌어요."

갑자기 사과를 하는 바람에 고헤이는 당황했다. 까맣게 잊고 있었다.

"사실은 나오모토상 후보에 올랐다고 해서 뛰어오를 만큼 기뻤어요. 고헤이 씨와 이소가이 선생님의 책을 도박하는 셈치고 대량 발주해버려야겠어요."

가오리는 문학 매장을 담당하고 있다. 나오모토상이 발표될 때마다 수상 예상 작품을 사전에 발주한다.

"고, 고마워. 하지만 나는 처음이니까 후보에 오른 것만으로 아주 만족해."

절반 이상은 진심이다. 고헤이는 저도 모르게 딱히 묻고 싶지 않은 얘기를 입에 올리고 말았다.

"그런데 낮에 만난 사람은 일 관계자? 말투가 무척 사무적이었는데."

가오리가 전화 너머에서 숨을 죽이는 듯했다. 미묘하게 잠시 침묵하더니 말했다.

"네, 그런 곳이라고나 할까. 걱정 끼쳐서 죄송해요. 하지만 고헤이 씨가 나오모토상 후보에 올랐다는 건 최근에 들은 소식 중에서 제일 기뻤어요."

가오리답지 않게 묘하게 들떠서 허둥대고 있다. 고헤이도 일단 가오리에게 맞춰주기는 했지만 대화는 길게 계속되지 않고 전화는 몇 분 후에 끊어졌다. 가오리는 내일 출근이 이르다고 말했다. 고헤이는 왠지 안절부절못하게 되었다. 어둠 속에서 책장을 바라봤다.

몇십 초 후에 다시 전화가 울렸다. 오늘은 전화가 참 많은 날이다.

"어이, 나다. 일어나 있었냐. 빨리 소와레로 튀어 와."

아오노 모임의 친구이자 역사소설가인 가타오카 신노스케의 굵직한 목소리다.

"한 잔이라도 좋으니까 내가 축하해줄 수 있게 해주라. 곧 다들 모이니까 너랑 히사시가 오면 한 병에 10만 엔짜리 샴페인을 딸 거야. 오늘 저녁은 축하하고 싶은 밤이야. 무엇보다도 우리 아오노 모임에서 나오모토상 후보를 둘이나 냈다는 거 아냐. 잔말 말고 빨리 튀어와."

고헤이에게 단 한마디도 대답할 틈을 주지 않고 신노스케는 그냥 끊어버렸다. 이런 날의 마지막을 장식하기에는 긴자의 클럽도 좋을지 모른다. 고헤이는 집 열쇠와 지갑을 가지고 가케루가 깨지 않도록 조심하면서 현관으로 향했다.

12시 30분에 고헤이를 태운 택시가 긴자에 도착했다. 도심에 살면 이런 게 편리하다. 소와레는 거의 폐점 시간이라서 손님도 없었다.

"아오다 선생님, 어서 오세요. 가끔은 우리 가게도 떠올려주고 그러세요."

쓰바키가 생글거리며 반겨주었다. 그러고 보니 요 한 달 정도 가끔 메일 주고받는 것 외에는 도통 오질 못했다.

"어, 왔다, 왔어."

신노스케가 소파의 자신 옆 자리를 두들겼다. 상석에 앉으라는 말이다. 연애소설가인 야마자키 마리아, 비즈니스소설을 쓰는 오누키 마사아키, 본격 미스터리를 쓰는 에라리 도시히코, SF 작가인 하세가와 아이, 하드보일드 작가인 하나부사 겐지. 고정 멤버가 다 모여 있다. 없는 사람은 이소가이 히사시뿐이다. 고헤이의 뒤쪽에서 클럽의 두꺼운 문이 열리는 소리가 났다. 하나부사가 손뼉을 치며 말했다.

"오. 또 한 명의 주인공이 등장하셨다. 쓰바키 씨, 샴페인 따. 신노스케에게 달아두라고. 핑크색 비싼 걸로."

쓰바키는 웃으며 카운터 안쪽에 있는 스태프에게 주문을 넣었다. 고헤이는 이 가게에서 10만 엔이나 되는 샴페인을 주문한 적이 없다.

"아오다 씨, 축하드립니다."

이소가이는 목 주변이 후줄근해진 티셔츠를 입고 오른손을 앞으로 내밀었다. 고헤이는 손을 꽉 잡으며 악수를 했다.

"이소가이야말로 네 번째 후보에 오른 거 축하해. 『푸른 하늘의 밑바닥』 진짜 좋더라."

그 책 때문에 자신감을 완전히 상실해버렸고 거기서 빠져나오는 데만 몇 주나 걸렸다. 하지만 작가끼리 평가를 할 땐 언제나 한마디뿐이다. 거기에는 무거운 의미가 내포되어 있지만 이 산뜻하고 속 깊은 단 한마디 평가가 동업자끼리는 편하다.

"어이, 서로 칭찬하는 건 그만하고 빨리 앉아. 건배하자."

아오노 모임의 유일한 나오모토상 수상자인 야마자키 마리아가 말을 걸어왔다. 거품이 보글거리는 핑크색 유리잔을 건네준다. 샴페인이 이렇게 달았나.

"쓰바키, 이 핑크 한 병 더 줘. 고헤이, 그 책은 증쇄 들어갔지? 뭐니 뭐니 해도 천하의 나오모토상 후보작 아니냐."

신노스케가 소설 내용이 아니라 갑자기 판매량을 물었다. 꽤 취한 듯 보였다.

"아니. 평상시와 똑같아."

신노스케가 이번에는 이소가이 쪽을 쳐다봤다.

"그럼 히사시는 어때?"

젊은 이소가이 히사시가 고헤이를 힐끗 보더니 말했다.

"저기, 한 20쇄 정도."

하드보일드 작가와 역사소설가의 입에서 탄식이 터져 나왔다.

"뭐야, 그건 또."

신노스케가 쓰바키에게 빈 유리잔을 내밀었다.

"한 잔 더 줘. 증쇄가 20회나 되고 거기다가 나오모토상 후보라. 두 병째는 히사시에게 달아둬. 앞으로 나는 이 녀석한테 절대 술 안 살 거야."

이소가이 히사시는 멋쩍다는 듯 머리를 긁적이며 핑크색 샴페인을 홀짝거리며 마시기만 했다.

# 13

—

"20쇄라······."

저도 모르게 고헤이는 한숨을 토하고 말았다. 1쇄에 머무르고 있는 『텅 빈 의자』와 히트 작품인 『푸른 하늘의 밑바닥』이 같은 상의 후보가 되었다. 이것이 문학상의 불가사의한 점이다. 소설의 경우 판매량과는 다른 평가가 엄연히 존재한다. 비즈니스와 숫자가 제일 중요한 세상에서 사실 그런 잣대가 든든하게도 느껴진다.

"어이, 풀 죽어 있지 마. 고헤이가 나오모토상을 받아서 인기 작가 히사시한테 본때를 보여주라고. 나는 무조건 아오다파야."

고헤이와 마찬가지로 수수하고 책이 잘 안 팔리는 하드보일드 작가 하나부사 겐지가 고헤이의 편을 들었다.

"하지만 이번 회 관전 포인트는 후보만 여섯 번째인 가미야마 시즈나와 네 번째인 이소가이지. 역시 나오모토상은 후보에 많이 오르면 수상 확률이 높지."

실제로 지금까지의 결과를 보면 처음 후보에 올라서 바로 수상을 하는 경우는 거의 없었다. 수상한 작가의 평균을 따져보면 후보에만 서너 번 오른 작가들이 대부분이다. 연애소설을 쓰는 야마자키 마리아는 목둘레가 깊이 파인 원피스를 입고 있다. 나이가 들어서도 가슴골을 보여주는 것을 좋아한다.

"평소라면 우리도 수상자를 맞히지만 이번에는 히사시와 고헤이가 후보라 아무래도 돈은 못 걸겠다."

나오모토상 수상자가 누구로 결정될 것인지는 아오노 모임에서도 매번 화젯거리다. 과연 1년에 두 번 있는 출판계의 축제라고 할 만하다. 돈 걸기를 도박이라고 볼 수 있지만 기껏해야 소와레의 술값 내기 정도다. 상의 행방은 프로 작가로서도 흥미진진한 놀잇거리다.

"기다리는 건 어떻게 할 거야?"

역사소설가인 가타히라 신노스케가 취했는지 큰 소리로 말했다. 고헤이가 뜬금없는 질문을 이해하지 못했다.

"기다리다니 뭘?"

취하면 눈빛이 이상해지는 야마자키 마리아가 축축한 눈빛으로 말했다.

"아, 고헤이는 모르는구나. 나오모토상의 시상식 결과를 기다리는 의식 말이야. 대부분 담당 편집자들이랑 같이 레스토랑 같은 데서 한잔하면서 기다려. 대부분 대형 출판사 편집자가 30~40명 정도 모이니까 아주 성대한 파티라고나 할까. 시간도 꽤 걸리고 분위기도 묘해서 꽤 불편하기도 하지만. 특히 낙선했을 때는. 뭐 그중에는 혼자 집에서 기다리는 작가도 있는데 그런 사람은 소수야."

고헤이는 친하게 지내는 편집자들의 얼굴을 떠올렸다. 10년간 1쇄밖에 못 찍는 작가로 살아온 고헤이에게 담당 편집자라곤 단 세 곳밖에 남지 않았다. 다 모아본들 쓸쓸할 뿐이다. 불현듯 이소가이 히사시에게 물어봤다.

"이소가이는 지금까지 어떻게 했어?"

대학생처럼 보이는 동안의 소설가는 쭈뼛거리며 부끄러운 표정을 지었다.

"시끌벅적한 게 싫어서 후보작을 만들어준 편집자와 같이 소소하게 기다렸습니다. 레스토랑의 개인룸이라든지."

이소가이 히사시는 소년처럼 싱긋 웃었다.

"그래서 결과는 세 번 연속 낙선입니다. 훌륭한 선생님들에게 서평으로 이런저런 말도 들어야 하니까 나오모토상의 후보는 결코 편한 게 아닙니다."

후보에 오른 것만으로 들떠 있던 고헤이도 점점 상황의 중대함을 알게 되었다. 축제란 멀리서 구경만 하는 것보다도 격렬하게 흔들리는 미코시(제례나 축제 때 신을 모시는 일본의 가마. 움직이는 신사라고도 불린다 – 옮긴이)를 둘러매는 편이 몇십

배 더 힘든 게 당연하다.

고헤이와 이소가이 히사시를 제외한 아오노 모임의 멤버는 시상식 날 저녁에 소와레에서 대기하기로 했다. 어느 쪽이든 수상하면 축하 파티에 달려가기로 했다. 둘 다 낙선하면 아쉬움을 달래는 파티로 떠들썩하게 술자리가 시작된다. 수상을 하든 안 하든 아무튼 나오모토상의 시상식이 있는 저녁은 다음 날 아침까지 술자리가 이어지는 것이 후보들의 관례라고 한다.

그로부터 3주 동안의 일을 고헤이는 거의 기억하지 못한다. 언제나처럼 마감일에 맞춰 원고를 쓰고 탈고한 것만은 틀림없다. 문예지의 고헤이 분량은 분명 활자로 채워져 있었다. 매일 아침 가케루의 아침밥을 만들고 이틀에 한 번 세탁기를 돌렸다. 하지만 모든 것은 여름날 새벽에 꾸는 꿈처럼 어슴푸레하고 현실감이 없었다. 눈앞에 있는 작업에 집중하려고 했지만 마음의 절반은 어딘가 다른 곳에 가 있었다.

늘 문학상에 대해서 생각하고 있는 것은 물론 아니다. 하지만 정신을 차리면 마음은 나오모토상 때문에 방황하고 있었다. 시상식 당일, 자신은 무엇을 하고 있을까. 결과는 어떻게 나올까. 이소가이 히사시와 공동 수상이라는 가능성도 절대 배제할 수 없다. 기자회견이나 TV 인터뷰에서는 뭐라고 대답할까. 가케루에게 부상인 회중시계를 보여주면 어떤 표정을 지을까. 책이 팔리지 않는 작가에서 탈출하면 조금은 칫치를 존경해줄까.

작가의 상상력은 이럴 때도 유감없이 발휘되어 자신에게 유리한 망상만 끝없이 겉돌고 있다. 에어컨 덕에 시원한 침실인데도 머리도 몸도 열이 나서 잠들지 못할 때도 있다. 문학상만이 아니라 어떤 상이든 비극과 희극은 공존하지만 정작 자신이 당사자가 되면 결코 한심하다든지, 어른스럽지 않다든지 하며 웃을 수 없게 된다.

잠들지 못하고 맞이하는 새벽, 자신의 소설과 마찬가지로 자신은 결코 큰 그릇의 인간이 아니라며 고헤이는 한숨을 내쉬었다. 확실히 나오모토상은 초등학교 국어 교과서에 실릴 정도로 전통 깊은 상일지도 모른다. 세상의 지명도도 상당하다. 하지만 10년 전에 그저 소설이 좋아서 이 세계에 들어왔다. 문학적인 야심 따위 조금도 없었다. 그런데 후보에 한 번 올랐다고 이렇게나 들떠 있다.

헝클어진 침대에서 일어나 고헤이는 자신의 속물스러움에 개탄했다. 데뷔하기 전에는 작가란 지성과 교양과 감성과 덕성을 두루 갖춘 인격자가 되는 일이라고 머리로 생각은 하고 있었지만 실제로는 전혀 그렇지 않다. 소설은 아주 평범한 인간의 글쓰기다. 고헤이는 자조하면서 침대에서 나왔다. 수면 부족으로 후들거리는 다리로 겨우 걸어서 주방으로 향했다.

시상식을 기다리는 동안에도 가오리와의 관계는 지그재그 선을 그리며 널뛰듯 계속되고 있었다. 서점 직원인 가오리는 나오모토상이 얼마나 대단한지 잘 알고 있었기 때문에 후보에 선정된 것만으로 무척 기뻐해줬다. 그러나 요즘 데이트가 여름 하늘처럼 요상한 분위기를 띠기 시작했다.

만날 때마다 가오리의 기분을 고헤이는 도저히 예측할 수 없었다. 가볍게 취해서 돌아가는 길에 손을 잡으려고 하면 슬며시 도망치고 키스를 하려고 하면 완고하게 고개를 숙였다. 가오리가 갑자기 데면데면한 태도를 취하는 경우도 많아졌다.

그런가 하면 이 서점 직원은 갑자기 돌변해 정열적으로 밀어붙이기도 했다. 가구라자카 비탈길에서 갑자기 키스를 원하거나 바 카운터에서는 부드러운 몸을 슬며시 기대오기도 했다. 그럴 때면 남자니까 단순히 기뻤지만 고헤이는 어떻게 행동해야 하는지 몰랐다.

젊은 여자의 마음이란 원래 불안정한 것이다. 가케루가 자고 있는 집 현관을 열쇠로 열면서 그렇게 자신을 납득시켰다. 작가라고는 하지만 연 수입은 같은 세대의 회사원과 별반 차이가 없다. 비정규직이라 미래가 보장되지도 않는다. 열 살 가까이 나이가 많고, 건방이 하늘을 찌르는 초등학교 5학년짜리 자식도 딸렸다. 가오리가 최종적으로 결심하기까지의 조건이 나쁠지도 모른다. 아내와 사별한 중년의 남자는 결코 가볍게 사귈 수 있는 상대가 아니다. 그래도 젊고 현명하고 매력적인 여성이 자신을 돌아봐주는 것이 고헤이로서는 무척이나 유쾌하고 기뻤다.

소설 속에서 작가는 신이다. 그러나 현실에서는 그런 절대적이고 만능인 존재란 없는 법이다. 특히 연애는 더욱 그렇다. 언젠가 야마자키 마리아와 이야기한 것을 고헤이는 기억하고 있다. 지금도 매년 격정적으로 사랑하고 깨지고 대성통곡을 반복하는 마리아가 말했다.

"행복한 여성 작가는 단 한 명도 없어."

정말 그럴까 하고 고헤이는 생각했다. 그러나 그것은 여성으로 일반화해도 통용될 것 같다.

"무조건적으로 행복한 젊은 여성은 단 한 명도 없다."

마리아의 말을 그런 식으로 바꿔서 이번 단편소설에도 써볼까. 단편이라면 하나의 테마나 핵심을 찌르는 문장이 한 줄 있으면 완성할 수 있다. 고헤이는 사람이 좋았다. 밀당의 힘이 약한 것은 창작만이 아니라 연애에서도 그대로 드러났다.

나중에 생각해보면 이 시기에 가오리의 마음을 제대로 확인해두면 좋았다. 그랬더라면 나오모토상 시상식의 저녁을 그런 최악의 기분으로 보내지 않았을 것이다.

들뜬 마음을 겨우 다잡고 일을 하며 젊은 서점 직원에게 휘둘리면서 고헤이의 여름이 본격적으로 찾아왔다. 나오모토상 시상식이 열리는 7월 15일까지 이제 1주일도 채 안 남았다.

# 14

"아오다 고헤이 선생님이십니까? 처음 뵙겠습니다. 아사후신문 문화부의 히비노 켄이치라고 합니다."

주말인 금요일에 나오모토상의 시상식을 앞둔 그 주의 월요일 아침 일찍 전화가 걸려왔다.

"안녕하십니까."

갑자기 뭐지? 신문 연재소설은 워낙 몇 없어서 베테랑이거나 인기 작가들이 쓰곤 한다. 원고료도 문예지의 서너 배나 되는 고액이다. 당연히 고헤이에게 의뢰가 들어온 적은 없다. 은근히 기대를 걸고 다음 말을 기다리고 있는데 문화부의 기자는 간단하게 말했다.

"다름이 아니라 나오모토상 시상식을 앞두고 사전 취재를 부탁드리고 싶습니다만."

"아, 그렇습니까."

연재소설 의뢰가 아니구나. 고헤이는 실망했지만 마음을 고쳐먹었다. 일본 전국에 뿌려지는 신문사에서 취재 의뢰가 들어왔다. 과연 큰 문학상은 스케일이 다르다. 기자는 익숙한 말투로 말했다.

"그러면 전날인 목요일 오후 1시는 어떠십니까?"

"괜찮습니다."

"장소는 어디가 좋습니까?"

고헤이는 가구라자카의 비탈길 아래에 있는 통나무집 스타일의 찻집 이름을 말했다. 미팅할 때 언제나 이용하고 있는 곳이다. 문화부 기자는 바로 전화를 끊었다. 다시 전화가 울렸다.

"바쁘실 텐데 죄송합니다. 마이히루신문 분화부의 아라이 에리코라고 합니다."

전혀 바쁘지 않았다. 요즘 나오모토상 때문에 부산스러워서 새로운 일이 전혀 손에 잡히지 않고 있다. 저도 모르게 기분이 안 좋은 티를 내고 말았다.

"나오모토상의 사전 취재입니까?"

"아, 네네, 그렇습니다."

알겠다고 말하고 목요일 오후, 장소는 아사후신문과 같은 찻집으로 정했다. 이렇게 되면, 귀찮은 일을 한꺼번에 정리해버리자. 처음 후보에 오른 고헤이는 나오모토상이 이렇게나 피곤한 것인 줄 몰랐다.

마이히루신문의 전화를 끊고 나서는 적극적으로 다음 전화를 기다리는 자세를 취했다. 빈둥거리며 자신의 최신작이 게재되어 있지 않은 문예지를 닥치는 대로 읽었다. 누구의 단편이 제일 재미있는지 순위를 매기기도 했다. 정신 건강을 고려한 방법으로 꽤 효과가 있었다. 자신의 작품이 게재되어 있으면 결코 할 수 없는 일이다. 뛰어난 역량의 젊은 작가를 발견하면 응원하고 싶어지고, 같은 세대의 걸작을 읽으면 질투로 가슴이 답답해진다. 작품 세계는 광대해도 작가는 밴댕이 소갈머리다.

15분 후 요미키리신문 문화부 기자로부터 전화가 걸려왔을 때는 좀 전보다 훨씬 침착해져 있었다. 담담하게 취재 일자와 시간을 잡고 스케줄러 대신 달력에 메모를 했다. 아사후신문 13시, 마이히루신문 14시 30분, 요미키리신문 16시. 내로라하는 신문사 이름이 주르륵 나열되었다. 마치 베스트셀러 작가의 살인적인 스케줄 같았다.

이런 무의미한 부산스러움이 빨리 끝났으면 하는 마음이다. 여유롭게 일상으로 돌아가서 일을 하고 싶었다. 상황이 이렇게 되고 보니 고헤이는 다른 의미에서 나오모토상 시상식이 너무나 기다려졌다.


고헤이는 마치 뜨거워진 프라이팬 위에서 지글지글 볶이는 상태로 며칠을 보냈다. 하루가 1주일 같다. 나오모토상을 주최하는 분카슈토의 편집자 요네야마 데루에게 전화가 걸려온 것은 수요일 오후였다. 통통한 편집자의 첫마디는 이러했다.

"극비 정보입니다만 요시오카 선생님이 아오다 씨의 책을 아주 좋다고 칭찬하셨다고 합니다."

요시오카 세이이치는 이미 20년 가까이 나오모토상의 선정위원을 맡고 있는 중진이었다. 체온과 땀 냄새, 끈적거리는 촉감마저 느끼게 하는 관능소설이 특징이다.

"요시오카 씨가?"

의외였다. 『텅 빈 의자』는 죽은 아내에 대한 슬픔을 건조하게 그리고 있을 뿐 관능적인 장면이 하나도 없다. 연애를 테마로 하지만 관능적인 장면이 없으면 묘사의 선명도가 떨어진다는 평가를 듣지 않을까 생각하고 있었다.

"선정위원들의 분위기에 저희도 촉각을 세우고 있습니다. 아오다 씨에 대한 평이 꽤 좋다고 합니다. 저희 문예진흥회에서도 『텅 빈 의자』가 다크호스로 떠올랐습니다."

약자를 착각하게 만드는 소문이었다. 담당 편집자로서는 선의를 가지고 정보를 전달해주는 것이지만 고헤이의 마음은 흔들리고 말았다. 첫 후보작이 수상한 적은 없다. 그렇게 마음을 다잡고 있는데 고헤이에게는 전혀 쓸데없는 이야기다.

"아, 고마워. 하지만 상은 운이니까."

말은 그렇게 했지만 절대 그렇지 않다는 걸 잘 알고 있다. 상은 운이 아니다. 착실하게 쌓아올린 경력과 후보작의 완성도를 합친 실력을 겨루는 승부다. 작가는 행운만으로 계속 글을 쓸 수 있을 정도로 그렇게 손쉬운 직업이 아니다.

"그래서 말씀입니다만, 말씀드리기 좀 그러네요. 캐피털 TV에서 취재 의뢰가 들어왔습니다. 나오모토상의 시상식을 다큐멘터리로 구성하는 프로그램이라고 합니다. 그래서 아오다 씨에게도 카메라를 붙이고 싶다고 하는데……."

중앙지로도 충분히 부담스러운데 이번에는 전국구 방송국이란다. 이번 나오모토상이라는 헛소동은 이제 고헤이의 이해 범위를 넘어서고 있었다.

"발표를 기다리는 동안 계속 TV 카메라가 나를 계속 촬영한다는 건가? 수상하면 좋지만 떨어지면 어떻게 되는데?"

요네야마도 저자세다.

"그 경우에는 어떻게 되는지 모르겠습니다. 새 책 홍보에도 나쁘지 않은 이야기라고 생각합니다. 저희 쪽은 캐피털 TV에 신세진 게 없으니까 아오다 씨가 편할 대로 하십시오. 저희는 괜찮습니다."

지나치게 성실한 자신의 얼굴이 TV에 나오는 것을 상상해봤다. 떨어져서 핼쑥해진 얼굴도 전국으로 방송되는 걸까. 최악이다. 가구라자카를 걸을 수 없게 될 것이다.

"미안하지만 TV는 거절해줘. 이런 정도라면 나오모토상 후보를 사퇴하는 게 좋았을걸 싶어."

생각해보면 나오모토상도 아쿠타야마상도 분카슈토라는 출판사가 단독으로 주최하는 문학상에 지나지 않는다. 거기에 작가나 편집자만이 아니라 전국의 매스컴까지 휘둘리고 있는 것이다. 요네야마의 목소리는 매달리는 듯했다.

"아오다 씨, 그런 말씀 마십시오. 「올 슈토」에서 데뷔한 분들 중에서 지금까지 작품 활동을 하고 계시는 몇 분 안 되는 작가 중 한 분 아니십니까. 저희로서는 어떻게 해서든 아오다 씨가 수상하시기를 바라고 있습니다."

"그렇게 말하면 내가 곤란하잖아. 쉽게 받을 수 있는 상도 아니고 언제 다시 후보에 오를지도 모르니까."

요네야마가 진지해졌다. 수화기를 손으로 막고 있는 듯하다. 목소리가 흐릿해졌다.

"나오모토상을 수상하면 그것만으로 평생 수입이 2억 엔이나 뛰어오른다고 합니다."

"……."

고헤이는 할 말을 잃었다. 2억 엔이라는 숫자는 복권 당첨이 아니면 손에 쥘 수 없는 금액이다.

"물론 수상을 한 후에도 제대로 평생 일을 계속했을 경우에 그렇다는 거지만 일단 원고료도 강연료도 이전과 이후는 상당히 달라집니다."

10년간 1쇄 작가인 고헤이는 문학상에 그런 이면이 숨어 있을 줄은 꿈에도 생각 못 했다. 그러면 시상식의 저녁은 마치 복권 당첨을 기다리는 모양새가 아닌가. 게다가 복권이라면 수백만 분의 1의 확률이지만 나오모토상은 6분의 1의 확률이다. 그리고 국어 교과서에 자신의 이름이 계속 인쇄된다. 문학적인 명예와 생활을 180도로 바꿔버리는 실리. 너무나 자극적이라 도리어 기분이 나빠졌다.

"요네야마, 나오모토상이 왜 이 정도로 큰 소동이 되는지 드디어 알았어. 나와는 너무나 다른 세상이라 정신이 혼미해질 정도야. 그럼 시상식 저녁에 보자고."

『텅 빈 의자』의 발행처인 에이슌칸의 편집자와 함께 요네야마도 연락 담당으로 함께 있기로 되어 있다.

"네, 좋은 소식 기다리고 있겠습니다."

소리가 나지 않게 조심스레 한숨을 쉬면서 고헤이는 피곤한 전화를 끊었다.

그 후 거실 소파로 가서 한 30분 정도 잤다. 중앙지와 TV 취재 의뢰도 나오모토상의 경제 효과에 관한 이야기도 너무 자극이 강했다. 무엇보다 『텅 빈 의자』는 초판 7,000부에 지나지 않는 책이다. 기분 나쁜 식은땀을 흘리며 눈을 뜬 고헤이는 주방에서 물을 마셨다.

옆에서 반짝거리며 점멸하는 빛이 느껴졌다. 테이블 위에 놓인 휴대전화다. 전화를 확인하자 요코세 가오리에게 메일이 와 있었다. 늘 오던 시간이 아닌데.

✉ 중요한 이야기가 있습니다.
나오모토상으로 정신없이

바쁘실 거라고 생각합니다만
목요일 저녁에 시간을
내주시지 않겠습니까?
고헤이 씨에게 좋은 소식이
있기를 진심으로 기원하고 있습니다.


이유는 모르겠지만 다들 고헤이의 행운을 빌어준다. 그러나 고헤이가 할 수 있는 거라곤 그저 기다리는 것뿐이다. 그것이 이 정도로 괴로운 일일 줄이야. 40년 가까이 살면서 처음 겪는 경험이다.

# 15

—

"아오다 씨가 나오모토상 후보라니 의외였습니다. 데뷔한 지 벌써 10년이나 되시지요?"

아사후신문 문화부 기자가 그렇게 말하며 수첩을 펼쳤다. 히 피같이 긴 머리에 파마를 하고 있다. 신문사에서도 문화부 기자 는 독특한 분위기가 있는 듯하다. 히비노라는 기자가 말했다.

"저는 여섯 편의 후보작을 전부 읽었습니다. 이번 나오모토상 은 아오다 씨의 『텅 빈 의자』가 될 거라고 생각합니다."

"아니, 그건…… 그."

기쁘기는 하지만 대놓고 그렇게 말하면 대답이 궁해진다.

"저기, 지난 나오모토상에서는 히비노 씨의 예상이 적중했습 니까?"

문화부 기자는 자신만만하게 말했다.

"네, 『고양이의 손 호텔』은 딱 맞췄습니다. 요즘 세 번 연속으로 예상이 적중하고 있습니다."

고헤이는 잘난 척해서는 안 된다고 마음속으로 자신을 다독였다. 2년 전까지는 이 기자의 예상이 빗나갔다. 히비노는 거리낌 없이 말했다.

"무엇보다도 문장이 좋습니다. 제가 말하기는 뭣하지만 최근 작가들은 문장력이 좀 떨어지지 않나 하는 느낌이 듭니다. 아오다 씨의 문장은 단정하고 센스가 좋습니다. 도시적이고 섬세한 감각은 요즘 남성 작가로서는 드물죠. 그것이 최대의 매력이라고 생각합니다."

고헤이는 큰 사건이나 범죄에 관한 글은 쓸 수 없다. 스캔들 폭로나 잔혹한 묘사와도 인연이 없다. 그래서 단어 선택, 문장의 형태, 리듬에는 주의하고 있다. 소설을 많이 읽은 문화부 기자에게 칭찬을 받아 그만 긴장이 풀리고 말았다.

"다른 후보작은 어떻습니까. 저는 이소가이 씨의 작품밖에 읽지 않았습니다만."

신문기자는 팔짱을 꼈다. 흰색 회반죽과 무지의 바닥은 센스가 좋은 산장의 2층에라도 있는 듯 착각을 불러일으키고 있다. 그러나 카페 창문 너머에서는 더위에 지쳐 가지 끝을 힘없이 축 늘어뜨리고 있는 가구라자카의 느티나무 가로수가 이쪽을 쳐다보고 있다.

"그쪽도 훌륭한 작품입니다. 이소가이 씨는 인기도 경력도 흠

잡을 데 없죠. 하지만 이번에도 판타지 설정이라서. 선정위원 중에는 그런 것을 싫어하는 분이 계십니다. 나오모토상의 경우 근대소설적인 리얼리즘이 좋고 나쁨의 기준이 되고 있습니다. 이소가이 씨는 어렵지 않을까요?"

"그렇군요."

더 이상 할 말이 없었다. 이소가이 히사시는 아오노 모임의 친구다. 그의 재능은 출판계의 누구나가 인정하고 있다. 이번에는 상을 경쟁하는 라이벌이 되었다.

"그래서 전통적인 소설다운 모습을 갖춘『텅 빈 의자』가 부상했습니다. 그 책은 전문가들이 좋아하는 스타일이고요. 제 분석은 그렇습니다."

한숨이 나올 뻔했다. 전통적이라는 단어를 어떤 의도로 사용한 걸까. 고헤이로서는 케케묵은 스타일의 소설이라고밖에 들리지 않았다.

"다른 네 작품은 수상권이 아니라고 봅니다. 아오다 씨, 절호의 찬스입니다."

"아, 고맙습니다."

사전 취재란 이런 것인가. 나오모토상은 정말 대단하다. 이 상태로 앞으로 두 건의 취재 약속이 잡혀 있다.

"그러면『텅 빈 의자』에 대해서 여쭙겠습니다."

그때부터는 고헤이도 익숙한 저자 인터뷰가 되었다. 몇 개월 전에 출판된 책에 대해서 말하고 싶은 건 하나도 없다. 말해야 하는 것은 모두 책 속에 적혀 있다. 그래도 저자 인터뷰는 책 홍보에 빠질 수 없는 의식이다. 고헤이는 마음의 절반을 여름이 기승을 부리는 가구라자카의 거리로 놀러 보내고 언제나처럼 질문에 막힘없이 대답했다.

그날 저녁 10시가 지났을 무렵 고헤이와 가오리는 가구라자카에서 만났다. 가케루는 평소보다 빨리 재웠다. 둘만의 데이트는 오랜만이다. 고헤이는 마음 한구석에서 이상한 기대를 하고 있었다. 슬슬 가오리와 어른들의 관계에 접어들어도 이상하지 않았다.

가오리가 시상식 전날 저녁 꼭 만나고 싶다며 일부러 가구라자카까지 찾아온 것이다. 무슨 일이 일어나도 이상하지 않은 상황이다. 가게는 언제나 만나는 이탈리안 레스토랑으로 창가에 자리 잡았다. 실내에는 눈이 안 보이는 테너의 풍부한 표현력과 음량이 멋진 노래가 흐르고 있다. 고헤이는 등을 쭉 펴고 다섯 자리의 가격이 붙은 샴페인을 주문했다.

"늦은 시간에 죄송해요."

일을 끝낸 뒤에 일단 집으로 돌아가서 옷을 갈아입었을 것이다. 가오리는 처음 보는 여름 원피스를 입고 있다. 짙은 청색과 흰색의 스트라이프가 무척 청초해 보였고 민소매에 목둘레가 넓게 패여 있다. 드러난 팔뚝과 가슴 부분이 눈부셨다. 화장도 다시 고치고 온 것 같다. 그날 저녁 가오리는 사실 지금까지 본 중에 가장 아름다웠다.

"아니야, 그럴 리가 있겠어. 오늘은 신문사 세 곳과 취재가 있어서 좀 힘들었는데 이렇게 가오리 씨와 같이 마실 수 있어서 피곤이 풀리네. 그것보다 무슨 이야긴데?"

아이스 페일에 담긴 병을 들어 가오리의 잔에 샴페인을 따랐다. 어딘가 다른 나라의 신사라도 된 것 같은 기분이 들었다. 약간 흥분해 있던 고헤이는 그때 처음으로 이상한 낌새를 알아차렸다. 잔을 든 가오리의 손이 눈에 보일 정도로 떨고 있었다.

"왜 그래, 긴장하고 있어?"

역시 오늘 밤은 가오리도 그런 생각인지도 모른다. 그러나 남자는 언제나 그렇듯 늘 정답을 맞히질 못한다. 젊은 서점 직원은 유리잔을 내려놓고 갑자기 머리를 숙였다.

"고헤이 씨, 죄송합니다."

갑자기 고개를 들자 눈이 빨개져 있었다. 병을 든 채 고헤이는 얼어붙고 말았다. 자신이 무언가 잘못한 걸까.

"죄송하다니 뭘? 무슨 말인지 모르겠는데."

눈에 눈물을 가득 담고서 가오리는 그것이 흐르지 않도록 필사적으로 참고 있었다.

"잘못은 제가 했어요. 약혼자도 있고, 9월에는 결혼식을 올릴 예정인데 이렇게 고헤이 씨에게 응석을 부리다니……."

약혼자? 결혼식? 또다시 의미를 알 수 없는 단어들이 나열되었다. 고헤이는 병을 내려놓고 대신 샴페인을 다 마셨다. 이렇게 비싼 술인데 시큼하기만 하고 전혀 맛있지 않다. 소믈리에에게 불평이라도 할까. 가오리는 고헤이에게 눈을 고정한 채 이어서 말했다.

"메리지 블루(결혼을 앞둔 남녀가 겪는 심리적인 불안과 우울함-옮긴이)였을지도 모릅니다. 이 사람이랑 괜찮을까, 이 결혼을 해도 될까. 계속 고민하고 있었습니다. 그때 학창시절부터 동경하던 고헤이 씨가 저희 서점의 사인회에 와주셨습니다. 농담이 아니라 왕자님으로 보였습니다. 다른 세계의 사람이라고 늘 생각하고 있었는데 다정하게 말을 걸어주시고 몇 번이나 데이트도 해주시고. 저는 정말 즐거웠습니다. 매일 꿈을 꾸는 것 같았습니다."

고헤이의 가슴속에서 뭔가가 빠져나가는 것 같았다. 막 피려던 꽃이 만개하지 못하고 그대로 사그라진다.

"하지만 고헤이 씨가 점점 좋아져버릴 것 같아서 더 이상 계속할 수 없습니다. 그렇게 생각했습니다. 내일 중요한 시상식도 있는데 죄송합니다. 전부 제 잘못입니다."

가오리는 다시 한 번 머리를 숙였다. 참고 참고 또 참던 눈물이 눈의 가장자리를 넘어 한 방울만 동그란 모양으로 흘러내렸다. 고헤이는 겨우 자세를 고치고 앉아 마지막 저항을 해봤다.

"그렇다면 그런 결혼 그만두면 되잖아. 나와 사귀면 돼."

가오리가 울면서 미소를 지었다.

"약혼자의 아버지가 중병이세요. 간에. 앞으로 반년 정도밖에 살 수 없다고 의사가 그러더라고요. 토요일에 약혼자와 같이 문병을 다녀왔습니다. 아버지가 제 손을 잡으시고 울면서 머리까지 숙이고 우리 애를 잘 부탁한다고. 손자 얼굴을 볼 수 없는 것이 안타깝지만 가오리라면 안심하고 아들을 맡길 수 있다고. 전참 나쁜 여자인데, 그렇게 훌륭한 인간이 아닌데."

서점 직원은 이제 대놓고 울고 있다.

"그래서 가오리 씨는 뭐라고 했어?"

입술 끝을 살짝 올리며 가오리가 말했다.

"저 참 못된 여자예요. 알겠습니다. 행복하게 잘 살겠으니 아버님은 안심하시라고 말하고 말았어요. 하지만 다시 그 상황이 되더라도 다른 대답은 할 수 없었을 거예요. 죽어가는 사람과 그런 약속을 했으니 이제 어쩔 수 없어요. 고헤이 씨와는 더 이상 만날 수 없어요."

가오리가 눈물을 닦고 얼굴을 들었다.

"약혼자는 고헤이 씨처럼 화려한 세계와는 인연이 없지만 나쁜 사람은 아닙니다. 고헤이 씨처럼 두근거리지도 않지만. 제 마지막 사랑은 오늘 밤 이곳에서 끝났습니다."

"정말 이대로 괜찮아?"

서점 직원은 확실하게 고개를 끄덕이며 웃었다.

"앞으로도 저는 늘 아오다 고헤이 씨의 팬일 거예요. 계속 책을 읽을 거니까요. 서점에서도 책을 많이 많이 주문할 거고요. 내일도 힘내세요. 멀리서 응원하겠습니다."

작가가 화려하다니 그런 건 아주 일부 인기 작가나 그렇다.

고헤이는 가슴에 뚫린 구멍을 웃음으로 감추며 말했다.

"안타깝지만 어쩔 수 없지. 이 병 다 비울 때까지 같이 있자."

"네, 고헤이 씨. 죄송합니다."

그날 밤 고헤이는 가오리를 역까지 배웅하고 비탈길 중간에 있는 바로 갔다. 새벽이 올 때까지 혼자서 독한 술을 마시고 취했다.

제3장

# 1

(망했다!)

눈을 뜬 순간 고헤이는 전신이 기분 나쁜 땀으로 젖어 있었
다. 전날 밤 요코세 가오리에게 처참하게 차이고 나서 가구라자
카의 바에서 폭음을 했다. 레드와인에 보드카에 진, 그리고 마지
막으로 젊은 바텐더가 추천하는 20년이나 된 스카치위스키까지.
몇 잔을 마셨는지 얼마를 지불했는지 전혀 기억이 나지 않았다.
머리가 아팠다. 침대 전체에 알코올 냄새가 났다. 서둘러 일어나
자 가케루가 잠옷 차림으로 걱정스럽게 바라보고 있었다.

"칫치, 괜찮아? 코 엄청나게 골았어."

사이드 테이블의 자명종을 집어 들었다. 아침 7시. 이 시간이
면 가케루를 학교에 지각시키지 않고 보낼 수 있다.

"미안, 아침밥 바로 할게. 좀 기다려."

"응, 그건 괜찮은데 오늘 나오모토상 시상식 아냐?"

"아…… 그……."

까맣게 잊고 있었다. 젊은 서점 직원에게 두 번 다시 만날 수 없다는 말을 듣고 그 충격으로 중요한 일정까지 머릿속에서 날려버렸다. 고헤이는 아침을 맞이해 다시 진땀을 흘리며 침대에서 구르듯 일어났다.

냉동해둔 밥이 있으니까 아침은 일본식으로 결정했다. 낫토와 달걀프라이와 파, 유부 미소 장국. 샐러드 대신 샐러리와 오이 절임을 재빨리 만들었다. 가케루는 채소 절임을 한 입 먹더니 얼굴을 찡그렸다.

"칫치, 너무 짜."

맛을 봤지만 전혀 모르겠다. 고헤이는 자신의 마음이 어디에 있는지 알 수 없었다. 멍하게 아침밥을 만들고 멍한 채 먹고 멍한 기분으로 아침 신문을 읽었다. 오키나와에서는 혼이 빠지는 상태를 '혼이 떨어진다'라고 한다. 갑작스러운 실연과 나오모토상 시상식이라는 거듭된 충격으로 고헤이의 혼은 말 그대로 어딘가에 떨어져 버린 것 같았다. 시험 삼아 샐러리를 우적우적 씹어도 맛을 전혀 알 수 없었다. 차가운 스티로폼이라도 베어 먹는 것 같았다.

"이거, 짠가?"

가케루가 말도 안 된다는 표정을 지었다.

"칫치, 됐어. 빨리 나오모토상 시상식이 끝나고 평소처럼 보통의 아침밥을 먹을 수 있게 되면 좋겠어."

가케루는 낫토 위에 달걀프라이의 노른자를 올리고 척척 섞더니 밥을 넣고 비볐다. 고헤이가 좋아하는 방식이다. 고헤이도 그렇게 해봤지만 역시 맛을 알 수 없었다. 흰밥과 낫토가 구별되지 않다니 정말 어떻게 되어버린 모양이다.

"있잖아, 오늘 저녁에는 할머니 오시지?"

그 사실도 까맣게 잊고 있었다. 저녁에는 죽은 아내 히사에의 어머니, 이쿠미가 가케루를 봐주기로 했다.

"맞다, 그렇구나. 저녁밥은 할머니한테 부탁할 건데 뭐 먹고 싶어?"

가케루는 말이 끝나기도 전에 바로 큰 소리로 말했다.

"오므라이스. 할머니 게 칫치 것보다 맛있어."

히사에가 죽고 나서 꽤 요리책을 읽으며 연구를 했다. 그래도 아내나 장모의 요리 솜씨에는 발끝도 따라가지 못한다. 소설과 마찬가지로 요리도 잘하려면 꽤 시간이 걸린다.

가케루를 학교에 보내고 나서 언제나처럼 서재로 향했다. 그날의 목표는 백화점 홍보지에 실릴 에세이 다섯 장과 문예지에 기고할 단편 줄거리 만들기다. 그럴 거면 자료를 몇 권 읽어야 한다. 어느 쪽도 적당히 할 수 없는 일이다. 에세이라고는 하지만 홍보지의 경우 원고료가 일반 의뢰보다 두세 배나 높다. 광고부 담당자가 고헤이의 팬이라서 지명도가 거의 없는 자신에게 연락이 온 것이다. 격주로 있는 에세이 고료는 생활비의 귀중한 원천이다.

그러나 책상에 앉아 있지만 일을 할 수 없었다. 에세이의 소재는 결정되어 있었다. 이번 여름의 무더위와 어린 시절의 시원했던 여름을 대비시키면서 가볍게 환경 문제를 다룰 것이었다. 평상시라면 아무것도 아닌 첫 한 줄이 좀처럼 써지지 않았다. 이번에는 책상에 쌓여 있는 자료를 읽으려고 했지만 활자는 의미를 잃고 보슬거리며 모래처럼 페이지에서 빠져나갔다.

고헤이는 마음을 어딘가에 떨어뜨리고 만 것 같다. 약 한 시간 정도 집중하려고 노력했지만 결국 한 단어도 쓰지 못했다. 이럴 때는 버둥거려봐도 시간 낭비다. 작가의 일은 불가사의해서 밀어도 당겨도 나아가지 않고 그저 잔잔하게 멈춰서 있을 때가 있다. 아무것도 할 수 없다가도 다음 날이 되면 아무렇지 않게 글이 써진다. 글이 써지는 날과 안 써지는 날이 확실하게 나뉘는 것이 작가의 일상이다.

무엇보다 오늘은 나오모토상 시상식이 있으니 긴장이 돼서 혼이 떨어지는 것도 무리가 아닐 것이다. 수상을 하면 그날 저녁 TV 뉴스에 나온다. 고헤이는 글쓰기를 포기하고 작가 친구들로부터 선물받은 소설을 읽기로 했다. 이런 기분으로는 부담이 없이 할 수 있는 일을 하는 게 좋다. 고헤이가 선택한 것은 가타히라 신노스케의 문고판 역사소설이다. 선과 악이 명쾌하게 나뉜 탐정물은 확실히 위대한 걸작도 문학작품도 아닐지 모른다. 그러나 신노스케의 소설은 훌륭하다. 기분이 바닥에 가라앉았을 때 자신의 눈앞에 펼쳐져 있는 성가심을 완벽하게 잊게 해주는 힘이 있다. 독자를 다른 세계로 데려가는 힘. 그것이야말로 소설이 가진 가장 멋진 능력일지도 모른다.

가구라자카로 나가서 점심을 먹고 집으로 돌아왔다. 오늘 밤은 내내 여기저기 따라다녀야 할 테니까 목욕도 할 수 없다. 고헤이는 대낮에 목욕물을 받고 깨끗하게 씻었다. 그것만으로 기분이 엄숙해지니 목욕은 꽤 효과적이다. 여름 햇살이 들어오는 욕실은 묘하게 상쾌했다. 문학상에 대한 마음가짐으로 고양되어 갔다.

세탁소에서 막 돌아온 흰색 셔츠와 청색 여름 양복을 옷장에서 골랐다. 오늘 밤에 찍은 사진이 나중까지 남을지도 모른다. 적당히 입을 수 없다. 고헤이는 딱히 멋을 부리는 사람이 아니었지만 남을 불쾌하게 만드는 차림새는 싫어한다. 풀 먹인 셔츠에 팔을 끼울 때 인터폰이 울렸다. 고헤이가 수화기를 들었다.

"고헤이, 나 왔네. 너무 이른가."

장모였다. 고헤이가 저녁 미팅으로 집을 비울 때 가끔 가케루를 봐준다.

"오셨습니까. 늘 죄송합니다. 지금 열겠습니다."

자동잠금장치를 해제하면서 고헤이는 셔츠 단추를 채웠다. 문을 열자 이쿠미가 꽃다발을 두 개 안고 있었다. 하얀 백합과 빨간 장미다. 홍백인 걸 보니 좋은 일을 염원하는 마음을 담고 있을지도 모른다. 참 예쁘다. 히사에도 저세상에서 분명 기뻐하고 있을 것이다.

이쿠미는 안으로 들어오더니 주방으로 가서 싱크 아래에 둔 꽃병을 꺼냈다. 흰 백합의 줄기를 물에 넣어서 자르고 꽃병에 꽂았다. 둥글게 말린 등을 보며 4년 동안 장모도 나이를 먹었구나 하는 생각이 들었다. 이쿠미는 60대 중반이다. 예전의 그 젊어 보이던 장모도 외동딸이 저세상에 가버린 후 나이에 걸맞을 정도로 단숨에 세월을 먹어버리고 말았다.

"오늘 밤은 늦을지도 모르니 가케루는 알아서 재워주십시오."

이쿠미는 화병을 눈높이까지 올리고 꽃이 꽂힌 방향을 확인했다. 언제나처럼 딸 사진 앞에 놓을 것이다. 무교인 고헤이의 집에는 불단이 없다.

"결과는 몇 시에 나오나?"

첫 시상식이다. 고헤이도 전혀 예상할 수 없었다.

"글쎄요, 7시쯤 되려나. 9시 넘을지도 모르고요. 전혀 모르겠어요."

장모가 돌아보며 잔잔하게 미소를 지었다. 고헤이는 예의 바른 미소로 답했다. 흰 백합을 가슴에 안고서 이쿠미가 말했다.

"맘 놓고 늦게 들어오게나. 쟤가 죽고 나서 벌써 4년이나 지났네. 고헤이가 계속 혼자인 건 기쁘지만 이제 슬슬 좋은 사람을 만나서 새 출발해. 이런 시상식 때만이 아니라 데이트할 때도 가케루는 내가 볼 테니까."

몸이 저려오는 말이다. 고헤이는 아무 대답도 할 수 없었다.

"『텅 빈 의자』를 읽었네. 고헤이가 우리 딸을 잊지 않고 있다는 걸 잘 알았어. 엄마로서는 그것만으로 충분히 만족한다네. 나오모토상을 안 받아도 좋을 정도로 말이야. 그 책은 히사에에게도 내게도 특별해."

숙취에 절은 몸이 갑자기 정화되는 것 같았다.

"고맙습니다. 오늘 저녁은 잘하겠습니다."

가볍게 머리를 숙이고 고헤이는 옷을 입기 위해 침실로 돌아갔다.

## 2

택시는 아카사카 히토쓰기 거리에 있는 중국 음식점 앞에서 멈춰 섰다. TV에 자주 나오는 중국계 요리사가 오너 셰프를 하고 있는 레스토랑이다. 양쪽에 날개를 펼치고 있는 흰색 건물은 콜로니얼식이다. 열대 지역 리조트 호텔같이 호화로운 스타일이다. 이제 막 오후 5시를 지나고 있지만 7월 중순이라 낮처럼 밝았다. 고헤이가 차에서 내리자 바로 에이슌칸의 담당 편집자인 오카모토 시즈에가 뛰어왔다.

"괜찮아? 이렇게 고급 식당에."

오카모토는 가슴을 두드리며 말했다.

"무슨 말씀이세요. 훌륭한 나오모토상 후보이시면서. 제게 다 맡겨주세요."

그런 말을 들어도 데뷔하고 10년간 1쇄 작가인 고헤이는 에이슌칸에서 이렇게 호사스러운 접대를 받은 적이 없다. 왠지 몸 둘 바를 모르겠다.

"출판부장도 기다리고 있어요. 이쪽으로 오세요."

오카모토의 뒤를 따라 중국 음식점으로 들어갔다. 복도 중앙에는 작은 시냇물이 흐르고 있었다. 벽에는 군데군데 촛불이 켜져 있고 높은 천장에서는 팬이 천천히 돌고 있었다. 고헤이는 오카모토의 뒷모습을 보다가 청색 정장을 알아차렸다.

"저기, 그 정장 요코야마 씨 기자회견 때 입었던 거 아냐?"

힐끗 뒤돌아보며 오카모토는 약간 놀란 표정을 지었다.

"어떻게 아셨어요? 과연 작가분들은 눈썰미가 예사롭지 않으세요, 정말. 지난번부터 나오모토상 연속 수상을 노리고 있죠. 그래서 재수 좋은 이 정장을 입었어요."

나오모토상은 수상작을 출판한 회사로서도 영예로운 일이며 수상 후에는 반드시 베스트셀러가 된다. 그런 의미에서 작가만이 아니라 출판사나 편집자로서도 큰 상이었다.

"안쪽 룸을 예약했어요. 이쪽이에요."

왠지 격에 맞지 않게 대단한 인물이 된 기분이 들었다. 고헤이는 아무도 앉아 있지 않은 넓은 흰 천이 덮인 테이블 사이를 걸어갔다.

다섯 평 정도의 정사각형 룸에는 에이슌칸의 출판부장인 시오타니 노리히데와 분카슈토의 연락요원인 요네야마 데루가 기다리고 있었다. 고헤이가 안으로 들어가자 둘은 무릎 위의 냅킨을 치우고 군인처럼 기립했다. 평소의 미팅이라면 이 정도로 예의를 차리지도 않고 긴장감도 없다. 구면인 출판부장이 딱딱한 목소리로 말했다.

"드디어 시간이 되었습니다. 아오다 씨, 저는 언젠가 이날이 올 거라고 믿고 있었습니다. 같이 나오모토상의 결과를 기다리다니 이렇게 기쁜 일도 없을 겁니다."

시오타니는 50대다. 데뷔 무렵 신세를 졌다. 당시에는 청년이었다. 지금도 그 모습이 남아 있기는 하지만 이제는 희끗한 흰머리가 섞인 출판부장이다. 누구나 나이를 먹는다는 평범한 진리가 왠지 놀랍게 다가온다.

"아, 감사합니다. 여러분, 너무 긴장하지 마십시오. 저까지 흥분하게 되니까요."

살이 쪄서 둥글둥글한 요네야마가 얼굴을 찡그리며 웃었다.

"맞습니다. 어차피 결과를 알 때까지 두 시간이나 세 시간, 어쩌면 네 시간까지 걸릴 테니까 편안하게 맛있는 거 먹고 천천히 기다리자고요. 여기는 베이징덕, 동과, 제비집 수프가 아주 끝내줘요."

룸 안에서 긴장이 풀린 웃음이 일었다. 요네야마는 퉁퉁한 캐릭터를 살려서 분위기를 띄웠다. 젊은 편집자의 특기였다. 문학편집자는 개성과 특기를 하나쯤 가지고 있지 않으면 출판계에서 살아남을 수 없다. 작가와 편집자의 세계는 회사의 영역을 넘어서 작은 마을 같은 것으로, 한 명당 한 가지 특기를 당연한 일로 여긴다. 개성 없는 자가 사라지는 것은 작가도 편집자도 다름없었다. 오카모토가 말했다.

"마시는 건 뭘로 하시겠어요? 수상하면 기자회견을 해야 하니까 알코올 종류는 패스할까요?"

고헤이는 요네야마와 시오타니의 표정을 관찰했다. 여름날 저녁 무렵, 긴 일과를 끝내고 결과 발표를 같이 기다려주려고 여기까지 달려와주었다. 아무리 그래도 우롱차를 주문할 수는 없다.

"그럼 목이 마르니까 첫 잔은 생맥주로 할까요? 나중에 각자 좋아하는 걸로 드세요."

요네야마가 기뻐했다.

"역시 아오다 씨는 편해요. 처음부터 도망가고 싶을 정도로 신경이 날카롭게 선 대기 현장도 있거든요. 오카모토 씨, 자, 그럼……."

출판계에서는 요네야마를 모르는 사람이 없었다. 통통한 편집자는 머리를 긁적이며 웃었다. 출판부장도 주문을 했다.

"나도 생맥주로 할까. 오카모토는 어떻게 할래?"

"그럼 저도 맥주로. 왠지 오늘은 낮부터 목이 타서 죽는 줄 알았어요. 내가 상을 받는 것도 아닌데 말이에요. 나오모토상은 참 이상해요."

주문이 결정되자 차이나 드레스를 입은 웨이트리스가 들어왔다. 고헤이는 그 드레스가 붉은색이었는지 파란색이었는지 기억

나지 않는다. 자신은 침착했다고, 그래서 주위를 냉정하게 관찰하고 있는 줄 알았는데 역시 마음 어딘가에서 침착함을 잃고 있었나보다.

표면상으로는 평상시의 미팅과 다름없는 편안한 저녁 식사 자리였다. 대화는 끊어지지 않고 계속 이어졌다. 그러나 결국에는 기다리고 있는 수상 결과로 귀결되는 바람에 모든 대화가 묘하게 겉돌게 되었다. 고헤이는 처음부터 불편해서 견딜 수가 없었다.

"그러고 보니 시오타니 씨는 편집자 생활한 지 오래됐죠?"

가볍게 취한 출판부장이 대답했다.

"네, 현장에서 한 25년 굴렀나?"

고헤이는 천진스럽게 질문했다.

"그럼 나오모토상 수상작은 몇 권 정도 만들었습니까?"

시오타니의 얼굴빛이 바뀌었다.

"한 권도 못 만들었습니다. 저희는 문학 부문에서 후발주자이기 때문에 하찮게 봤는지 나오모토상 후보에 안 올려주더군요. 상을 노리게 된 건 요 7~8년 정도입니다. 한 권이라도 좋으니까 나오모토상 수상작을 내고 싶습니다. 젊었을 때부터 제 꿈입니다."

고헤이는 놀랐다. 25년이라고 하면 300권 정도는 만들었을 것이다. 그런데도 수상작은 단 한 권도 없었다고 한다. 오카모토가 안타까워했다.

"그러고 보니 우리 책은 지난 올림픽 이래 나오모토상을 못 받았네요. 요네야마, 그렇지? 두 번에 한 번은 분카슈토의 책인데 말이야."

편안하게 맥주를 마시고 있던 연락 요원이 헛기침을 했다.

"잠깐만요. 저는 선정위원이 아니잖습니까. 우리 회사도 선생님들의 의향까지는 참견 못 합니다요. 부탁이니까 그런 음모설은 그만두세요."

곤란해하는 요네야마를 보며 시오타니 부장이 수습했다.

"그러고 보니 우리 편집자가 며칠 전에 아야세 도키코 선생님과 이야기를 했습니다.『텅 빈 의자』를 칭찬하셨다고 합니다. 문장이 명확하고 여성에 대해 제대로 쓰고 있다고."

아야세 토키코는 70대 후반의 대가다. 선정위원 중에서도 제일 연장자로 발언권도 세다고 한다. 소설에서는 제대로 이성에 대해 쓸 수 있는지가 중요하다고 생각하는 사람이다. 이성을 매력적으로 그릴 수 있다면 평생 밥 먹고 살 수 있다는 것이 만화계의 격언이지만 문학계도 마찬가지다. 이성에 대해서 쓰기 위해서는 관찰력과 감수성과 상상력, 그리고 경험까지 필요하다.

요네야마가 해파리냉채를 입에 집어넣었다.

"그러고 보니 요시오카 선생님도『텅 빈 의자』에 동그라미를 줬다고 합니다. 아야세 선생님까지 칭찬했다면 어쩌면 첫 후보지만 수상할지도 모르겠어요. 요 5~6년 사이에 없었던 쾌거죠."

고헤이는 점점 더 앉아 있기 불편해졌다. 눈앞의 테이블에는 잇달아 호화로운 전채 요리가 운반되어 왔지만 식욕이 전혀 없었다. 맥주도 묘하게 쓸 뿐 별 맛이 없다.

이런 상태로 정처 없는 대화에 표류된 채 앞으로 세 시간 이상을 기다려야 하나. 고헤이는 도망치고 싶었다. 그냥 레스토랑에서 나와서 혼자 아카사카 거리를 산책하면서 여름의 저녁 바람을 맞으면 얼마나 기분이 좋을까.

이 시간, 자신과 마찬가지로 안절부절못하는 기분으로 기다리는 다른 다섯 명의 작가를 상상했다. 생각해보면 타인에 의해 후보로 선정되어 뜻하지 않게 이런 소동에 말려들어 남이 알아서 이렇다 저렇다 발표한다. 전국의 매스컴도 출판 관계자도 책을 좋아하는 사람도 결과를 흥미진진하게 기다리고 있을 것이다. 문학상은 참 민폐다.

# 3

나오모토상 발표를 기다린 지 두 시간이 지났다. 시간이 이렇게나 흐르자 이제 이야깃거리도 바닥이 났다. 세 명의 편집자가 고헤이를 배려해서 말을 걸어오지만, 고헤이는 간단한 대답만 반복했다. 그래도 피곤하다. 출판사 파티나 미팅 등에서 언제나 얼굴을 마주하는 사람들이다. 그러니 할 얘기가 샘솟을 리 없다.

(이제 수상을 하든 떨어지든 아무래도 좋다.)

마음속으로는 그렇게 생각하고 있지만 분위기상 차마 입 밖으로 낼 수는 없었다. 에이슌칸의 출판부장은 300권 정도의 책을 만들었는데도 한 권도 나오모토상 수상작을 내지 못했다. 나오모토상을 받는 것은 회사의 소원이기도 할 것이다. 그런 편집자 앞에서 후보가 일찍부터 포기하겠다는 말은 할 수 없다.

"이 베이징덕 맛있어요. 이 가게는 달콤한 소스가 아니라 이렇게……."

분카슈토의 편집자인 요네야마는 발표를 기다리는 데 익숙한 것 같았다. 작은 접시에서 뿌연 유리 조각 같은 암염을 집어서 갈색 오리고기에 뿌렸다. 그리고 밀가루 전병으로 돌돌 말아서 입에 집어넣는다.

"맛있을 것 같죠. 아오다 씨도 하나 만들어드릴까요?"

고헤이는 원래 지방이 많은 걸 잘 못 먹는다. 게다가 아까부터 긴장해서 그런지 고급 중국요리의 맛을 전혀 알 수 없었다.

"아니, 난 됐어."

담당 편집자인 오카모토가 핀잔을 줬다.

"아까부터 요네야마만 먹고 있거든. 눈치가 좀 있어라. 재미있는 이야기를 하든지, 심사 현장에 가 있는 누군가한테 연락해서 도중 경과가 어떻게 됐는지 물어보든지."

입을 우물거리며 요네야마가 머리를 긁적였다.

"아, 죄송합니다. 하지만 도중 경과를 어떻게 물어봅니까. 곤란하네."

나오모토상은 일반 출판사가 주최하는 문학상이었다. 분카슈토 사원들도 여기저기서 이런저런 말을 많이 들어서 정신적으로 무척 피곤한 상태일 것이다. 내부 이벤트가 전국적으로 주목을 받는 괴물로 성장해버린 것이다. 관계자 모두에게 감당하기 어려운 영향을 미치고 있다.

"됐어, 됐으니까. 요네야마, 내 몫까지 먹어."

고헤이는 그렇게 말하며 손을 대지 않은 작은 접시를 통째로 편집자에게 건넸다.

두 시간이 지나고 세 시간이 지나고 이제 곧 네 시간째에 접어들 무렵이었다. 북경요리 풀코스는 벌써 다 나왔고 고헤이의 배는 중국차로 가득 차 있다. 오카모토가 작게 외쳤다.

"이번엔 꽤 늦네요. 벌써 9시인데. 도대체 어떻게 된 걸까요?"

이 가게에 들어온 시간이 오후 5시였다. 시상식도 쓰키지에 있는 요정에서 같은 시간에 시작되었다. 아직 결정이 되지 않았다는 말은 열 명의 나오모토상 심사위원들이 여전히 토의를 계속하고 있다는 것이다. 그중에는 70대를 훌쩍 넘은 베테랑도 있다. 심사하는 쪽도 기다리는 쪽도 무한의 체력을 요구하는 것이 바로 문학상이다.

고헤이는 피곤했지만 눈앞에 앉은 편집자를 보고 있자니 고개가 절로 숙여졌다. 사실 자신이 만든 책이 문학상을 받았다고 해서 월급이 올라가는 것도 아니고 승진을 하는 것도 아니다. 실질적인 혜택이 전혀 없다.

여기에 있는 에이슌칸만이 아니라 다른 장소에서 고헤이를 담당했던 이들이 좋은 소식을 마음속으로 고대하며 계속 기다리고 있을 것이다. 다른 회사의 책이 수상해도 진심으로 기뻐해 준다. 고헤이가 문학 세계에 들어와서 좋았다고 생각하는 것은 바로 이럴 때다. 책이 팔리는 영리와 문학 작품으로서의 퀄리티,

거기에 작가와 편집자의 인품, 그런 것들이 미묘한 균형을 이루며 일을 해나간다. 문학은 어른들의 일이다. 고헤이는 그만 정색을 하며 말했다.

"저기, 결과가 나올 시간이 된 것 같으니까 마지막으로 한마디해도 되겠습니까?"

취해서 늘어져 있던 편집자들이 자세를 똑바로 고쳐 앉았다.

"예."

오카모토와 출판부장의 대답이 무거웠다. 고헤이는 천천히 말을 시작했다.

"나오모토상의 결과는 아직 모르지만 오늘 밤 여러분들과 함께 발표를 기다린 시간이 참 좋았습니다. 제 책은 요 10년간 전혀 팔리지 않았습니다. 팔리지 않는 작가를 버리지 않고 계속해서 책을 내주셨습니다. 정말 감사드립니다. 은혜를 갚기 위해서 어떻게 해서든 상을 받고 싶지만 만약 수상을 못 하더라도 여러분에 대한 제 감사의 마음에는 변함이 없습니다. 정말 고맙습니다. 앞으로도 작가 아오다 고헤이를 잘 부탁드립니다."

고헤이는 둥근 테이블에 앉아 깊이 머리를 숙였다. 가능한 한 간결하게 솔직한 심정을 전달했다. 고개를 들자 시오타니 부장이 안경 뒤로 손가락을 집어넣어서 눈물을 닦고 있었다. 담당인 오카모토도 냅킨으로 눈가를 누르고 있었다. 요네야마가 우물거리며 눈물을 머금고 있었다. 고헤이는 깜짝 놀랐다.

"내가 울게 만들 만큼 감동적인 말을 했나? 그저 감사 인사를 했을 뿐인데."

"무슨 말씀을 하십니까. 명연설이었습니다. 저, 평생 아오다 씨의 담당이 되겠습니다. 에이슌칸을 앞으로 잘 부탁드립니다."

일본은 유럽처럼 전속제가 아니다. 양산을 강요당한다는 폐해도 있지만 궁합이 잘 맞는 출판사를 선택할 수 있다는 장점도 있다. 요네야마가 끼어들었다.

"에이슌칸만이 아니라 저희 분카슈토도 잘 부탁드립니다. 아오다 씨는 이제 출판사 두 곳으로 충분하지 않습니까?"

과연 편집자다. 이런 상황에서도 절대 자신의 위치를 잊지 않고 확답을 받으려고 한다. 그때 중국어 억양의 목소리가 머리 위에서 들려왔다.

"작가 아오다 고헤이 님 계십니까~?"

치파오를 입은 젊은 웨이트리스가 무선 전화기를 들고 룸으로 들어왔다. 안전핀을 제거한 수류탄이라도 되는 듯 모두의 시선이 수화기에 집중되었다. 고헤이는 조심스럽게 손을 뻗었다.

"제가 아오다 고헤이입니다."

"전화 왔습니다."

웨이트리스에게는 전혀 부담감이 없는 듯하다. 고헤이는 양손으로 수화기를 받아 들고 숨을 삼키며 귀로 가져갔다.

"아오다 씨 되십니까?"

침착한 중년 남성의 목소리였다.

"네, 접니다."

다음 한마디로 수상인지 낙선인지 알 수 있다. 충격을 완화시키기 위해 상대가 이름을 말하는 단계에서 당선인지 낙선인지 예상할 수 있도록 배려하고 있다.

"분카슈토의 모토하시입니다."

전신에서 힘이 빠져나갔다. '문예진흥회의 누구누구'라 하면 나오모토상, '분카슈토의 누구누구'라면 낙선이다. 그곳에 있는 세 명의 편집자는 숨을 멈추고 고헤이의 표정을 뚫어지게 보고 있었다. 가능한 낙담한 표정을 짓지 않도록 고헤이는 필사적으로 노력했다. 그래도 얼굴빛이 변했나보다. 고급 중국요리점의 룸을 채우고 있던 공기가 단번에 식어버렸다. 수화기 저편에서 분카슈토의 여성이 차갑게 말했다.

"정말 안타깝습니다. 수상은 이소가이 히사시 씨의 『푸른 하늘의 밑바닥』으로 결정되었습니다. 실망하지 마십시오. 아오다 씨의 책도 심사 현장에서는 상당히 좋은 평을 받았습니다. 그럼 실례하겠습니다."

전화가 왔을 때와 마찬가지로 갑자기 끊겼다. 웨이트리스는 무슨 일이 일어났는지 몰라 혼란스러워했다. 고헤이가 수화기를 돌려주자 도망치듯 그 자리를 떴다.

"여러분 안타깝습니다. 수상자는 이소가이 씨입니다. 늦게까지 수고 많으셨습니다."

고헤이는 앉은 채 가볍게 머리를 숙였다. 시오타니 출판부장은 입을 꽉 물며 말했다.

"아직 첫 후보니까요. 이렇게 되면 다음 책으로 나오모토상을 노려봅시다."

오카모토가 휴대전화를 꺼내면서 말한다.

"왜 『텅 빈 의자』의 좋은 점을 모를까. 다들 어떻게 된 거예요. 죄송합니다, 아오다 씨. 전화 한 통 걸어도 될까요? 수상 띠지를 주문했는데 그걸 중지시켜야 해서요."

고개를 끄덕이자 오카모토가 자리를 떴다. 고헤이는 직접 샤오싱주로 온더록스를 만들어 한 입 마셨다. 드디어 술맛이 느껴졌다. 안타깝고 분하지만 결과는 받아들여야 한다. 승자가 있으면 그 몇 배의 패자가 있다. 그것이 세상 이치다. 그때까지 잠잠하던 고헤이의 휴대전화가 울렸다. 가타히라 신노스케다.

"어이, 고헤이. 안타깝군. 오늘 밤에 뭐 할 거야? 히사시도 기자회견 끝나면 소와레에 합류할 거라고 했어."

어차피 오늘 밤은 잠들 수 없을 것이다. 장모가 집에 있으니까 내일 아침밥은 걱정하지 않아도 된다.

"알았어. 좀 있다 갈게."

고헤이는 의식이 사라질 때까지 취하고 싶은 기분이었다. 아침까지 두렵고 긴 밤이 기다리고 있다.

# 4

고헤이의 낙선이 확정되자 수상자 발표를 기다리던 식사 모임은 급작스럽게 열기가 식으면서 자연스럽게 끝났다. 원탁에 둘러앉아 있던 세 명의 편집자는 누구 한 명 고헤이와 눈을 맞추려 하지 않았다. 그러한 배려가 지나쳐서 오히려 마음의 상처가 되고 말았다. 고급 요리점에서 아카사카의 거리로 나오자 에이슌칸의 오카모토가 말했다.

"이제부터 어떻게 하실 건가요? 아오다 씨가 아침까지 마시고 싶으시다면 같이 있겠습니다. 다른 회사 담당자들은 다 긴자에서 기다리고 있으니까 전화로 바로 집합시킬 수 있습니다."

고헤이는 일단 혼자 있고 싶었다. 벌써 네 시간 가까이 정처없이 떠돌던 대화를 견뎌왔다. 처음으로 후보에 올랐기 때문에 단번에 수상할 수 있을 거라고는 생각도 하지 않았지만 그래도 낙선의 충격은 맞고 나서 몇 초 후에 울리는 종처럼 몸과 마음을 뒤흔들었다.

"나중에 아오노 모임 멤버가 집합하는 소와레에 갈 거야. 이소가이도 온다네. 그때까지는 여기저기 연락해야 하니까 혼자가 편해."

오카모토가 숄더백을 뒤지더니 택시 티켓을 꺼냈다.

"긴자까지 이거 사용하세요. 얼굴빛이 안 좋은데 진짜 괜찮으세요?"

고헤이는 얼마 남지 않은 힘을 쥐어짜서 미소를 지어 보였다. 도대체 자신이 어떤 표정을 짓고 있을지 예상도 할 수 없었다.

"아, 괜찮아. 나중에 반드시 합류할 테니까. 여러분, 오늘 밤은 아쉬운 결과로 끝났지만 정말 감사합니다."

고헤이가 가볍게 인사하자 출판부장인 시오타니가 아사카사 히토쓰기 거리에 서서 깊이 머리를 숙였다.

"실망하지 마십시오. 아오다 씨에게는 반드시 다음 기회가 찾아올 겁니다."

나오모토상을 주최하는 분카슈토의 요네야마는 여유만만해 보였다. 옆에서 한마디 거든다.

"맞습니다. 다음 신간은 저희가 내니까 그것으로 나오모토상을 받자고요."

『텅 빈 의자』의 담당 편집자인 오카모토가 쏘아붙였다.

"뭐야. 다른 회사 책으로 좋은 인상을 남기고 결국 분슈의 책으로 나오모토상을 타겠다고? 그런 짓은 좀 그만해라."

"헤헤헤, 죄송합니다. 노리고 있는 건 아니지만요."

편집자로서도 낙선은 분할 것이다. 작가 이상으로 자신이 만든 책에 푹 빠져야 하는 직업이다. 고헤이는 어처구니없어하며 그냥 쳐다보고 있다가 마지막으로 한마디 했다.

"그럼 소와레에서. 오늘 밤은 저도 마실 테니까 여러분들도 각오하십시오."

7월 중순이다. 벌써 저녁 9시가 넘었다. 아스팔트는 낮의 태양열을 머금고 있다가 일렁거리는 증기로 열을 방출시키고 있다. 고헤이는 재킷을 벗고 어깨에 걸쳤다. 가슴팍 단추도 풀었다. 이제 관계자는 다들 TV 뉴스에서 상을 놓쳤다는 사실을 알게 될 것이다. 전화를 걸어야 하는 상대 따위 한 명도 없었다.

(떨어졌다.)

빈 택시가 달리는 큰 도로에서 그런 생각이 들었다. 폭이 넓은 보도에 사람들이 적어졌다. 도심의 한편인 이곳에서는 사람보다 고급차가 더 많아 보인다. 역사 깊은 문학상 후보에 올랐다는 것은 명예로운 일이다. 실력과 인기, 출판계에 대한 공헌도를 고려했을 때 아직 자신의 순서가 아니라는 것도 고헤이는 알고 있었다. 그런데도 생각을 멈출 수가 없었다.

(졌다. 다음 기회 따위 없을지도 모른다.)

고헤이는 뭔가 한 가지 나쁜 일이 생기면 엄청나게 위축되는 버릇이 있다. 후보에 오를 때까지 10년 걸렸다. 또다시 후보로 선정되기까지 10년이 걸린다 해도 이상하지 않다. 그때면 자신은 쉰에 가까운 나이다. 가케루도 대학생이 되어 있을 것이다. 이런 상태로 작가를 계속할 수 있을까. 축제 후의 허무함만이 가슴을 물들인다.

제149회 나오모토상 수상자는 이소가이 히사시로 결정되었다. 자신보다도 다섯 살이나 젊고 인성도 좋고 얼굴도 잘생겼고 인기도 많고 작품 평가도 훨씬 높다. 같은 시기에 데뷔한 친구로 아오노 모임에서 늘 만나고 있지만 오늘 밤만큼은 역시 패배에 대한 분함을 버릴 수 없다. 팔리지 않는 작가 생활을 10년이나 참고 견뎌온 고헤이라서 작가 본인의 성격이나 가정 환경이 재능과는 상관없다는 사실을 잘 알고 있다. 하지만 이소가이 히사시처럼 모든 카드를 다 갖춘 복 많은 작가도 드물게 존재한다. 실력으로 뒤지는 자신이 많은 친구나 편집자 앞에서 젊은 수상자에게 인사를 해야 한다.

(모든 것이 끝났다. 하지만 이제부터 다음 싸움이 시작된다. 이기지 못했다면 좋은 패자가 되자.)

아오야마 거리를 30분 정도 걸어서 고헤이가 얻은 결론은 단순했다. 사람들은 누군가가 졌을 때의 일을 눈여겨보고 있다. 이 나라에서는 이기는 법만 아이에게 가르치고 잘 지는 법에 대해서는 허투루 한다. 앞으로 출판계에서 살아남으려면 무수한 패배를 각오해야 할 것이다. 좋은 패자가 되는 일은 다음 도전권을 잡는 것이다. 고헤이는 보도의 끝에서 등을 쭉 펴고 서서 밤거리를 달리는 택시들을 향해 손을 들었다.


"축하도 중간 정도 우리 집의 신년'이라고나 할까. 고헤이, 아까웠어."

청색 소파에 앉자마자 역사소설가인 가타히라 신노스케가 말을 걸어왔다. 소바야시 잇사(小林一茶, 1763~1828: 일본의 시인 – 옮긴이)의 시는 멤버 한 명이 수상하고 한 명이 낙선한 저녁에 아주 잘 어울렸다. 아오노 모임은 이소가이 히사시를 제외하고 코너 자리에 전원 모여 있다. 주변을 둘러싸듯 각 사의 편집자가 십수 명 모여 있다. 종업원 쓰바키가 알코올 도수가 낮은 술을 건넸다.

"고헤이 씨, 여기요. 가케루에게 전해달라고 부탁받은 말이 있어요. '다음 기회가 있어. 힘내, 칫치'라고. 참 착한 아이예요."

그 아이는 아닌 척하며 아빠 걱정을 하고 있을 것이다. 후보에 오르고 나서 참으로 다양한 부담감을 느꼈다. 연애소설가인 야마자키 마리아가 고헤이의 어깨를 두들겼다.

"『텅 빈 의자』가 결선 투표 세 권에 남았다고 해. 나머지 두 명은 이소가이랑 가미야마 씨라지, 아마. 잘됐어. 좋은 인상으로 후보 저금을 할 수 있어서."

하드보일드 작가인 하나부사 겐지가 팔짱을 끼고 말했다.

"그렇다면 다음의 두세 권이 중요해지네. 가미야마 시즈나같이 여섯 번이나 떨어지면 후보로 올리기가 힘들어지지."

외야는 참으로 속 편하다. 고헤이는 화를 낼 기력도 없어서 그냥 듣고만 있었다. 결과는 낙선이었지만 나오모토상의 압박에서 해방되어서 그런지 술이 맛있었다.

"쓰바키 씨, 한 잔 더 주세요."

쓰바키가 고헤이의 무릎 위에 가볍게 손을 올렸다.

"알았어요. 그런데 고헤이 씨의 그 정중한 말투, 언제까지 계속할 건데요? 좀 더 편하게 얘기해주면 좋겠는데. 뭐니 뭐니 해도 천하의 나오모토상 후보잖아요."

그런 말을 들어도 고헤이는 갑자기 자신을 바꿀 수 없었다. 도리어 상을 받아 자신이 베스트셀러 작가가 되었을 때 손바닥 뒤집듯 바뀌다니 도리어 창피해서 못 한다. 고헤이는 그런 사람이다.

한 시간 정도 지나서 클럽의 카운터에서 마시고 있던 젊은 편집자가 휴대전화를 한 손에 쥐고 말했다.

"이소가이 선생님이 기자회견을 마치고 이쪽으로 향하고 있다고 합니다."

기자회견장은 히비야에 있는 홀이었다. 긴자까지 자동차로 5분도 걸리지 않는다. 고헤이가 마음의 준비를 하려고 하는데 그때 닫혀 있던 문이 열리자 그다지 넓지 않은 소와레는 박수갈채로 넘쳐났다. 누군가가 외쳤다.

"새 나오모토상 작가, 이소가이 히사시 선생님이십니다."

내학생같이 젊은 얼굴을 한 작가는 오늘 저녁에도 청바지에 티셔츠를 입고 있다. 스포트라이트를 받고 있는 듯했다. 어두컴 컴한 클럽 안에서 단 한 사람만 빛이 난다. 이것이 스타 작가와 문학상의 상승효과인가. 이소가이 히사시는 한 손을 들어 환성에 답한 뒤 곧장 아오노 보임 멤버가 있는 소파로 다가왔다. 편집자들과 같이 박수를 치고 있던 고헤이 앞에 섰다.

무슨 일이 일어나도 초연한 태도를 보이는 젊은 작가가 진지한 표정으로 고헤이를 바라봤다. 클럽 안은 물을 끼얹은 듯 조용해졌다. 고헤이도 분위기에 압도되어 일어섰다.

(도대체 뭘 할 생각이지?)

고헤이가 어리둥절해하고 있는데 이소가이 히사시가 오른손을 내밀며 악수를 요구했다. 고헤이는 그 손을 꽉 잡았다. 제149회 나오모토상 작가의 손은 동그랗고 따뜻했다. 이소가이 히사시는 낮은 목소리로 말했다.

"저는 아오다 씨에게 사죄해야 할 일이 있습니다."

# 5

(도대체 이 잘나가는 작가가 무슨 말을 하려는 거지?)

고헤이는 이소가이 히사시의 말을 이해하지 못했다. 악수를 한 채 굳어 있는 둘을 편집자들과 아오노 모임 멤버들이 숨죽이고 바라봤다. 긴자의 고급 클럽 안은 쥐 죽은 듯 조용해졌다.

"『푸른 하늘의 밑바닥』은 아오다 씨의 가족을 모델로 했습니다. 너무 보기 좋은 부자라는 생각이 들어서. 몇 번이나 가케루와 같이 놀러 간 적도 있습니다."

히사에가 죽고 나서 작가 친구들이 신경을 써서 고헤이와 가케루를 여기저기 데리고 다녀줬다. 꽃놀이도 유원지도 극장도. 슬프지만 지금은 좋은 추억이다.

"아오다 씨에게 솔직히 말을 해야 했지만 거절당할까봐 그냥 쓰고 말았습니다. 그런데 나오모토상 시상식에서 아오다 씨의 책과 경쟁하게 되어버려 무척 괴로웠습니다."

이소가이 히사시는 재능이 있고 젊고 인기도 있고 오늘 밤 새로 탄생한 수상작가인 주제에 성격조차 좋다. 트집을 잡을 곳이 없지 않은가. 괴물 같은 남자다. 고헤이에게 그의 책을 처음 읽었을 때의 응어리는 이제 남아 있지 않다. 질투 따위를 해도 도저히 따라잡을 수 없는 상대다. 그의 역량은 작품으로도 절감했지만 문학상으로 패배한 고헤이가 그 누구보다도 잘 알고 있다. 승자와 악수를 하는 손에 고헤이는 힘을 담았다.

"무슨 말을. 설정이 우리 가족이란 건 읽는 순간 알았어. 『텅 빈 의자』원고에 손을 댈 수 없을 정도로 재미있고 충격적이었지. 하지만 이제 괜찮아. 내가 써도 그렇게 좋은 작품을 쓸 수 없었을 거야. 축하해. 아오노 모임의 친구로서 자랑스러워."

야마자키 마리아가 감격해서 소리를 질렀다.

"둘 다 너무 멋져!"

조용한 박수갈채가 쏟아졌다. 마리아가 일어서서 둘 사이에 파고들었다. 편집자가 촬영을 시작하자 플래시가 마치 흰색 알처럼 날아다녔다.

"훌륭해. 히사시는 사과를 했고 고헤이는 축하한다고 말했어. 여자가 질투심이 많다고 하지만 질투라면 남성 작가가 훨씬 심한데 말이야. 둘 다 정말 멋져."

야마자키 마리아의 다음은 역사소설가 가타히라 신노스케였다. 꽤 취해 있었다. 둘의 어깨를 꽉 껴안았다.

"히사시, 분하지만 축하해. 너는 역시 거물이야. 야, 고헤이. 이렇게 됐으니까 다음번에 그냥 나오모토상 꽉 잡아버려. 나는 상과 인연이 없으니까 그 대신 너희들에게 숫자로 안 지도록 마구마구 써주지. 이번에 해변 별장 사거든. 아~ 오늘 저녁은 진짜 기분 끝내준다."

목소리 상태가 이상해서 신노스케를 쳐다봤다. 역사소설가의 눈이 새빨갛다.

"나이 탓인가 눈물이 많아졌어. 어이, 쓰바키. 핑크 샴페인 막 따버려. 나는 나오모토상 작가는 못 되지만 나오모토상 작가에게 제일 많이 샴페인을 사준 작가가 되어주겠어."

도쿄의 옛 정서가 남아 있는 동네 출신인 신노스케는 어느새 자신이 쓰는 역사소설에 등장하는 시원시원한 말투가 되어 있었다.

"네~ 네, 선생님. 여기 앉으세요."

쓰바키의 재촉에 다들 소파에 앉았다. 고헤이와 작가들이 선 채로 있으면 편집자들도 앉을 수 없다.

좌중이 차분해지고 클럽 안 여기저기에서 웃음소리가 들렸다. 쓰바키는 고헤이에게 샴페인 잔을 돌리며 말했다.

"이번에는 정말 아까워요. 하지만 책은 훌륭했고 아까 이소가이 선생님에게 한 말씀 때문에 고헤이 씨를 다시 보게 됐어요."

취하지도 않았는데 고헤이는 볼이 빨개졌다. 학창 시절부터 인기가 없었기 때문에 이렇게 직접 대놓고 말하면 왠지 자신의 일 같지 않았다. 고헤이의 경우 이소가이 히사시 같은 베스트셀러 작가가 아니라서 작가가 되었다고 갑자기 이성이 몰리는 일은 없었다. 아주 조금, 전보다 인기를 얻게 되었을 뿐이다.

"아, 그건 고마워."

쓰바키는 고개를 살짝 저었다.

"좋아한다는 말을 듣고 고맙다고 대답하다니, 남자 실격이에요, 아오다 선생님."

쓰바키의 손이 고헤이의 허벅지 위로 자연스럽게 올라왔다. 손바닥에서 열이 전해진다.

"말씀 중에 죄송합니다. 잠시 시간 되십니까?"

동그란 얼굴에 생글거리며 말을 건 사람은 요네야마였다. 옆에는 출판 담당자인 오쿠보 다카시가 잔을 들고 서 있었다. 요네야마가 말했다.

"시상식 후에 죄송합니다만 『칫치와 아들』의 연재 수고 많으셨습니다. 저는 『텅 빈 의자』에 지지 않을 정도의 훌륭한 작품이라고 생각합니다."

상의 행방이 어떻게 되었든 작가의 일은 쉴 틈이 없다.

키 큰 오쿠보가 허리를 숙이며 말했다.

"저도 동감입니다. 아오다 씨에게 첫 나오모토상 후보에 이어서 진정한 승부를 낼 작품이 될 겁니다. 최선을 다해 만들어보겠습니다. 잘 부탁드립니다."

요네야마는 「올 슈토」의 편집자로 연재 원고를 담당하고 있다. 그것을 제2문예부의 오쿠보가 책으로 만든다.

문예지의 연재소설은 그렇게 해서 단행본으로 만들어진다.

"그래서 말씀입니다만, 다음 주에 교정지가 나옵니다. 댁으로 가지고 가도 되겠습니까?"

벌써 다음 책을 이야기하고 있다. 매년 두 권밖에 내지 않는데 시종일관 원고를 껴안고 사는 기분이다. 하지만 어쩌면 당연한 일이다. 신간 단행본 두 권에 문고판 두 권의 원고를 수정해야 한다. 그러면 1년 중 4개월은 교정지에 빨간 펜질을 하며 지내는 셈이다. 요네야마가 말했다.

"이번 책은 저희 회사에서도 신경 많이 쓰고 있습니다. 최선을 다하겠습니다. 문예부 내부에서 아주 평이 좋습니다."

나오모토상 후보작을 선정하는 곳은 문예진흥회지만 실은 분카슈토의 편집자들이었다. 요네야마는 그런 사실을 솔솔 풍기고 있었다.

"알겠습니다. 좋은 책으로 만들어봅시다."

분카슈토의 편집자는 한 번 고개를 숙이고 건너편 소파로 이동했다. 이것으로 드디어 여유롭게 마실 수 있게 되었다 싶었는데 또 다른 편집자가 말을 걸어왔다.

"아오다 씨, 이번에는 참 아쉽습니다."

오랜만에 보는 얼굴에 고헤이는 소리를 지를 뻔했다.

돗포기획의 편집자 하시즈메 고이치로다. 문학 편집부에서 영업부로 이동했을 텐데. 돗포기획에는 고헤이의 담당 편집자가 없어졌다.

"저희 회사가 아오다 선생님에게 진짜 결례를 많이 했습니다. 하지만 저희 편집부와 다시 일을 부탁드려도 되겠습니까? 새 담당을 준비하겠습니다. 저같이 누추한 중년이 아니라 젊고 미인입니다."

이것이 나오모토상 후보의 효과일까. 담당이 없어진 출판사가 돌아왔다. 그러고 보니 요 몇 년간 어느 출판사에서든 문학 편집자로 일하는 젊은 여성이 늘고 있다. 대부분 방송국 여자 아나운서를 떠올리게 할 정도로 미인인데다 머리 회전도 빠르고 일도 잘한다. 주류인 남성 편집자도 마음 놓을 수 없는 상황이었다.

"알겠습니다. 저야말로 잘 부탁드립니다."

출판사의 손바닥 뒤집기에 비꼬는 말을 한마디라도 던지는 작가도 많지만 고헤이는 머리를 숙였다. 큰 문학상 후보에 올랐지만 여전히 10년째 1쇄 작가다. 베스트셀러 작가와는 수준이 다르다. 초조하게 절벽에 바짝 붙어 있는 상태에서 작품을 써야 한다.

(오늘 밤을 마지막으로 나오모토상에 대해서는 깨끗하게 잊어버리자.)

핑크 샴페인을 따서 은은한 달콤함을 머금고 있는 술을 입에 부었다.

(나를 위해서도, 가케루를 위해서도, 계속 위로 올라가야 한

다.)

그때 에이슌칸의 오카모토가 휴대전화를 한 손에 들고 잰걸음으로 다가왔다. 눈이 반짝반짝 빛나고 있는 걸 보니 꽤 흥분해 있는 것 같았다.

"축하드립니다."

"뭐야, 떨어졌는데 뭘 축하한다고 그래."

오카모토는 웃음을 지우지 않았다.

"이것도 나오모토상 후보의 효과 아닐까 싶은데.『텅 빈 의자』의 증쇄가 결정되었습니다. 2,000부로 적지만 열심히 팔아보겠습니다."

10년 만의 증쇄다. 당장이라도 만세를 부르고 싶을 정도로 고헤이는 감격했다.

"고마워. 진짜 기뻐. 오카모토 씨, 고마워."

"별말씀을요. 저야말로 감사합니다. 오늘 밤은 수고 많으셨습니다."

젊은 여성 편집자가 긴자의 클럽에서 머리를 깊이 숙이며 인사했다.

# 6
—

침대 속까지 맛있는 미소 된장국 냄새가 스며들어왔다. 잠이
덜 깬 고헤이는 눈을 감은 채 오리털 베개를 꽉 껴안았다.

(이건 히사에의 미소 된장국 냄새다. 아~ 4년 만에 돌아왔나.)

순간적으로 죽은 아내를 긴 여행이라도 보낸 줄 알았다.

"칫치, 할머니가 아침밥 다 됐대. 일어나. 같이 먹자."

고헤이는 당황하며 사이드 테이블의 자명종을 쳐다봤다. 아
직 7시 30분 전이다. 준비해서 가케루를 학교에 보내기에는 늦
지 않았다. 초등학교 5학년생은 반바지에 티셔츠를 입고서 웃으
며 내려다보고 있다.

"칫치, 어제 몇 시에 집에 왔어?"

고헤이가 늦게 들어온 다음 날 아침이 되면 가케루는 꼭 이렇
게 묻는다. 딱히 아내가 다그치는 것도 아닌데 고헤이는 늘 한두

시간 정도 빠른 시간을 말하고 만다.

"아, 그러니까 3시쯤?"

어제 저녁의 소동을 떠올렸다. 시상식 후 아쉬움을 달래는 성대한 파티가 소와레에서 1시까지 있었고 그러고 나서 아오야마의 바로 자리를 옮겼다. 거기서 아침 4시까지 아오노 모임의 멤버와 더 마셨다.

"어제 나오모토상은 아쉬웠어, 그치?"

까맣게 잊고 있었다. 자신은 큰 물고기를 놓친 것이다. 그런데도 눈을 떴을 때의 기분은 상쾌하다. 가케루가 걱정스러운 표정을 지으며 말했다.

"평생 수입이 2억 엔 올라갈 찬스였지?"

요즘 애들은 가케루만이 아니라 다들 묘하게 돈 이야기를 좋아한다.

"그렇지만 지금 들어오는 돈에 덤으로 들어올 뿐이니까. 상을 받지 않아도 줄어들 염려는 없지. 가케루는 걱정 안 해도 돼. 그것보다 기쁜 소식이 있지."

가케루는 뭔가 생각하는 표정이다.

"여름방학 때 여행 가? 우리 반에서 외국 여행 안 다녀온 애는 나뿐이야."

부모로서 갑자기 그런 말을 들으면 미안한 마음이 생긴다.

"아니, 그건 그러니까 나중에. 그것보다 칫치 책이 10년 만에 증쇄에 들어가게 됐어. 2,000부지만."

과연 작가의 아들이다. 증쇄의 의미와 고마움을 잘 알고 있다.

"만세! 첫치 축하. 이제부터 책이 많이 많이 팔리면 좋겠다."

"응, 그러면 좋겠다."

그렇게 말하며 고헤이는 미릿속으로 계산하고 있었다.『텅 빈 의자』를 2,000부 더 찍으면 수입은 세금 빼고 한 30만 엔 정도 더 들어온다. 그래서는 여행비용이 비싸지는 여름방학 시즌에 아빠와 아들 둘이서 해외여행을 다녀오는 건 어렵다. 만약의 경우를 대비해서 저축해둬야 한다.

고헤이는 잠옷을 입은 채 배를 긁적이며 가케루의 뒤를 따라 짧은 복도를 지나서 거실로 향했다. 축하도 중간 정도 우리 집의 신년이라⋯⋯. 옛 시인은 참으로 멋진 구절을 만들어낸다.

"고헤이, 피곤하지?"

미소 된장국의 증기 너머로 장모님이 웃으며 말을 걸어왔다. 이쿠미는 60대 중반이다. 아내가 살아 있었을 때보다 지금이 훨씬 친해진 기분이 든다. 같은 슬픔을 나눠 가져서 그럴까.

"아뇨, 피곤하기는요. 맛있는 요리 먹으면서 기다리고 있었을 뿐인데요 뭐. 떨어진 후에는 계속 마셨고요."

고헤이는 미소 된장국을 후루룩 마셨다. 기누사야(꼬투리째 먹는 완두 ─ 옮긴이)와 튀긴 두부를 넣은 국은 술에 전 몸 구석구석으로 발 빠르게 움직이고 있다. 저도 모르게 말했다.

"제가 만들면 이런 맛이 안 나요. 남이 만든 미소 된장국은 왜 이렇게 맛있는 걸까요?"

웃으며 사위를 바라보던 장모의 눈이 갑자기 진지해졌다. 달 걀프라이의 반숙 노른자를 터뜨리고 있던 가케루에게 말했다.

"어제 저녁에 할머니랑 가케루가 이야기했지?"

(응? 뭐지?) 반쯤 취한 머리로 고헤이는 어렴풋이 생각했다.

"고헤이의 새 부인에 대해서."

갑자기 급소를 한 방 얻어맞은 고헤이는 미소 된장국을 뿜을 뻔했다. 이쿠미는 전혀 개의치 않고 말했다.

"고헤이는 아직 젊고 가케루에게도 새엄마가 필요하다고 생 각하네. 저세상에 가버린 히사에도 분명 그렇게 생각할 거야. 그 러니까, 고헤이. 자네도 이제 재혼 생각해. 벌써 4년이나 지났잖 은가. 지금 좋은 사람이 없으면 내가 열심히 찾아볼 테니까."

큰 문학상 시상식 후에 다양한 일이 동시다발로 일어나고 있 다. 이쿠미가 식탁 위로 몸을 쑥 내밀며 말했다.

"고헤이 자네 정말 좋은 사람 없어?"

장모는 찬찬히 이쪽을 응시하고 있다. 심사위원의 중진보다 도 더 두렵다. 소와레의 쓰바키, 서점 직원 가오리의 얼굴이 떠 올랐지만 아직 제대로 사귀는 것도 아니고 결정하고 말고 할 것 도 없었다. 그러고 보니 가오리에게는 비참하게 차였지 않은가. 나오모토상 후보라고는 하지만 여성에 대해서는 젬병이다. 이쿠 미가 다시 말했다.

"어젯밤에 가케루와 이야기했는데 가케루는 첫치에게 그런 사람이 있는 편이 좋다고 그러던데. 남은 건 고헤이 자네 마음에 달렸네."

그때 들릴락 말락 하게 작은 목소리로 남자아이가 말했다.

"……싫어."

이쿠미가 당황해서 가케루를 쳐다봤다. 고개를 숙이고 있던 소년이 천천히 얼굴을 들었다. 목소리가 조금 커졌다.

"……어제는 그렇게 말했지만…… 역시 싫어."

이쿠미는 손을 뻗어 테이블 위에 있는 가케루의 손을 감쌌다.

"가케루, 왜 그러니. 어제는 할머니한테는 새엄마를 기쁘게 맞이할 거라고 했잖아."

가케루는 할머니의 손 아래에서 슬며시 자신의 손을 뺐다. 그리고 이쿠미가 아니라 고헤이를 쳐다봤다. 눈물은 머금고 있지 않았다. 해맑은 슬픔이 엿보이는 눈빛으로 남자아이가 말한다.

"마맛치가 불쌍하니까."

이 아이의 눈이 이렇게나 투명했었나. 가케루의 목소리는 밝았다.

"칫치에게 새 여자 생기면 마맛치가 불쌍하니까. 나는 싫어."

고헤이도, 이쿠미도, 가케루의 말에 할 말을 잃었다. 잠시 동안 아무 말도 없이 밥만 먹었다. 식사가 끝날 즈음 이쿠미가 다정하게 말했다.

"가케루 마음은 잘 알았어. 하지만 좀 더 시간이 지나고 나서 할머니랑 다시 얘기해보자."

가케루는 아무 말 없이 고개만 끄덕인다. 고헤이는 억지로 활기찬 목소리로 말했다.

"가케루, 오늘도 학교 수영 수업 있지? 열심히 수영해서 새까 맣게 타서 와."

아빠를 힐끗 보더니 가케루는 아무 말 없이 자기 방으로 돌아 갔다.

시상식 다음 날부터 고헤이는 소설가의 통상적인 업무로 복 귀했다. 무언가를 기다리지 않아도 된다는 것은 정신 건강상 아 주 좋은 일이다. 문학상에 대한 압박감이 더 이상 없다. 에세이 를 쓰고 자료를 읽고 새 작품을 구상한다. 이런 평소 하는 일들 이 너무나 즐겁다.

수상은 못 했지만 나오모토상 후보에 오른 것이 고헤이에게 는 격려가 되었다. 책은 언제나 1쇄에 그치고 아무리 새 작품을 내도 독자들로부터 반응이 거의 없었다. 담당자가 점점 줄어드 는 긴급한 상황에 처해 있었다. 그런 작가의 책에도 관심을 보여 줬다. 그것이 고헤이에게 열의를 끌어내줬다.

다음 주에 분카슈토에서 가을에 출판하는 『칫치와 아들』의 교정지가 도착했다. 본인은 지금까지와 별반 다르지 않다고 생 각하고 있는데 담당자는 이 책으로 승부를 낼 생각이라고 한다. 처음 후보에 거론되고 주목을 받은 후에 내는 첫 책이다. 편집 자의 의도를 모르는 건 아니지만 고헤이는 무슨 말을 해야 할지 종잡을 수 없었다. 이미 책은 완성되어 있고 지금부터 뭘 더 어떻게 하는 건 불가능하다.

작년부터 올여름에 걸쳐서 「올 슈토」에 연재된 연작집이다. 승부를 내야 한다는 압박감과는 전혀 관계가 없는 작품이었다. 그즈음 자신이 나오모토상 후보에 오를 것이라고는 상상도 할 수 없었다. 내용도 프리랜서 작가인 아버지와 초등학생 아들 둘만의 생활을 유머러스하게 그리고 있어서 문학상에 어울리는 스케일이나 중후함 같은 것은 눈을 씻고 찾아봐도 없다.

고헤이는 이 작품이 자신의 인생을 결정지을 작품이라고는 여기지 않았다. 분명 진정한 승부수는 다음에 에이슌칸의 「소설 호쿠토」에 연재되는 장편 연애소설이 될 것이다. 힘이 잔뜩 들어가 있을 것이고 데뷔 이래 특기인 연애소설이다. 만약 후보에 다시 오른다면 분명 새 연애소설이 될 것이다. 『칫치와 아들』의 교정지를 고치는 고헤이의 빨간 펜은 가벼웠다.

여름방학은 고헤이에게 고생문이 활짝 열리는 순간이다. 7월 말이 다가오면 매년 우울해진다. 초등학교 5학년인 가케루와 하루 종일 얼굴을 마주 대하고 있어야 한다. 고헤이는 집 서재에서 일을 하기 때문에 둘만 있는 시간에서 도망칠 수 없었다. 1주일에 이틀 쉬는 회사원같이 확실하게 정해진 휴일이 있을 리가 없다. 마감이 임박하면 일상생활의 모든 것을 미루고 책상에 딱 달라붙어 있어야 한다.

마감이 아무리 중요해도 아이와의 생활은 규칙적으로 지켜야 한다. 초등학생의 식욕은 기다림을 모른다. 아침밥을 만들고 낮에는 근처의 식당에서 먹지만 저녁에도 밥을 해야 한다. 여름에는 땀을 많이 흘리고 매일같이 학교에서 수영 수업이 있어서 세탁도 매일 밤 해야 한다. 청소도 가능한 한 1주일에 두 번은 해야 한다.

가끔 자신이 소설가인지 가케루의 엄마인지 혼동될 때가 있다. 시상식이 끝난 후에 호쾌하게 마시던 밤은 아주 특별한 행사였을 뿐이다. 고헤이의 일상생활은 가구리자카의 비탈길을 위아래로 왕복하면서 아주 조용하고 평범하게 지나갔다. 비닐봉지를 들고 슈퍼에서 집으로 돌아오는 길에 자신의 책을 서점 앞쪽 매대에서 발견하고는 깜짝 놀랐다. 작가의 호화로운 창작생활과는 거리가 먼 나날들이 이어진다.

시상식 다음 날 아침, 가케루에게 새엄마는 싫다는 말을 듣고 나서 고헤이는 그 화제를 신중하게 회피하고 있다. 매일 얼굴을 마주하고 매번 같은 식탁에 앉아 밥을 먹지만 해서는 안 되는 이야깃거리가 있다. 사이가 좋은 부자 사이라도 그런 분위기는 갑갑했다.

이번 가을에 고헤이는 마흔 살 고개를 넘는다. 이대로 육아와 집필만 계속하면서 남은 반생을 독신으로 보내게 되는 걸까. 언젠가 가케루도 취직하고 결혼하게 될 것이고 그러면 이 아파트에서 나갈 것이다. 남자아이라서 한 번 나가버리면 두 번 다시 돌아오지 않을 것이다. 또 아빠 한 명 아이 한 명의 가족이지만 그렇게 되어야 한다. 아이가 독립하지 못하면 육아에 실패했다고 봐도 무방하다. 십몇 년 후 자신은 또 혼자 남아 살을 에는 듯한 외로움을 느낄 것이다.

사람들이 보기에 이성으로부터의 호감도가 높은 일을 하고 있는 지금도 그저 그런데 50대가 된 자신에게는 여자가 다가올 리가 없지 않은가. 수입도 지금보다도 늘어날 것이라고 장담할 수 없다. 꾸준히 수수하기만 하고 팔리지 않는 작품을 계속 쓸 수밖에 없다. 소설조차 쓸 수 없게 되거나 연금으로 생활하는 고독한 노후를 상상하자 왠지 섬뜩해졌다.

(언제까지고 인생 여정은 멀기만 하구나.)

그것이 고헤이의 지금까지 살아온 반생에 대한 솔직한 감상이다. 소설 속에서 제아무리 사람의 운명을 가지고 놀아도 자신의 실제 인생만큼은 마음대로 안 된다. 그래도 아는 척해야 한다. 그것이 작가라는 특수한 직업의 숙명이다.


"어이, 듣고 있어?"

가타히라 신노스케는 언제나 활달했다. 이런 활기찬 성격이 매일 쉬지 않고 30~40장의 원고를 쓴다는 말도 안 되는 체력의 원천일지도 모른다.

"히사시 녀석 말이야 취재 폭풍에 꼴딱대고 있나봐."

오랜만에 아오노 모임이 열린 것은 시상식 저녁에서 2주일이 지난 후였다. 곧 8월이다. 드디어 한여름이 찾아왔다. 에어컨으로 냉방이 잘 된 소와레는 바다의 밑바닥처럼 차가웠다. 군청색 소파와 카펫이 시원하게 느껴졌다. 쓰바키가 스카치에 물을 섞어서 미즈와리를 만들어줬다. 고헤이는 한 입 맛봤다.

"이소가이는 잘 지내?"

죽을 정도로 바쁘다! 새 나오모토상 작가의 생활은 적어도 수상 후 반년 동안은 이러다가 죽는 게 아닌가 싶을 정도로 바쁘다고 한다.

"아, 얼마 전에 전화로 얘기하긴 했는데 시상식 다음 날부터 3일 동안 세상에 스물두 건이나 취재 의뢰가 있었다네. 50분 이야기하고 10분 휴식. 그걸 3일 동안 여섯 건, 여덟 건, 여덟 건씩 했다네. 주요 일간지 전부에다가 방송국 절반에 일반 주간지, 여성지에 남성지까지. 덤으로 늘 쓰고 있는 문예지도. 나중에는 이름도 모르는 업계지에 PR 잡지까지. 일본에 이렇게 매스컴이 많았나 하고 놀랐다더라."

야마자키 마리아가 옆에서 끼어든다.

"나 때는 취재에 응하는 게 귀찮아서 출판사에 축소해달라고 했는데 이소가이는 다 받았나보네."

하드보일드 작가인 하나부사 겐지가 질렸다는 듯 말했다.

"녀석답게 예의 하난 끝내주네. 히사시는 성실하니까 뭐 은혜를 갚는다고 생각하나봐."

"아, 나도 그거 알고 있어. 이소가이다워."

톤이 높은 애니메이션 성우 목소리의 주인공은 SF 작가인 하세가와 아이다. 긴자의 저녁에 키티 티셔츠를 입고 있는 것은 아마 나이를 가늠할 수 없는 이 작가뿐일 것이다.

"자신은 데뷔하고 나서 계속 주변 사람들이 잘해준 덕분에 여기까지 왔으니까 그 은혜를 갚는 거라고. 이소가이, 멋지지 않아? 나도 그런 멋진 말 하고 싶다. 지금 이쪽은 독자가 전혀 없어서 썰렁해."

소설계에도 몇 년 간격으로 유행이라는 게 있다. 책의 유행은 패션처럼 계절마다 바뀌는 것은 아니지만 그래도 3~4년을 주기로 인기 장르가 바뀐다. SF 붐이 지난 지 벌써 20년 이상이나 됐다. 그 후 모험소설이 유행했다. 아무리 실력이 있는 사람이라도 모든 유행을 다 따라갈 수 없다. 작가는 자신이 쓸 수 있는 것을 쓰는 수밖에 없다. 유행이 계속되는 몇 년 동안은 좋겠지만 그 다음에는 유행이 다시 찾아올 때까지 오로지 참고 견디며 자신의 일을 계속하는 수밖에 없다. 그 유행이라는 게 전혀 찾아오지 않을 가능성조차 있었다.

"주변 사람들이 잘해줬더라……."

고헤이는 자신의 목소리가 생각보다 훨씬 심각하게 울려서 자신도 놀라고 말았다. 쓰바키가 걱정스러운 듯 이쪽을 보고 있다. 분위기가 가라앉지 않도록 익살을 떨며 말했다.

"어떻게 해서든 10년 더 할 수 있으면 좋겠지만 내게는 출판계가 그렇게 친절하지 않았는데 말이지. 초판 부수는 마구 줄고 일 같이 한 출판사도 편집자도 줄고."

가타히라 신노스케가 빈 잔을 내밀었다.

"다음은 온더록스로 해줘."

신노스케는 아오노 모임에서 제일 고생을 많이 한 사람이다.

"나도 문고판 역사소설을 쓰기까지 존재하지 않던 사람이었지. 이 업계의 손바닥 뒤집기를 아주 뼈저리게 경험했어."

쓰바키는 온더록스를 만들며 직원에게 부탁했다.

"연하게 부탁해. 신노스케 선생님은 너무 많이 마시면 몸에
안 좋으니까."

"괜찮아. 그렇게 걱정되면 오늘 아침까지 같이 자주라."

또 언제나처럼 농담인지 진심인지 알 수 없는 말을 한다. 하
나부사 겐지가 말한다.

"하지만 여기에 있을 수 있는 만큼 우리들은 행운아일지도 몰
라. 조노우치 신 알지?"

야마자키 마리아가 고개를 끄덕였다.

"응, 그 사람 뭐 해? 『사랑 맹세』 재미있었는데."

10년 전 같은 시기에 데뷔한 조노우치는 데뷔작 『그리고 나
는 사랑을 맹세했다』가 밀리언셀러가 되면서 영화로까지 만들
어졌다. '사랑 맹세'는 그해의 유행어로 선정될 정도였다.

"지금 뭐 하고 있어?"

하세가와 아이의 애니메이션 성우 같은 목소리가 쓸쓸하다.

"지방 현청 소재지의 문화센터에서 소설 교실 강사를 하고 있
다는 소문이야. 두 번째 작품을 쓸 수 없었기 때문에."

소설은 너무 팔리는 것도 팔리지 않는 것과 마찬가지로 위험
하다. 100만 부나 팔리면 일본 전국의 누구나가 잘 알고 있을 정
도로 유명해진다. 다음 책은 밀리언셀러보다 더 완벽한 작품이
어야 한다. 그런 생각을 하다보면 소설은 단 한 줄도 쓸 수 없게

된다.

"그리고 후나야마 다마코도."

하나부사 겐지가 한탄하듯 말했다. 후나야마는 데뷔작으로 순수문학의 등용문인 아쿠다야마상을 받았으며 여러 잡지의 표지를 장식하는 등 화려하게 등장했다. 스물두 살이라는 젊고 아름다운 여대생이었다. 그 후나야마는 일찌감치 글쓰기를 접고 상사 직원과 결혼해 지금 중동에서 살고 있다고 한다. 편집자들 사이에서는 두 번 다시 소설은 쓰지 않는 게 아닌가 하는 소문이 돌고 있다. 조노우치와 후나야마는 엔터테인먼트와 순수문학 세계에서 거의 같은 시기에 데뷔한 혜성 같은 신인들이었다. 그 둘은 소설의 세계에서 모습을 감추고 말았다. 누가 살아남고 누가 성장할 것인가. 실제로 그 세계에서 10년을 참고 견뎌온 고헤이조차 전혀 예측할 수 없었다.

고헤이는 주위에 있는 아오노 모임의 멤버를 다시 둘러봤다. 다들 어떻게 해서든 10년을 살아남았으니 충분히 훌륭하다. 그러나 취해서 시뻘게진 작가의 얼굴은 그다지 훌륭해 보이지 않는다. 그저 보통 사람의 얼굴이다. 분명 훌륭한 작가의 시대는 제2차 세계대전이 끝난 어디쯤에서 끝났다. 자신들은 그렇게 훌륭하지도 않고 위대하게 되지도 못한 채 앞으로도 글을 쓸 수밖에 없을 것이다.

# 8

도코로자와시를 지나자 철도 양옆의 풍경에서 점점 녹음이 짙어졌다. 여름이 한창 기승을 부리는 날씨 속에서 나무들은 검은색이 아닌가 싶을 정도로 녹색을 진하게 만들어간다.

"칫치, 이 기차는 신형이야. 나는 옛 모델이 훨씬 좋았는데."

고헤이 옆에 가케루가 창문에 딱 붙어 있다. 매년 여름방학에는 죽은 아내 히사에의 부모님 집에 가서 성묘를 한다. 사이타마현 센노시는 예전에 임업이 활발한 곳이었지만 지금은 이루마강의 계곡과 완만한 산에 둘러싸인 도쿄의 베드타운 역할을 충실히 이행하고 있다.

고헤이와 히사에가 가구라자카에 있는 아파트를 사들인 것도 제일 가까운 역인 이다바시에서 세이부 이케부쿠로선 직통인 유라쿠초선을 타고 약 한 시간 정도면 처가까지 갈 수 있기 때문이었다.

규칙적인 레일 소리에 고헤이는 졸리기 시작했다. 이동 시간에는 「소설 호쿠토」에서 가을부터 연재하는 장편소설에 대한 구상을 할 생각이었다. 아이디어 노트도 무릎 위에 펼쳐놓았다. 가케루는 눈을 반짝이며 날아가버리는 경치를 쳐다보고 있었다. 가케루는 역시 남자아이다. 교통수단을 참 좋아한다. 자가용이 없어서 가케루는 열 살인데도 이미 훌륭한 철도 팬이다.

"돌아갈 때는 부도심선을 타자. 응? 히가시 신주쿠에서 갈아타면 이다바시는 금방이니까."

"알았어, 알았어."

이루마시를 지나자 전원 풍경이 펼쳐졌다. 이제 곧 목적지인 한노시다. 올여름은 성묘를 고대하고 있었다. 나오모토상의 후보가 된 일, 10년 만에 증쇄가 된 일 등 히사에게 보고할 일이 많았기 때문이다.

고헤이는 승부수가 될 다음 작품인 장편 연애소설을 위해 머리를 쥐어짜는 작업은 잠시 그만하기로 했다. 그리고 손에 들고 있던 B6 크기의 노트를 가방 속에 집어넣었다.

"가케루, 고헤이, 어서 와!"

역 개찰구에서 장모인 이쿠미가 손을 흔들었다. 옆에는 새까맣게 그을린 피부에 민소매 원피스를 입은 소녀가 새하얀 치아를 보이며 웃고 있었다. 고헤이가 인사를 했다.

"일전에는 감사했습니다. 메구미는 많이 탔네."

간노 메구미는 먼 친척 여자아이다. 히사에의 숙부가 결혼한 상대의 자식……이라는 시골 특유의 복잡한 혈연관계에 대해서 들었지만 고헤이는 전혀 이해할 수 없었다. 단지 머릿속에 남아 있는 건 메구미가 가케루와 같은 초등학교 5학년이고 여름마다 사이좋게 잘 논다는 것이다.

"가케루도 얼른 인사해야지."

1년 만에 만나는 메구미를 보고 가케루는 쑥스러운 모양이었다. 여자아이 쪽을 보지도 않고 무뚝뚝하게 말한다.

"할머니, 안녕하세요. 메구미, 오랜만이야."

여자아이가 갑자기 손을 쭉 뻗어 야구모자를 쓴 가케루의 머리에 손을 올렸다. 자신과 키를 비교해보고 있었다.

"가케루보다 내가 크잖아. 작년에는 비슷했는데."

가케루는 얼굴이 빨개져서 메구미의 손을 뿌리쳤다.

"왜 이래……."

날카로운 눈빛으로 가케루는 메구미를 머리부터 발끝까지 훑어봤다. 메구미의 손발이 꽤 길고 해바라기 무늬 원피스 위로 가슴은 아주 살짝 봉긋하게 솟아올라 있었다. 얼굴은 새까맣게 그을려 있었지만 이목구비는 시원하게 자리 잡고 있었다. 가케루가 불만스럽다는 듯 말했다.

"시끄러워, 덩치 큰 여자."

같은 나이라도 여자아이가 어른이다. 메구미는 가케루의 말에 일언반구도 하지 않고 고헤이에게 머리를 곱작 숙였다.

"오랜만이에요, 아저씨. 엄청난 상이었는데 너무 아쉬웠어요. 이쿠미 할머니, 이제 그만 가요. 할아버지가 기다리시잖아요."

역 앞의 작은 로터리에는 장인인 시게유키가 운전석에 앉아 있는 승합차가 서 있었다. 문을 열면서 고헤이가 인사했다.

"오랜만에 뵙습니다, 아버님."

"응."

시게유키는 입속에서 신음하듯 대답했다. 장인은 극단적으로 말수가 적다. 무슨 생각을 하고 있는지 고헤이는 전혀 감이 오지 않는다.

"안으로 더 들어가."

메구미가 가케루에게 투덜댔다.

"시끄러워, 덩치 큰 여자."

이쿠미가 쓴웃음을 지었다. 전원이 다 타자 시게유키는 역시 아무 말 없이 차를 출발시켰다.

히사에의 부모님 댁은 역에서 차로 한 5분 정도 걸리는 오래된 도로에 면해 있다. 도로를 사이에 두고 강변이 내려다보이는 높은 곳이다. 일단 차를 차고에 넣었지만 고헤이와 가케루는 짐을 현관으로 옮기고 나서 다시 차를 타고 거리로 나갔다.

"마맛치 만나러 간다. 진짜 오랜만이야."

가케루는 4년이 지난 지금도 성묘라는 말을 하지 않는다. 엄마를 만나러 간다고 말한다. 그 기분을 고헤이도 잘 알고 있다. 교통사고로 죽었다기보다도 어딘가 다른 세계에서 옛날과 똑같은 모습으로 살고 있을 것만 같다. 그 세계는 이쪽 세계와 거의 같은 모양을 하고 있고 이쪽과 아주 조금만 어긋나게 겹쳐져 있다. 손을 뻗으면 닿을 것 같은데 결코 닿지 않는 또 하나의 세계다. 고헤이에게 죽음은 항상 가까운 곳에 있는 친숙한 것이다.

사륜구동은 가볍게 여름 산을 넘어간다. 매미 울음소리가 사방에서 쏟아져 샤워하고 있는 느낌이 든다. 가케루가 원하는 대로 에어컨을 끄고 모든 창과 머리 위의 선루프를 다 열고 달렸다. 이 부근은 도쿄 도심보다 몇 도쯤 기온이 낮다. 차 안으로 불어 들어오는 바람은 맑게 흐르는 물처럼 기분을 상쾌하게 만든다.

좁은 산길을 달려서 올라가니 작은 산문이 보이기 시작했다. 히사에가 잠들어 있는 절이다. 자갈 부딪히는 소리를 내며 승합차는 바로 앞 주차장에 섰다. 여기서부터는 걸어야 한다.

가케루가 가볍게 차에서 내리며 소리를 질렀다.

"빨리 와. 마맛치가 기다려."

메구미도 뒤를 쫓는다.

"기다려, 나도 갈 거야."

산문 사이로 이끼 낀 계단이 슬쩍 보인다. 산문은 막 무성해지기 시작한 나무들의 가지 사이에 조용히 숨어 있다. 이 산사에 올 때마다 마음이 고요해진다. 아이들이 계단을 뛰어 올라가자 매미 울음소리만 산문에 남았다.

"우리도 가볼까요?"

이쿠미가 그렇게 말하자 '응' 하며 시게유키가 끄덕였다. 장인 장모와 함께 고헤이도 칠이 벗겨진 낡은 산문 아래를 지나갔다.

돌계단은 셀 수 없을 만큼 많은 사람이 왕래해서인지 가운데가 얇은 접시처럼 푹 패여 있었다. 몇백 년이나 더 옛날부터 인간은 죽은 사람을 위해 기도해왔다. 이렇게 매미 소리를 샤워 하듯 맞고 있으면 도시에서 분 단위로 시간에 쫓기는 평소 생활이 현실감을 잃어버린다.

"칫치, 빨리 와. 할머니, 할아버지도."

가케루와 메구미는 벌써 절에 가서 인사하고 왔을 것이다. 가케루는 물통을 들고 메구미는 두 손에 스멀스멀 연기를 내고 있는 향을 들고 있다. 이쿠미가 손에 든 꽃다발을 고헤이에게 내밀었다.

"이거 가지고 먼저 가. 나는 장인이랑 스님께 인사드리고 갈 테니까."

새하얀 산나리와 안개꽃으로 만든 꽃다발이다. 고헤이는 코를 자극하는 향기를 맡으며 잰걸음으로 계단을 올라갔다.

"칫치, 셋이서 마맛치가 있는 곳까지 경주하자."

가케루가 물통을 휘두르며 외쳤다.

"그래 좋아."

고헤이가 계단을 채 오르기도 전에 남자아이와 여자아이는 달려가버리고 말았다. 운동화가 지면을 차는 여름의 발소리가 들려왔다. 고헤이도 꽃다발을 가슴에 품고 빠른 걸음으로 뒤따라갔다. 장난을 치며 아이들 등 뒤에 소리쳤다.

"기다려, 칫치가 1등이야!"

끼야아아 비명을 지르며 가케루와 메구미가 묘비 사이를 빠져나간다. 과연 오본(お盆: 양력 8월 15일을 중심으로 행해지는 조상에 대한 제례행사로, 내용은 지방에 따라 조금씩 차이가 있으나 아직까지는 설과 더불어 특별한 의미를 지닌 행사 중 하나다-옮긴이)이라 그런지 묘마다 새 꽃이 놓여 있고 주변에는 향냄새가 떠다녔다.

"마맛치, 나 왔어. 혼자서 심심하지 않았어? 목말랐지?"

한 평쯤 되는 아직 새 묘였다. 가케루는 합장을 하고 나서 바로 국자처럼 생긴 바가지로 화강암으로 된 묘비에 물을 뿌리기 시작했다.

"아오다 아줌마, 안녕하셨어요?"

메구미가 수세미로 쓱쓱 히사에의 묘를 열심히 닦는다. 고헤이도 도착해 꽃다발을 묘비 앞에 두었다. 합장은 하지 않았다. 차갑게 젖은 묘비에 손을 댈 뿐이었다. 아직 히사에는 죽지 않았다. 바로 옆에 있는 보이지 않는 세계로 갔을 뿐이다. 그러니 합장할 이유가 없다.

"히사 짱, 나 왔어."

그리고 고헤이는 아이들이 떠들썩하게 묘를 청소하는 것을 물끄러미 쳐다봤다.

# 9
—

"정말 히사에는 성질이 급하다니까."

장모가 꽃다발을 둘로 나눠서 화병에 꽂았다. 물로 잘 씻은
화강암은 회색 거울처럼 맑았다. 묘지 너머로 보이는 하늘에는
순백의 소나기구름이 걸려 있다. 가케루가 뭔가 중얼거리면서
히사에의 묘 앞에서 합장했다.

"뭐라고 했어?"

고헤이가 묻자 가케루가 돌아봤다.

"내 키가 메구미보다 더 커지게 해달라고 했어. 그리고 칫치
의 책이 더 많이 팔리게 해달라고도."

고헤이는 멋쩍게 웃었다. 히사에도 저세상에 가서 힘들겠다.
가케루의 키는 그냥 놔둬도 크겠지만 책을 많이 팔리게 해달라
는 건 지금까지의 과정을 되짚어보면 상당히 어려운 부탁이다.

사람은 죽자마자 살아 있는 사람에게 많은 부탁을 강요당한다. 조용히 보내고 싶을 텐데 참으로 달갑잖은 일이다.

"칫치는 부탁 안 해?"

"음~ 뭐 적당히 할래."

고헤이는 자신의 문제를 죽은 아내에게 부탁을 한 적이 4년 동안 한 번도 없었다. 글쓰기는 자신만이 감당할 수 있는 일로 원래의 자신을 잃지 않도록 늘 다잡아야 하며 그것만이 기댈 곳이다. 그 대신 고헤이는 늘 가케루의 일을 부탁했다. 공부는 못해도 되니까 건강하고 밝게 자랄 수 있도록 그쪽에서라도 좋으니 이 아이를 지켜줬으면 좋겠다고. 작가라고는 해도 아이에 대한 바람은 여느 부모와 다름없이 평범하고 진부하다.

"빨리 위로 가자."

가케루는 그렇게나 마맛치에게 가고 싶다고 했으면서 막상 와서는 벌써 싫증이 난 모양이다. 산소 청소를 시작하고 나서 아직 15분 정도밖에 지나지 않았다.

"그래. 위에 다녀와. 나중에 칫치도 따라갈게."

가케루의 표정이 갑자기 빛났다.

"메구미, 다시 시합하는 거다."

가케루는 여자아이에게 한마디 던지고 날듯이 뛰어간다. 묘지 안에 끊어진 계단을 올라가면 한노시의 산들을 한눈에 조망할 수 있는 전망대가 있다. 아이들이 달리는 소리가 경사면을 올라가고나니 더 이상 들리지 않았다. 히사에의 묘와 고헤이, 그리고 히사에의 부모만이 매미 울음소리와 여름 태양빛 속에 남겨졌다.

"건강하고 활발한 건 좋은 거야."

이쿠미가 땀을 닦으며 말했다.

"읍."

말이 없는 장인이 입속으로 앓는 소리 비슷한 걸 냈다. 시게유키도 같은 생각이다. 왠지 장인과는 친해지기 어렵고 멋쩍다.

"고헤이, 요전에 얘기한 거 기억하나?"

"아."

무슨 얘기인지 몰랐다. 대답이 어째 장인 흉내를 내는 셈이 되어버렸다.

"고헤이 자네 재혼 얘기 말이야."

히사에 묘 앞에서 할 얘기는 아니다. 고헤이는 여름날 울창하게 우거진 나무들로 눈을 돌렸다.

"그 얘기라면 다음에 하시죠."

장모 이쿠미는 물러서지 않았다. 바람이 없는 묘지에서 향 연기가 하늘을 향해 똑바로 피어올랐다.

"아니. 지금 이야기해두고 싶어. 히사에도 들어줬으면 하니까."

시게유키가 국자 모양 바가지로 딸의 묘에 물을 뿌렸다. 딸을 먼저 보내고 그 묘에 물을 뿌리는 기분은 어떨까. 한 사람의 죽음을 대하는 남편과 아버지의 느낌은 꽤 다를 것이다. 고헤이는 긴장하며 장모의 다음 말을 기다렸다.

이쿠미는 카랑카랑하지만 나즈막하게 말했다.

"고헤이 자네는 아직 젊어. 우리와는 달라. 앞으로 30년, 40년이나 더 살아야 하니까 포기하기에는 너무 일러. 나이 먹어서 혼자 있으면 얼마나 외로운지 알아? 가케루에게도 새엄마가 필요하고 고헤이의 일도 이제부터 진짜 중요하잖아."

고헤이는 묘지의 좁은 통로에 우두커니 서 있었다. 사람에 따라 다르지만, 대부분의 경우 작가는 50~60대에 전성기가 찾아온다. 고헤이는 대답을 찾지 못했다.

"언제까지고 가사와 육아를 고헤이가 전부 하는 건 어렵지 않을까. 자네는 늘 그다지 바쁘지 않아서 괜찮다고 하지만 무리하고 있잖아, 안 그래?"

고헤이는 철야를 한 다음 날 가케루의 아침밥을 만들거나 술을 마시고 돌아온 한밤중에 세탁기를 돌리거나 수면이 부족한 상태로 수업 참관을 가거나 하는 등 아버지의 일도 그런대로 열심히 하고 있었다.

"하지만 그건 무리하고 있다고 할 수 없습니다. 아이를 위해서라고는 하지만 부모도 자신이 즐겁지 않으면 계속할 수 없습니다. 육아도 그런 거 아닙니까?"

고헤이의 솔직한 마음이었다. 매일 성장하는 가케루를 보는 것은 놀라운 경험이다. 자전거 타기, 구구단 외우기, 달걀프라이 만들기. 어제까지 못 했던 것을 오늘 할 수 있게 된다. 아이의 성장을 관찰하는 것은 부모의 가장 큰 기쁨이다. 죽은 히사에에게 가장 보여주고 싶은 것은 자신의 새 책도 문학상도 아니라 가케루의 성장이다.

"그렇게 말해주니 진심으로 기쁘네. 히사에가 좋은 사람과 함께였다고 생각해."

장인이 묘를 바라보며 중얼거린다.

"읍."

고헤이는 장소에 어울리지 않게 웃음이 터질 뻔했다. 여름 하늘을 올려다보며 억지로 참고 있는데 이쿠미가 남편을 힐끗 보며 미소를 지었다.

"하지만 말이야 언제까지고 이대로 계속될 거라고는 생각 안해. 자네는 재혼하는 편이 좋아. 가케루에게도 형제가 있으면 좋고. 새 가족을 만들어서 다시 시작하는 편이 고헤이 자네에게도 가케루에게도 틀림없이 좋을 거야. 그렇다고 해서 나나 장인이 외로워지지는 않을 거니까. 그래서 말인데……."

죽은 아내의 묘 앞에서 고헤이는 점점 더 고개를 떨구었다. 딸의 남편에게 재혼하라고 하는 이 장모의 말에서 두려울 정도로 강단이 느껴졌다.

"그래서 고헤이가 더 일을 열심히 했으면 해. 상이라든가, 팔린다 안 팔린다가 아니라 고헤이 자네만 쓸 수 있는 소설을 앞으로 20년, 30년 많이 썼으면 해. 분명 히사에도 저세상에서 그걸 바라고 있을 거야. 나는 그렇게 믿네."

몸이 저려온다. 고헤이는 고개를 끄덕일 수도 대답을 할 수도 없었다. 매미 울음소리만이 여름 속에서 영원히 계속되고 있었다.

"지금은 아직 서른아홉에 몸도 건강하니까 괜찮겠지. 머지않아 혼자서 모든 것을 감당할 수 없게 될 거야. 집에 여자가 있는 편이 도움이 되고 혼자서 다 짊어질 수 없는 무거운 짐도 같이 옮길 수 있어. 여자가 없으면 남자는 점점 못쓰게 되거든. 남자와 여자는 같이 있어야 해."

"읍."

이번에는 시게유키의 신음에 힘이 들어가 있다. 고헤이는 연애소설의 달인이라는 말을 듣기도 한다. 평판이야 좀 과장이 된 것으로 일단 자신의 문제가 되면 패기가 없고 한심해진다. 장모의 말이 맞을지도 모른다. 스스로 혼자서 뭐든지 할 수 있다며 무리를 하고 있지는 않은가. 무엇보다 일도 아버지로서도 어머니로서도 모두 완벽하게 해낼 수 있는 능력은 원래부터 없다.

이쿠미는 뭔가 떠올린 듯 웃으며 남편을 바라봤다.

"저 사람과 나도 재혼이라네. 근처에 살고 있어서 옛날부터 아는 사이였지만. 저 사람은 이혼하고 나서 아주 개차반이었어. 생활도 말이야. 내가 어떻게든 해주고 싶어서 그러다가 그만 결혼까지 해버렸다네. 내가 깜빡 속았을지도 모르고."

의외였다. 벌써 15년이나 되는 인연이지만 장인 장모의 관계에 관해서는 처음 들었다.

"좋은 사람이 없으면 내가 소개해줄게. 실은 친구 몇 명한테 부탁까지 해뒀어. 고헤이가 마음만 먹는다면 좋은 사람을 몇 명이고 데리고 올게. 마음에 안 들면 얼마든지 거절해도 돼."

이야기가 너무 많이 나갔다. 아무래도 장모 이쿠미는 고헤이의 재혼을 위해 이런저런 방법을 강구하고 있는 것 같다. 여자는 일정 연령이 지나면 무턱대고 타인에게 사랑을 강요한다. 이쿠미의 진심에는 의심의 여지가 없지만 여기서 쉽게 맞선을 부탁할 수는 없다.

"알겠습니다. 결혼에 대해서는 한번 생각해보겠습니다."

이쿠미가 딸의 묘 앞에서 합장했다.

"히사에, 너도 고헤이에게 좋은 사람이 생기도록 도와줘. 알았지? 이상한 질투 하면 엄마가 혼내줄 거야."

고헤이는 장모의 뒷모습에 머리를 숙였다. 시게유키가 갑자기 큰 소리로 말했다.

"읍. 재혼하든 안 하든 고헤이가 우리 아들이라는 것만은 변함없으니까."

작가가 타인의 말에 감동해서 울면 어떻게 하나. 고헤이는 눈물이 헤픈 자신을 보고 웃었다. 그러면서 등을 돌리고 있는 장인 장모에게 깊이 고개를 숙였다.

## 10

---

그날 저녁에는 한노 강변에서 여유롭게 놀며 지냈다. 아이들
은 돌을 던지고 나뭇잎 배를 강에 흘려보내며 떠들썩하게 보내
고 있다. 고헤이도 청바지를 무릎까지 걷어 올리고 얕은 여울에
들어갔지만 물이 차가워서 놀라고 말았다. 도쿄를 벗어나면 물
까지 신선해지는 듯하다. 그러고 보니 죽은 아내가 말했었다. 한
노의 물로 목욕하면 피부가 달라진다고. 분명 여기는 물이 좋을
것이다.

저녁에는 장인 장모와 반주를 한 후 일찌감치 2층으로 올라
갔다. 네 평 크기의 손님방에는 다다미가 깔려 있었다. 한밤중이
지났는데도 방 안에서조차 매미 우는 소리가 우렁차게 울렸다.
가케루는 실컷 놀아서 그런지 금방 잠이 들어버렸다. 고헤이는
도쿄에서 가져온 책을 베갯머리에 두고 멍하니 전구를 올려다

보고 있었다. 도저히 남이 쓴 문장을 읽을 기분이 들지 않았다.

재혼에 대해서 생각했다. 별 탈 없이 잘 지내고 있는 아들과의 둘만의 삶에 새롭게 누군가가 들어온다. 도저히 상상할 수가 없었다. 남자아이가 아버지와 사이좋게 지내며 말을 잘 듣는 것은 길어봤자 10대 중반까지라고 한다. 그렇다면 가케루와는 앞으로 5년 후에 단순한 동거인과 같은 생활을 하게 될지도 모른다. 지금은 순수하고 착한 아이지만 고헤이 자신의 과거를 되돌아봐도 남자아이란 상당히 까다로운 생물이다.

장모의 말에도 일리는 있다. 그래도 결혼하고 싶은 기분이 들지 않는 것은 아직도 히사에를 잊을 수 없기 때문일까. 고헤이 자신도 알 수 없었다. 대부분의 사람들은 젊은 나이에 아내를 잃은 남편에 대해 로맨틱한 상상을 하는 것 같다. 언제까지고 죽은 사람의 그림자를 잊지 못한다든가 독신으로 계속 지낸다는 것을 상상한다.

자신의 평상시 삶을 돌이켜봤다. 최근에 고헤이는 죽은 아내에 대해 거의 생각하지 않게 되었다. 요 몇 주일 동안 히사에에 대해서 완전히 잊고 있었다. 얼굴도 사진을 다시 보지 않으면 전혀 떠오르지 않기도 한다.

그래도 다른 여자와 같이 생활하는 것은 상상도 할 수 없다. 이런 심리는 도대체 어디에서 오는 것일까. 남자의 마음도 모르겠다. 작가가 아는 것이라곤 작품 속 인물의 마음뿐이다.

새벽에 꿈을 꿨다.

고헤이는 밤 새워서 원고를 쓰고 난 후 비틀거리며 서재를 나선다. 오래된 잠옷은 두꺼운 플란넬이니까 분명 겨울이다. 새벽의 복도는 어두컴컴했다. 거실 문이 열려 있다. 그곳에서 형광등 불빛이 희미하게 새어나오고 있다. 죽은 아내가 몸의 절반만 문에 기대고 서 있다. 관능적이지 않은 익숙한 청색 잠옷이다.

(히사에……)

거기서부터 고통스러웠다. 고헤이는 소리를 지르고 싶지만 한마디도 할 수 없었다. 서재에서 거실까지는 불과 몇 미터 정도로 짧은 복도인데도 아무리 걸어도 결코 거리가 좁혀지지 않는다. 이름을 부르고 싶어도 옆에 가고 싶어도 아무것도 할 수 없다. 가슴이 찢어질 것 같은데 아무 일도 못 한다.

히사에도 고통스러울까. 한쪽 눈만 보인다. 그 눈으로 아무 말 없이 이쪽을 보고 있다. 그 눈에서는 아무런 감정도 읽을 수 없다. 불과 몇 초 동안의 일이지만 꽤 긴 시간처럼 느껴졌다.

눈을 뜨니 아침 햇살이 들어오는 방이다. 고헤이는 땀에 젖어 있었다. 이렇게 괴로운 꿈은 오랜만이라고 생각하며 이마의 땀을 닦았다. 최근 4년 동안 히사에가 꿈에 나온 것은 이번이 처음이었다.

(날 만나러 와줬구나.)

잠옷 대신 입은 티셔츠가 땀범벅이 된 고헤이는 솔직히 감사하게 생각했다. 슬프지만 기쁘다. 자신도 뭐라고 설명할 수 없는 기분이었다. 심장에는 통증이 남아 있다. 옆에서 자고 있는 가케루를 봤다. 머리카락이 젖어서 엉망진창이었다.

"⋯⋯마맛치."

가케루는 그렇게 중얼거리며 감은 눈의 눈꼬리에서 눈물을 한 방울 떨어뜨렸다. 고헤이의 가슴이 찢어지는 것 같았다. 이렇게 작은 아이가 엄마를 잃은 아픔을 견디고 있다. 고헤이는 아무 말 못 하고 그저 자고 있는 소년을 바라볼 수밖에 없다. 히사에를 닮은 길게 찢어진 눈이 갑자기 떠졌다. 작은 눈과 초점이 맞았다.

"꿈꿨니?"

가케루는 눈물을 닦으며 끄덕였다.

"응. 마맛치가 오랜만에 만나러 와줬어."

아빠와 아들이 같은 표현을 했다. 죽은 자는 귀신이 아니라 만나러 오는 거다. 가족을 잃은 사람이라면 이 감각을 피부로 알 것이다. 아무리 히사에의 부모님 집에서 묵었다고는 해도 아버지와 아들의 꿈에 동시에 나타났다. 영적인 존재를 믿지 않는 고헤이로서도 우연이라고만 생각할 수는 없었다.

"칫치도 마맛치 꿈 꿨어. 가케루와 똑같아. 마맛치, 가케루의 꿈속에서는 무슨 말 안 했어?"

가케루는 눈을 몇 번 깜빡거리더니 눈을 비볐다.

"응. 엄청나게 좋은 일이 있을 테니까 지금 이대로 괜찮다고. 그리고 칫치는 약한 부분이 있으니까 가케루가 잘 지켜달라고."

좋은 일이 뭘까. 고헤이는 도저히 가늠이 안 됐다. 수상은 못 했다. 증쇄를 하게 되긴 했지만 기껏해야 2,000부다. 여전히 책이 팔리지 않는 작가로 질척거리는 생활이 이어지고 있다. 대체로 열 살짜리 아이에게 아버지를 어떻게 지키라고. 아니 말의 의미를 알 수 없었다.

"가케루, 고헤이, 아침 먹어!"

계단 아래에서 이쿠미가 부르는 소리가 들렸다. 카레루가 갑자기 야생동물처럼 이불에서 벌떡 일어나 아버지를 내려다봤다.

"칫치 꿈에서는 마맛치가 뭐라고 했어?"

분했지만 고헤이는 솔직하게 말했다.

"아무 말도 안 했어. 내 꿈에서는 한마디도."

"헤에~ 그렇구나."

아들의 반응에 욱 했지만 고헤이는 꾹 참았다. 히사에는 아들에게만 얘기하고 왜 고헤이에게는 한마디도 하지 않았을까. 아침 햇살이 눈부신 여름의 하루가 시작되는데 고헤이가 불쾌한 건 어쩔 수가 없었다.


아이와 함께 보내는 휴일이 천천히 흘러가고 있다. 차를 타고 이루마시에 있는 쇼핑몰에도 갔고 치치부의 온천에도 다녀왔다. 한노역 근처의 우동집과 도서관에도 산책 겸 잠시 들렀다. 그리고 공기와 물도 좋다. 가구라자카에서 왔으니 금방 알아차릴 수 있는 장점이다.

장인 장모는 첫날 이후에는 고헤이의 재혼에 대해서 집요하게 말하지 않았다. 가케루는 메구미와 종일 강에서 놀았다. 눈앞에 닥친 마감도 없다. 아무리 편집자라 해도 오본 연휴를 겸한 여름휴가를 즐기고 있을 것이다. 1년 중 작가가 가장 마음 편하게 쉴 수 있는 몇 안 되는 시기다.

그럴 때 고헤이는 머릿속에서 새 작품의 아이디어를 구상한다. 마치 작은 점토 덩어리를 반죽하고 또 하며 형태를 만들어가듯 장편소설의 기초를 이렇게 저렇게 만들어본다. 이 각도에서 쓰면 재미있겠다, 이런 인물이라면 재미있겠다, 이런 에피소드라면 재미있겠다 하면서. 작가는 다들 자신이 쓰고 있는 작품을 재미있다고 생각한다. 그래서 쓸 수 있는 것이다. 물론 실제로 쓰기 시작하면 잘 안 풀리는 경우도 많지만 구상 단계에서는 흠이 잘 안 보인다. 자신만 알 수 있는 재미를 차곡차곡 쌓아갈 뿐이므로 이 작업은 당연히 말로 표현할 수 없을 정도로 재미있다.

고헤이는 넓은 강변의 나무 그늘에 앉아 물소리를 들으면서 무릎 위에 노트를 펼쳐 만년필로 마구 써내려가면서 아이디어를 남겼다. 「소설 호쿠토」에 새로 연재하는 장편 연애소설이다. 아직 제목은 미정이다. 고헤이는 지금까지 10년 동안 자신의 실제 연령보다 젊은 주인공을 그리는 경우가 많았다.

그러나 이번에는 자신과 동일한 중년의 문턱에 들어선 남녀의 연애를 진지하게 그려가기로 정했다. 남자는 인쇄소의 영업사원으로 고헤이와 같은 나이인 서른아홉 살이고 아내를 5년 전에 먼저 보냈다. 도서관 사서를 하고 있는 여자도 같은 나이로 역시 3년 전에 남편을 먼저 보냈다. 결코 젊다고 할 수 없는 나이라서 연애가 두렵고 자신의 생활을 바꿀 용기조차 없는 남녀가 천천히 다가선다. 계절은 가을에서 봄까지가 좋을 것 같다. 대부분의 중요한 장면은 겨울의 잿빛 경치를 배경으로 그려갈 생각이다.

각각의 배우자의 죽음에 미스터리하고 비밀스러운 부분을 몇 가지 설정해두면 단순 연애소설만이 아니라 서스펜스까지 느낄 수 있을 것이다. 아이들이 놀고 있는 모습을 떨어진 곳에서 바라보면서 소설 아이디어에 점점 살을 붙여가는 한여름의 평화로운 오후다. 고헤이의 가슴속 깊은 곳까지 행복으로 가득 차간다.

## 11

여름방학 여행의 마지막 날은 저녁 무렵부터 한노 강변에서 바비큐 파티를 했다. 장인 장모와 메구미뿐만 아니라 동네 사람도 많이 초대해서 아주 성대한 파티가 되었다. 강변에는 운동회에 사용하는 큰 텐트를 두 개나 쳤다.

이쿠미가 처음 보는 여자를 데리고 오더니 별생각 없이 종이컵에 맥주를 따라서 마시는 고헤이에게 소개했다. 고헤이는 솔선해서 요리를 옮기기보다는 늘 지켜보는 편이다.

"고헤이, 잠깐 소개해줄게."

장모는 일단 웃고는 있지만 가늘게 뜬 눈의 안쪽에서는 진지함이 묻어났다.

"아…… 네."

짧은 바지 차림의 고헤이는 피크닉용 돗자리 위에서 엉덩이를 들었다. 이쿠미의 뒤에는 청색 바탕에 나팔꽃 무늬가 흩어져 있는 화려한 유카타를 입은 여성이 두 손을 가지런히 모으고 서 있었다. 머리카락은 턱 끝 정도 길이의 단발머리였다.

"이쪽은 근처 중학교에서 국어를 가르치고 있는 쓰보우치 나오 씨. 고헤이의 소설 팬이라고 하네. 오늘은 친구가 안 왔으니까 상대 좀 해줘."

고헤이에게 확답을 받고 이쿠미는 바비큐 그릴 쪽으로 가버렸다. 첫날부터 재혼 이야기를 꺼낸 이유가 바로 이것 때문인가. 분명 장모는 여름방학 중에 이 사람을 고헤이와 만나게 할 작정이었을 것이다. 국어 선생이라는 여성은 딱딱한 표정이었다. 교실에서 남학생들에게 두려운 존재로 알려져 있을 것 같다.

"저기, 저는 어떻게 하면 될까요?"

곤란한 표정으로 고헤이를 내려다본다. 고헤이는 컬러풀한 피크닉용 돗자리에서 살짝 비켜 앉아 나오를 위해 자리를 마련해줬다.

"이쪽으로 앉으세요."

나오가 옆에 앉자 고헤이는 무릎을 끌어 앉았다. 연애소설은 쓸 수 있지만 불시에 찾아온 맞선 상대와 자연스럽게 대화를 나눌 수 있을 정도로 소통 능력이 뛰어나진 않았다. 낮부터 맥주를 마신 탓에 가볍게 취해 있기도 했다.

"왠지 이상한 상황이 되어버렸네요."

성실해 보이는 국어 교사가 고헤이 쪽을 보지 않고 말했다.

이럴 때 사방이 산으로 둘러싸인 강가에 있는 게 다행스러웠다. 시선을 돌릴 곳이 많으니까. 가케루와 메구미는 수영복을 입고 강에서 놀고 있었다. 꽤 큰 둑을 쌓은 모양이다. 물보라가 흩어지는 저녁놀 속에서 이쪽을 향해 손을 흔든다.

"저도 맥주 한 잔 주시겠어요?"

"앗, 제가 눈치가 없었네요. 죄송합니다."

고헤이는 종이컵을 건네고 남은 캔 맥주를 따랐다.

"일단 건배부터."

고헤이가 먼저 건배를 권했다. 종이컵끼리 건배라서 손에 전달되는 감각이 애매모호하다. 한 번에 절반 정도 마시고 나서 나오가 말했다.

"저희 어머니가 이쿠미 아줌마께 무슨 부탁을 했다는데 이런 일이었군요. 모처럼 쉬러 오셨는데 정말 죄송해요."

활달한 말투였다. 고헤이 쪽을 힐끗 보더니 미소를 지었다.

"새 유카타를 입고 가라고 자꾸 그러는 거예요. 참 이상했죠. 저도 이제 서른인데 독신이라서 저희 어머니가 꽤 걱정이 되셨나봐요."

남은 맥주까지 다 마셨다. 나오는 아주 시원시원하게 마셨다. 고헤이가 새 맥주 캔을 땄다.

"더 드세요."

맥주를 따르고 안주를 권했다. 치즈 가마보코에 오징어, 그리고 매운 가키노타네(반죽을 잘게 잘라 표면을 간장 등으로 코팅

해서 구운 과자 ─ 옮긴이). 안주는 아저씨스러운 것밖에 없었다. 나오는 오징어를 골라서 통통한 입술 속으로 집어넣었다.

"저 같은 사람에게 신경 안 쓰셔도 돼요."

어딘가 마음이 배배 꼬인 듯했다. 아무래도 나오는 평범한 국어 선생님이 아닌 것 같다.

고헤이도 오징어를 물었다.

"맞다, 이러면 맛있어요."

시트 위에 굴러다니고 있는 100엔짜리 라이터로 찢은 오징어 끝을 살짝 그슬려서 나오에게 건넸다.

"정말이네요. 냄새도 맛나요. 왠지 일본 술 생각나지 않아요?"

첫인상은 딱딱하고 성실해 보였는데 이제 보니 세상 물정에 밝고 빈틈도 있어 보였다. 왠지 느낌이 좋은 사람이다.

"고헤이, 나오! 스테이크 다 구웠다."

이쿠미가 종이 접시와 포크를 가지고 왔다. 현장 감독에게 시찰이라도 받고 있는 기분이다. 자신이 잘하고 있는 것일까. 장모는 둘의 모습을 확인하고는 바로 돌아갔다. 젊은 사람들에게 방해가 되면 안 되니까 하면서.

나오가 걸어가는 장모의 뒷모습을 바라보며 말했다.

"요즘도 저런 말을 하는 사람이 있네요."

고헤이도 취해서 끄덕였다.

"정말. 일단 나는 벌써 마흔이니까 젊지 않은 아저씨인데."

"마흔 살은 아저씨가 아니에요."

확고한 말투로 나오가 말했다. 고헤이가 잠시 나오를 쳐다봤다. 서쪽 산 위에서는 저녁노을이 화려하게 불타고 있다. 하늘 한가운데는 이미 저녁 색깔인데 서쪽 하늘에만 열기가 남아 있다.

"나, 안 되겠다."

갑자기 나오가 툭 내뱉었다. 무엇이 안 된다는 건지 도통 알수 없다. 자신이 마음에 안 들었나 싶어서 고헤이는 뜨끔했다. 이쿠미가 미리 손을 썼는지 고헤이와 나오가 앉아 있는 곳에는 아무도 오지 않았다. 아이들은 장인 장모와 함께 바비큐를 먹고 있었다.

"이런 맞선놀이는 그만두죠. 저 나쁜 여자예요."

종이 접시를 옆에 두더니 국어 교사는 주위를 둘러봤다.

"딱 좋네요. 아오다 씨, 비밀 얘기가 있어요."

나오가 자리에서 일어나더니 텐트에서 더 멀리 떨어져 갔다. 고헤이가 뒤를 쫓아갔다. 두 사람이 앉은 곳은 물가의 큰 암석 위다. 발 아래로 흐르는 투명한 물이 바위에 부서지더니 하얗게 흐려졌다.

"부모님은 몰라요. 그래서 좋은 사람 있으면 소개하라고 거짓말하고 있었어요."

나오의 목소리가 쓸쓸했다.

"나는 아오다 씨처럼 혼자서 아들을 키우고 집필도 열심히 하는 훌륭한 사람과는 어울리지 않아요."

둘이 되어 긴장하던 고헤이는 저도 모르게 한숨을 쉬었다. 어

279

두운 곳으로 가기에 뭔가 기대하던 자신이 한심했다. 이제부터 나오겠지, 뭐가 안 된다는 건지.

"어울리지 않는다니요. 나오 씨도 훌륭한 학교 선생님 아니신가요?"

국어 교사는 고헤이의 말을 듣고 있지 않았다. 옅은 보라색 끈이 달린 게다를 벗어서 발끝을 저녁의 강에 담갔다.

"스물네 살부터니까 벌써 5년이 되네요. 좋아하는 표현은 아니지만 저는 불륜을 하고 있어요. 몇 번이나 헤어지려고 했지만 못 했어요. 상대는 아오다 씨보다 한 살 위인 마흔이에요."

갑자기 조용한 강가에 폭탄이 떨어졌다. 잠시 아무 말도 할 수 없었다. 고헤이가 입을 열었다.

"초면인 제게 왜 그렇게 중요한 말을 하나요?"

나오는 멀리 있는 텐트의 불빛을 돌아봤다. 그러고는 재빨리 웃음을 지어 보였다.

"그건 아오다 씨가 소설가니까요. 이쿠미 아줌마가 말한 대로 진짜로 아오다 씨의 작품은 좋아해요. 제가 비밀을 말해도 분명 받아들여줄 거라고, 그렇게 생각했어요."

"아…… 그랬군요."

고헤이도 떠들썩한 텐트 쪽으로 눈길을 돌렸다. 장작불이 어른들의 허리 즈음까지 불길이 올라오고 있었다.

"여기 사람들은 다들 좋은 사람들이지만 같은 중학교에서 교사끼리 불륜 중이라는 사실을 알면 난리가 날 거예요."

고헤이는 지금까지 작가라는 직업 탓에 많은 사람들로부터 비밀을 고백받았다. 누구나가 한 권의 책이 될 만큼의 이야기를 가지고 있다는 것은 진실이다. 하지만 그 책은 본인만 쓸 수 있으므로 아무리 이야기를 들어도 고헤이의 창작에는 그다지 도움이 되지 않았다. 작가란 이 세상에 넘쳐나는 소재들 중에서 자신에게 딱 맞는 아주 몇 안 되는 소재만으로 글을 쓸 수 있다.

"이쿠미 아줌마가 신경 써서 마련한 자리인데 몇 시간 만에 끝이 나버렸네요."

나오는 쓸쓸하게 웃었다. 그다음 순간 고헤이는 차마 생각도 못했던 말을 뱉어버리고 말았다.

"불륜이라고 해도 괜찮지 않습니까. 그 사람을 좋아하잖아요. 그에게는 아내가 있다. 그러면 나오 씨도 가끔 한잔할 남자친구 정도도 있어도 상관없잖아요. 이쪽은 사람들 눈이 많으니까 생각이 나면 도쿄에서 오늘 밤의 술자리를 이어가지 않을래요?"

나오는 눈을 동그랗게 뜨며 고헤이를 쳐다봤다. 그 눈동자 속에서 장작불이 흔들리고 있었다. 사람과 사람의 만남이란 것은 참으로 알 수 없는 것이다.

## 12

둘은 저녁 강가에서 얼마나 이야기를 나눴을까. 도중에 몇 번이나 바비큐 텐트에 맥주를 가지러 갔던 사람이 누구였던가. 고헤이는 불과 30분인 것 같기도 하고 또 몇 시간인 것 같기도 했다. 초면인 여성을 상대로 이렇게 편안할 수 있다니 믿을 수 없었다. 주변은 이미 컴컴해져서 강 위로 보이는 거리의 불빛이 아름다웠다.

애초부터 사귈 생각이 없는 여자라는 것이 좋았을지도 모른다. 나오는 이미 5년 동안이나 헤어지지 못하고 아내와 자식이 있는 남자와 만나고 있다. 자신의 자리는 없을 것이다. 그래서 편안한 기분이 되었고 고헤이의 혀가 그것을 금방 알아차리고 가벼워진 것이다.

갑작스러운 불륜 고백에는 솔직히 놀랐지만 이런저런 이야기를 나누다보니 아주 깔끔하고 머리가 좋은 여자라는 사실을 알았다. 고헤이의 작품도 절반 이상 읽었다. 국어 교사답게 제대로 된 정확한 비평을 꾸밈없이 말해줬다. 고헤이는 자신의 무르팍을 치며 말했다.

"일본에서는 어디를 가도 모기가 있어요."

모기 스프레이도 모기향도 없었다. 나오와 이야기를 하고 있는 사이에 반바지로 드러난 다리를 엄청 많이 물렸다. 이제 곧 서른 살이 되는 국어 교사가 웃었다.

"저도 아까부터 한 다섯 군데는 물렸어요. 보세요."

나팔꽃의 유카타의 소매를 걷어서 팔뚝 안쪽을 보여줬다. 하얀색 피부 위에 작고 봉긋하게 솟아오른 빨간 자국이 보였다.

"하지만 왠지 좀 기쁘네요."

모기에 물렸는데 기쁘다? 이 사람은 별난 취미를 가지고 있나? 취한 고헤이는 이상한 상상을 했다.

"씨를 문 모기한테 물렸을지도 모르니까 좀 기뻐요."

"아, 그건 그……."

고헤이는 얼굴로 피가 확 몰리는 것을 느꼈다. 다행히 저녁 강가라서 얼굴이 빨개졌다고 해도 모를 것이다. 그것이 무척 고마웠다. 고헤이는 멀리 떨어진 바비큐 텐트를 쳐다봤다.

"슬슬 가볼까요? 이상한 소문이 나면 귀찮으니까."

"네, 하지만 아까 그 말 공수표로 끝내기 없기예요."

뭐라고 했지? 당황한 얼굴로 나오의 얼굴을 바라보자 나오는 가볍게 고헤이를 째려본다.

"벌써 잊어버렸어요? 그것 때문에 저는 아오다 씨한테 반했는데."

"죄송합니다."

죽은 아내도 말했다. 고헤이는 결정적인 말은 잘 못 하지만 별생각 없이 내뱉는 말 속에 사람의 마음을 잡아끄는 힘이 있다고. 스스로는 의식하지 못하기 때문에 금방 잊어버리고 만다.

"아까 말했잖아요. 그 사람한테 부인이 있다면 내게 남자친구 정도 있어도 괜찮지 않느냐고. 이번에 도쿄에서 마시자고."

고헤이는 머리를 긁적이며 말했다.

"아, 그건 진심입니다."

나오가 유카타 품속에서 뭔가를 꺼냈다. 진주조개같이 반짝이는 흰색 휴대전화다.

"그럼 연락처 줘요."

발아래에서 나는 물소리가 시원했다. 이런 저녁 강가에서 연락처를 교환한다. 휴대전화가 없었던 학생 시절에 읽은 연애소설보다 더 촉촉한 느낌이다. 시대에 따라 만남이나 사랑은 형태를 바꿔간다. 고헤이는 젊었다. 아직 고전을 목표로 하기보다는 지금 시대의 흐름을 따라잡는 것이 훨씬 낫다. 나오의 전화번호와 메일 주소가 저장된 휴대전화가 아주 풍요롭고 소중한 것이 되었다.

"조금 시차를 두고 모두가 있는 곳에 돌아갑시다. 쓰보우치 씨 먼저 가세요."

"네, 그럼 나중에 메일 보낼게요."

나오가 넓은 강변을 걸어서 간다. 청색의 저녁 하늘빛에 짙은 푸른빛 유카타가 조화롭게 아름다운 뒷모습을 만들어내고 있었다. 고헤이는 투명하게 솟아난 저녁의 가장자리를 잠시 바라보고 나서 자신도 천천히 사람들이 모여 있는 곳으로 돌아갔다.

텐트 아래에서는 휴대용 전등이 몇 개 켜져 있고 연회는 흥겨웠다. 장인 장모도 동네 사람들과 무척 즐거워하고 있었다. 고헤이는 텐트에 모여 있는 열댓 명 중에서 가케루의 얼굴을 찾았다. 여기에는 없는 것 같았다. 이쿠미에게 물어봤다.

"가케루 못 봤습니까?"

장모는 꽤 취해 있었다.

"어머, 방금 전까지 여기 있었는데. 여기서 프라이드치킨하고 주먹밥 먹고 있었어. 그러고 보니 메구미도 없네. 어디 놀러간 거 아닌가?"

고헤이의 가슴이 소란스러워졌다. 자신이 내버려둔 사이에 무슨 일이 안 생겼으면 좋으련만. 일본 전국에서 주말마다 물 사고로 몇 명이나 사라지고 있다.

"잠시 찾아보겠습니다."

"그러게나. 바비큐 파티도 곧 끝나니까 부탁하네."

고헤이는 잰걸음으로 큰 돌이 굴러다니고 있는 강가를 누볐다. 원을 그리듯 주변을 돌아봤지만 아이들 모습은 어디에도 보이지 않았다. 강폭이 넓어지는 하류 쪽으로 갔다. 없었다. 남은 것은 강변에서 계단을 올라가면 있는 공원과 상류 쪽에 있는 작은 모래톱뿐이었다. 계단이 급경사라 올라가기도 힘들 것 같아 일단 강 상류 쪽으로 가보기로 했다. 한노 강변에는 주황색 철교가 놓여 있다. 그 아래를 지나서 왼쪽으로 구부러지는 강줄기를 따라 걸었다. 녹음이 무성한 코너를 돌자 농구장 정도 넓이의 흰색 모래톱이 저녁 강 속에서 보였다.

거기에 두 개의 아이 그림자가 서 있었다. 말을 걸려던 고헤이는 잠시 그곳에 멈춰 섰다. 수영복 위에 티셔츠를 입은 소년이 역시 수영복 위에 회색 점퍼를 입은 소녀의 어깨에 팔을 걸고 있었기 때문이다. 고헤이는 자신도 모르게 바위 그늘에 몸을 숨기고 말았다.

남자아이는 가케루고 여자아이는 메구미였다. 가케루의 손이 어깨에 올라와 있어도 메구미는 싫은 기색을 하지 않았다. 뭔가 이야기를 하고 있는 듯했지만 물소리 때문에 잘 들리지 않았다. 메구미도 손을 올려 가케루의 티셔츠 자락을 손가락으로 잡고 있다. 뭘 하고 있는 걸까. 두 아이의 얼굴이 어둠 속에서 천천히 다가간다. 메구미보다도 키가 작은 가케루가 발끝으로 서 있다.

입술과 입술이 겹쳐지는 것이 고헤이의 위치에서는 잘 보이지 않았다. 고헤이는 마치 자신의 일처럼 숨을 멈추고 말았다. 가케루는 초등학교 5학년이다. 가을에 만 열한 살이 된다. 요즘 애들은 다들 그런가. 가케루만 조숙한 건가. 고헤이는 알지 못했다. 그래도 아버지로서 싫은 감정이 생기지는 않았다. 분노도 걱정도 솟아나지 않았다. 생각해보면 자신의 첫 키스는 가케루보다 5년이나 늦었다. 벌써 20년도 더 지난 어느 날이었다. 그야말로 역사상 아주 오래되었다고 해도 될 만큼 오래전 일이다.

하지만 사람을 좋아하는 감정과 좋아하는 사람과 첫 키스를 할 때의 떨림을 고헤이는 지금도 선명하게 기억하고 있다. 그때의 가슴 벅차던 감정, 달콤하게 상처 받은 애절함, 어른으로 한 계단 올라섰다는 자각. 모든 것이 놀라운 경험이었다.

그렇다면 아버지로서 가케루를 칭찬해줘야 할 터다. 사람을 좋아하게 되는 그 멋진 경험을 하게 되었으니 말이다. 그것은 살아갈 힘의 근본 아닌가. 연애로 인해 힘든 인생이 얼마나 보상받는지 모른다. 사람은 하나의 사랑을 가슴에 안고 평생을 살아갈 수 있다. 그 정도로 사랑의 힘은 강하다.

짧은 키스를 하고 어린 연인은 떨어졌다. 고헤이도 겨우 숨을 내쉬었다. 가케루와 메구미가 입맞춤하고 있는 사이에 무의식적으로 호흡을 멈추고 있었던 것이다.

(연애소설만 쓰고 있을 때가 아니군.)

고헤이는 바위 그늘에서 반성했다. 이러다가는 가케루에게 추월당할 것만 같았다. 강의 모래톱에서 가케루가 어깨에 올린 손을 뗐다. 둘은 저녁 강을 바라보며 나란히 서 있다. 메구미의 손가락이 가케루의 티셔츠를 잡고 있다.

내일 남자아이는 도쿄에 돌아간다. 다시 할아버지 할머니가 계시는 이 동네에 오는 날이 언제가 될지 알 수 없다. 어린 둘에게 이별의 순간이 다가오고 있었다. 이 저녁의 얼마 되지 않는 시간이 둘에게 어떤 의미가 될까. 고헤이는 상상했다. 가능하다면 계속 둘만 놔두고 싶다. 하시만 이제 슬슬 즐거운 바비큐 파티도 끝이다.

고헤이는 바위 그늘에서 일부러 발소리를 냈다. 돌과 돌이 부딪히는 소리가 마치 총성같이 사방을 울렸다. 메구미는 불붙은 천이라도 뿌리치듯 가케루의 티셔츠 자락을 놓았다. 고헤이가 큰 소리로 불렀다.

"가케루, 메구미. 어디 있니! 이제 돌아가자!"

어린 연인이 서로를 바라보며 고개를 끄덕이는 것이 보였다. 고헤이는 둘이 알아차리기 전에 조용히 바위 그늘에서 벗어나 멀리 있는 장작불 쪽으로 돌아갔다.

제4장

# 1
—

올여름 도쿄는 열대 지역이었다.

9월이 다가와도 아침저녁으로 부는 바람에서 전혀 시원함이라고는 느낄 수 없었다. 그뿐만이 아니다. 쾌청한 하늘이 갑자기 어두워지더니 폭풍같이 습한 열풍이 불고 다음 순간 눈앞을 하얗게 막아버릴 정도로 엄청난 비가 쏟아진다. 게릴라 호우가 한 20분 정도 퍼붓다가 다시 작열하는 하늘로 되돌아온다. 날씨가 이상하다는 건 지구온난화에 남들만큼의 관심이 없는 고헤이조차 느끼고 있었다. 온난화를 억제하기 위해 조금이나마 공헌하고 싶지만 너무 더워서 서재의 에어컨을 켜지 않을 수 없다. 에어컨이 없으면 아마 단 한 줄도 쓸 수 없을 것이다.

가케루는 그런 아버지를 전혀 환경을 생각하지 않는다고 농담 반 진담 반 비난한다. 요즘 초등학생은 수업에서 환경 문제에 대해 배우고 있어서 다들 묘하게 환경에 대한 의식이 강하다. 원래 작가는 에너지 소비가 낮은 생활을 한다. 부지런하게 전기를 끄고 냉방 설정 온도를 높게 해도 그다지 효과를 기대할 수 없지만 그래도 고헤이는 나름대로 전기 절약에 신경 쓰고 있다. 아들이 태어나고 난 뒤, 이 별을 다음 세대에 물려줘야 한다는 의식은 강해졌다. 사우나 같은 지구에 자손들을 살게 할 수는 없다고 생각했다.

여름방학도 이제 곧 끝나가서 가케루는 구에서 운영하는 수영장에도 가고 숙제도 하고 취미인 그림도 그리며 매일매일 충실하게 보내고 있다. 요즘 아이들은 휴대전화로 미리 약속을 잡지 않으면 같이 놀 수도 없다. 학원이나 스포츠클럽, 여름캠프 등 어른만큼 바쁜 아이들이 늘고 있다.

고헤이는 가끔 한노 강가의 저녁을 떠올리곤 한다. 가케루가 먼 친척 여자아이와 첫 키스를 했던 모래톱 장면을 떠올리면서 혼자서 쿡 하고 웃곤 한다. 가케루는 그런 아빠를 이상한 듯 쳐다보며 이유를 묻지만 고헤이는 절대로 얘기하지 않았다.

자신도 소년이었을 때 성에 눈을 떴다는 사실을 아버지로부터 지적받으면 창피해서 견딜 수 없었을 것이다. 동성끼리는 아무리 부자지간이라도 어려운 점이 있다. 아버지와 아들 둘만의 생활에는 외로움도 있지만 비밀스러운 즐거움도 있다.

중학교 국어 교사인 쓰보우치 나오와는 메일을 주고받고 있다. 젊은 연인들처럼 하루에 몇 통씩 보내지는 않지만 며칠에 한

번 생각날 때마다 메일을 주고받는다. 젊지 않은 고헤이로서는
그 정도 속도가 마음 편했다.

나오는 고헤이와 메일 친구가 되었지만 불륜 상대와의 교제
도 순조롭게(?) 이어지고 있는 듯했다. 같은 학교 교무실에서 비
밀리에 일어나는 교제는 작가의 눈으로 보면 상당히 흥미롭다.
언젠가 소재가 떨어지면 재미있는 단편소설로 쓰고 싶을 정도
다.

몇 번인가 메일이 오간 후 나오가 갑자기 물어왔다.

✉ 이런 질문하는 거

　실례인지 알지만

　고헤이 씨의 부인은

　어떻게 돌아가셨나요?

가케루가 오랜만에 근처 시로가네 공원으로 반 친구들과 놀
러 나간 오후였다. 고헤이는 작은 액정에 시선을 고정한 채 경직
되고 말았다.

벌써 4년이 지났다. 남은 사람들에게 시간은 놀라울 정도로
빨리 흘러간다. 하지만 어떤 계기로 그때의 일을 떠올리게 되면
추억도 가슴의 아픔도 어제 일처럼 선명해진다.

✉ 교통사고였습니다.

수도 고속도로의 측면에

충돌했습니다.

거의 즉사로 괴로운 고통의 시간은

없었을 거라고.

의사가 그랬습니다.


답은 무미건조한 문장이 되었다. 그 뒤로는 한 줄도 더 쓸 수 없었다. 뭘 써도 침착해지지 않아서 몇 줄 쓰고 지우고 그러다가 결국 포기했다.

히사에는 고헤이와 만나기 전부터 자동차 운전을 좋아하고 잘했다. 데이트를 할 때도 히사에가 운전해서 외출하는 일이 많았다.

미술잡지 편집자였던 히사에와는 친구가 마련한 술자리에서 처음 만났다. 질척거리지 않고 산뜻한 성격으로 의사 표현이 확실하고 어떨 때는 화려한 반어법적 화술과 농담으로 사람과 세상사를 평했다. 자신이 잘 모르는 사회와 정치 문제에 환한 점도 고헤이에게는 매력으로 다가왔다.

부모님 곁을 떠나 도쿄에서 혼자 살고 있어서 자동차 유지비가 꽤 들 텐데도 히사에는 이탈리아제 수동 변속의 소형차를 정성껏 관리했다. '오토매틱이 편할 텐데'라고 고헤이가 말하자 그러면 자신이 자동차를 움직이고 있다는 느낌이 나지 않는다고 했다.

하코네나 닛코의 언덕길을 드라이브할 때면 거리낌 없이 최적의 기어를 선택한다. 시트의 등받이를 똑바로 세우고 핸들을 가슴으로 안고 있는 자세로 코너링을 하는 아내의 모습이 눈에 선하다.

(그렇게나 운전을 좋아했는데…….)

그런 아내가 교통사고로 갑자기 죽었다. 새빨간 소형차는 거인의 손에 짓뭉개진 것처럼 반파되어 있었다. 히사에의 얼굴에는 큰 상처가 없었지만 오른쪽 하반신은 롤러에 밟힌 듯 형체를 알 수 없었다. 그 후부터 고헤이는 자가용이 없다. 차를 가지지 않는 것은 책이 안 팔리는 작가라는 경제적인 사정도 있지만 히사에의 교통사고가 가장 큰 이유다.

사고가 일어난 것은 평일 심야였다. 히사에는 퇴근 중이었다. 입고 작업을 겨우 끝내고 고속도로에서 그만 졸음운전을 한 게 아닐까 하고 사고 담당 경찰이 말했다. 현장도로의 흑백사진을 봤지만 확실히 콘크리트의 측면에 부딪힐 때까지 브레이크를 밟은 흔적이 없었다. 커브가 점점 심하게 꺾이는 왼쪽 커브 길의 측면에 거의 80킬로미터 속도로 충돌했다. 목숨을 구할 수 있는 여지는 처음부터 없었다.

그때 가케루는 만 여섯 살로 초등학교 1학년이었다. 엄마의 죽음이 어떤 건지 잘 몰라서 거의 울지도 않았다. 1주일 정도 학교를 쉬었다. 그때 가케루는 하루에 몇 번이나 향을 피우면서 학교에 가지 않아서 선생님한테 혼날 거라는 말을 몇 번이고 했던 기억이 있다.

'괜찮아, 지금은 아무리 오래 학교 안 가도 혼 안 나.' 그렇게 가케루를 달래는 고헤이가 받은 충격은 상상할 수 없을 정도였다.

소중한 사람을 잃은 충격을 주로 '무겁다'고 표현하지만 고헤이의 경우는 전혀 반대였다. 너무나 크고 심한 충격은 가볍다. 혼의 절반, 내장의 절반, 혈액과 근육의 절반이 갑자기 떨어져나가버려서 자신의 체중이 절반으로 줄어든 것처럼 둥실둥실 가볍게 느껴진다. 많은 친척과 친구들이 건네는 위로의 말도 몸에 열린 흰색 구멍에 빨려 들어가버려 슬픔을 느낄 새도 없이 저장되어간다. 그런 경험은 두 번 다시 하고 싶지 않지만 그래도 작가로서 하나 배운 것이 있다. 고헤이는 가족을 잃은 슬픔을 그릴 때 결코 장엄하고 중후하게 쓰지 않을 것이다. 분명 희미하게 열이 남아 있는 회색 재처럼 쓸 것이다. 그것은 화장터의 스테인리스 접시에 남은 유재와 마찬가지로 물기가 없고 가볍다.

고헤이는 발코니에서 가구라자카의 거리를 내려다봤다. 가케루가 잠든 후 자주 히사에와 둘이서 캔 맥주를 한 손에 쥐고 이렇게 저녁 바람을 맞곤 했다. 옆에 히사에가 있는 게 아닌가 하고 이상하고 신기하게 느꼈던 적이 있다. 사고도, 장례도, 모든 것이 이 거리를 흔들리게 하는 아지랑이처럼, 환상처럼 느껴졌다.

중학교는 여름방학일 것이다. 나오에게서 답장이 바로 왔다.

✉️ 너무 힘드셨겠어요.

어린 가케루와 고헤이 씨를

남기고 간 건 부인에게도

무척 가슴 아픈 일이었을 거예요.

하지만 고헤이 씨는 훌륭해요.

아버지로서도 작가로서도

완벽하잖아요.

저 자신의 일로 정신이 없는

저는 그저 부러울 따름이에요.


고헤이는 완벽하다는 것이 무슨 의미일까 생각했다. 모든 것은 외부의 평가에 지나지 않는 게 아닐까. 중요한 것은 소설이나 영화에서라면 바로 잘려나갈 생활의 세세한 부분이다. 이런저런 고민을 하면서 매일의 생활을 어떻게든 견뎌내고 내일로 생명을 이어간다. 작가의 일은 책이라는 형태로 만들어지므로 성과를 쉽게 알 수 있지만 하는 일은 보통의 회사원과 다름없다.

아버지의 역할은 어디에도 정답이 존재하지 않는다. 자신은 가케루를 잘 키우고 있는 것일까. 아버지 혼자서 따뜻한 가정을 만들 수 있을까. 고헤이의 고민은 깊어만 갔다.

## 2

——

　가케루와 같이 언덕길 위의 이탈리안 레스토랑에서 점심을 먹고 돌아올 때였다. 고헤이는 아파트 입구 옆에 있는 우편함을 들여다봤다. 우편물이 몇 통 들어가 있었다. 학원 전단지, 카드 명세서, 중학교 국어 테스트의 사용 허가서. 그러고 보니 이달은 다른 달보다 긴자 바의 술값이 꽤 많이 빠져나갈 예정이었다.

　아래에 두꺼운 B5 봉투가 보였다. 꺼내서 확인해봤다. 「올 슈토」의 붓글씨 로고가 보였다. 그 자리에서 재생지 봉투를 찢어 내용물을 확인했다. 손이 약간 떨렸다.

　"칫치, 왜 그래? 나 올라간다."

　엘리베이터 안에서 가케루가 문을 잡아주었다.

　"잠깐만. 칫치도 탈 거야."

　고헤이는 엘리베이터를 향하면서 손에 든 월간 문예지의 표지를 봤다. 컬러 표지는 언제나와 마찬가지로 우울한 소녀의 초상화였지만 흰색으로 큰 글씨가 들어가 있었다.

**제149회 나오모토상 결정 발표. 이소가이 히사시『푸른 하늘의 밑바닥』**

그랬다. 나오모토상을 주최하는 분카슈토의 문예지에서는 매년 여름과 겨울에 수상작의 발췌와 저자 인터뷰, 그리고 선정위원들의 후기가 게재된다.

"칫치, 다 왔어."

가케루가 열림 버튼을 누르고 기다리고 있다. 고헤이는 나오모토상에 관해 적혀 있는 표지를 뚫어지게 바라보며 서 있었다.

"칫치, 왜 그래. 이달 카드 결제가 많아?"

가케루의 걱정거리는 주로 경제적 문제가 많다. 한 집안의 가장으로서 아이가 그런 걱정을 하게 만들다니 한심하다. 그러나 생활이 빡빡한 것만은 사실이기 때문에 어쩔 수 없었다.

"아니, 훌륭한 선생님들이 칫치의 책에 대해서 이런저런 평가를 해줬어."

12층에 도착한 것도 알아차리지 못할 정도로 고헤이는 긴장하고 있었다. 후보에 처음 선정되고 나서의 평가니 무리도 아니었다. 고헤이가 현관을 열고 가케루에게는 숙제를 하라고 일러둔 다음 곧장 서재로 가서 천천히 서평을 읽기 시작했다.

일본에서는 문학상 선정은 기본적으로 작가가 한다. 발탁된 경력이 많고 수상 경력도 있는 베테랑 작가가 신인이나 중견작가의 작품을 읽고 평가하는 형식이다. 선배가 언젠가 자신을 추월할지도 모를 라이벌을 키우기 위해 있는 것이 문학상이라는 말이 있다.

현재 나오모토상 선정위원은 전부 열 명이다. 최연소가 쉰을 넘었으며 역사소설, 현대소설, 미스터리 등 각 장르를 대표하는 데뷔 20년 이상의 대가들이다.

고헤이는 책상에 딱 붙어서 갱지에 4단으로 인쇄된 서평을 읽었다. 이 정도로 진지하게 문예지를 읽는 것은 데뷔 이래 오랜만이다.

그러나 첫 선정위원인 여성 역사소설가는 헛탕이었다. 고헤이의 작품에 대해서는 단 한마디도 언급하지 않았다. 후보작 여섯 작품 중 절반인 세 작품에 대해서는 쓰고 있지만 수상작 외에는 꽤 평가가 짰다. 그래도 평가 대상이 되고 있다는 사실만으로 고헤이는 부러웠다. 『텅 빈 의자』는 선정 평가의 한 줄조차 아까울 만큼 가치가 없다고 생각했을까. 아쉬웠다.

(나오모토상 선정 평가는 역시 엄격하군.)

과연 천하태평인 고헤이도 속으로 한숨을 쉬었다. 다음은 코믹한 작품 성향에 우화나 반전소설을 주로 쓰는 선정위원이었다. 이쪽은 여섯 작품에 대해 평가하고 있다. 마지막에 언급한 것이 이소가이 히사시니까 아무래도 평가가 낮은 작가부터 먼저 언급하고 있는 것 같다. 고헤이는 수상작 바로 앞에 있었다. 저도 모르게 승리의 포즈를 취했다. 자신의 작품에 대한 평가를 몇 번이고 반복해서 읽었다.

"아오다 고헤이 씨의 『텅 빈 의자』에 그려진 죽은 아내를 잊지 못하는 남편의 생활에서는 구체적이면서 풍부한 시적 정서가 느껴진다. 그러나 결말에 억지로 수수께끼를 설정해서 이야기를 작게 정리해버린 것이 결점이다. 이 결말을 제외하면 이 작품은 영원히 기억에 남을 작품이다."

이 정도 평가를 받는다면 낙선해도 기쁘다. 세 번째는 중년 여성의 연애를 그리는 데 둘째가라면 서러운 작가다.

"『텅 빈 의자』는 회상 장면이 아름답고 훌륭했다. 지금까지 아무도 쓰지 않았던, 정신이 번쩍 드는 비유도 있다. 그러나 대화 이외의 문장이나 현재의 생활을 묘사하는 문장이 평범했다."

작가란 섬뜩해질 정도까지 꿰뚫어보며 읽는다. 죽은 히사에를 모델로 한 회상 장면은 고헤이 자신도 억제할 수 없을 정도로 엄청난 기세로 써내려갔다. 자신이 쓴 게 아니라 아내가 쓰게 만들어준 문장이라고 느낄 정도였다. 그것을 정확하게 지적하고 있다. 다음은 무섭게 생겼지만 인기가 많은 하드보일드 작가의 평가다.

"아오다 씨의 『텅 빈 의자』는 신선하며 문체는 투명했다. 나를 매료시키기에 충분했다. 죽은 아내에게 말을 거는 부분은 인간의 삶과 죽음의 근원적인 부분에 다가가고 있었다."

(응?)

선정 평가를 3분의 1 정도 읽었을 때 고헤이는 좀 이상한 느낌을 받았다. 최초의 역사 작가를 제외하고는 다들 칭찬 일색이다. 이래서는 마치 이소가이 히사시가 아니라 자신이 수상한 것 같지 않은가. 다음 페이지를 넘기자 이번에는 전국시대를 무대로 한 중후한 역사소설을 쓰는 대가의 평가가 나왔다.

"『텅 빈 의자』는 문장력이 너무나 뛰어나다. 회상 장면이 중심이므로 결말에 이르기까지 물속에 잠겨 있는 듯 숨이 막히는 느낌이다."

흐음, 그렇군. 구성상 어쩔 수 없지만 이 지적도 정확했다. 어딘가 단 한 장면이라도 좋으니까 넓은 장소에 주인공을 데리고 갔더라면 좋았을걸. 고헤이는 반성하고 현재 진행 중인 작품에 이 지적을 반영해야겠다고 생각했다. 다음은 중국 역사소설의 1인자가 쓴 평가다. 심사평을 읽어내려가는 동안 『텅 빈 의자』에 대한 언급은 나오지 않았다. 또 무시당했나 싶어 실망했지만 마지막 문장에서 고헤이는 뒤로 넘어질 뻔했다.

"아오다 고헤이 씨의 좋은 성품이 이번 작품에 확연히 드러나고 있다. 말이 자리 잡고 있는 모습에서는 그 올바름이 수상작을 능가하고 있다. 가까운 미래에 비약적으로 발전해 명작을 쓰는 작가가 있다면 바로 이 작가일 것이다."

기쁘지만 이렇게까지 과분한 칭찬을 받으면 기분이 나빠지려고 한다. 정말 자신의 글쓰기 스타일이 괜찮은 걸까. 처음으로 후보에 올라서 이렇게까지 칭찬을 받으면 교통사고를 조심해야할지도 모른다. 다음은 단편소설 달인의 평이었다.

"『텅 빈 의자』는 예측할 수 없는 작품이다. 안타깝게도 수상은 놓쳤지만 몇몇 선정위원의 평가는 결코 낮지 않았다. 나도 그 중 한 명이다. 억제된 냉정한 문체. 확실한 관찰과 훌륭한 묘사. 그런 장점을 느끼면서 '다른 작품도 읽어보고 싶다'고 느낀 것이 내 솔직한 인상이다."

　고헤이는 의자에 앉은 채 공중에 떠다니고 있는 기분이 들었다. 어쩌면 가능할지도 모른다. 엄격한 창작의 세계에서 몇십 년을 굴러온 베테랑 작가들이 이렇게까지 칭찬하고 있다. 공공의 장에 발표된 문장이기에 반쯤 과장이라 해도 자신에게는 그에 상당하는 힘과 기술이 있다는 말이다. 그렇다면 앞으로 인기를 얻을 수 있는 기회가 오지 않을까. 그렇게 생각하자 가만히 앉아 있을 수 없었다. 좁은 방 안을 이상 행복감에 걸린 곰처럼 히죽거리며 빙빙 걸었다. 남은 세 명의 선정위원 중 두 명은 고헤이의 작품을 무시했다.

　(그렇군, 이 둘과 최초의 여성 역사소설가가 반대해서 수상을 놓쳤나보군.)

　선정평을 몇 번이나 읽다보니 심사의 흐름까지 상상할 수 있을 것 같았다. 마지막은 젊어서 데뷔해 쉰이 된, 지금도 최전선에서 활약하고 있는 스타 작가였다.

　"심사위원이라는 입장을 잊고 푹 빠져서 흥미 있게 읽은 작품은 아오다 고헤이의 『텅 빈 의자』와 이소가이 히사시의 『푸른 하늘의 밑바닥』, 이 두 작품이다. 두 사람 모두 재치 있는 글을 쓰고 있으며 또한 그 재능을 적당히 억제하고자 하는 의식도 갖추고 있다. 주목해야 할 작가가 등장했다는 느낌을 받았다. 아오다는 약간 문예적이고 이소가이는 현대를 날카롭게 그리는 라이브적인 인상으로, 나는 이소가이에게 흰 표를 던졌다. 하지만 아오다의 필력도 수상작에 뒤지지 않는다."

고헤이는 두 손을 천장으로 들어 올리며 저도 모르게 외쳤다.

"해냈다!"

가케루가 문을 열고 방 안을 쳐다봤다.

"칫치, 왜 그래. 오늘 정말 이상해."

싫어하는 아들의 손을 쥐고 서재 안에서 춤을 추기 시작했다. 첫 나오모토상 후보작이 이 정도로 좋은 평가를 받을 거라고는 상상도 못 했다. 이 선정평만으로 빛을 보지 못했던 10년을 전부 보상받은 듯한 기분이 들었다. 고헤이는 꽤 오랫동안 가케루의 손을 잡고 빙글빙글 춤을 췄다.

3

—


"이야~ 놀랐어."

테이블 반대편에는 분카슈토 제2문예부 편집자인 오쿠보 다카시가 있다. 막 돌려준 『칫치와 아들』 교정지를 팔락팔락 넘기며 확인하고 있다.

"이번에는 빨간 글자가 별로 없네요. 수고 많으셨습니다. 아오다 씨, 뭘 놀랐다는 겁니까?"

과연 편집자다. 신간 교정지가 작가의 이야기보다 중요하다. 고헤이는 아이스커피를 한 모금 마셨다.

"그거야 「올 슈토」에 실린 선정평이지. 그렇게 칭찬을 받으니 몸 둘 바를 모르겠어. 이소가이가 아니라 내가 수상한 게 아닌가 착각할 정도였다고."

"아, 그거요. 확실히 첫 후보로서는 이례적으로 호의적인 평가였습니다. 편집장님께 물어봤거든요."

오쿠보가 갑자기 목소리를 죽였다. 늦은 오후의 가구라자카 카페는 한적한데 묘한 행동을 한다.

"결선 투표에 남은 세 작품 중에서 이소가이 선생님과 아오다 씨에 대한 평가가 월등했다고 합니다. 한때 두 작품 공동 수상은 어떠냐는 의견도 나왔을 정도로요. 최종적으로는 후보 저금이 효과를 발휘해 이소가이 씨가 수상을 했고 첫 후보인 아오다 씨는 다음 작품을 보고 싶다는 것으로 일단락 되었다고 합니다. 그러니까 그 선정평은 선정위원의 솔직한 반응이라고 보시면 될 겁니다."

고헤이는 나오모토상을 발표하는 문예지가 도착한 당일에는 몇 번이고 반복해서 선정평을 읽었지만 그 후에는 책장에 봉인해버렸다. 그런 평만 읽고 있으면 흥분이 되어 일 할 수 없다. '칭찬해서 죽이기'라는 말은 참 잘 만든 말이다. 나오모토상의 후보가 되었을 뿐인데 갑자기 멋진 문장을 써야 한다며 어깨에 힘이 들어가버린다.

"흠, 그랬군. 하지만 첫 후보작의 평판이 좋아도 그 뒤에 몇 번이나 낙선하는 경우도 많잖아. 지난번 작품 수준에 못 미친다는 둥 그런 말을 듣기도 하고. 그렇게 되면 너무 불쌍하지 않나."

데뷔작으로 후보에 올랐던 몇몇 작가의 이름이 바로 떠올랐다. 신선함을 추구한다면 데뷔작을 뛰어넘을 수 없다. 꽤 잔혹하지만 자신도 같은 함정에 빠질 가능성이 적지 않았다. 10년간

1쇄 작가 생활을 해온 고헤이는 부정적인 성향도 가지고 있다.

"아뇨, 이번에는 괜찮을 거라고 생각합니다."

오쿠보는 무턱대고 자신만만하다.

"도대체 뭐가 괜찮다는 거지?"

"벌써 9월입니다. 교정지를 돌려받고 책으로 나올 때까지 보통 3개월 정도 걸립니다. 하지만『칫치와 아들』출간 예정일은 10월 25일입니다. 일정을 빡빡하게 짜서 한 달 정도 앞당겼습니다. 아오다 씨, 이게 어떤 의미인지 아십니까?"

출간일을 당겨서 10월 말에 새 작품을 내놓는다.

무슨 의미일까. 둔한 고헤이로서는 도저히 가늠이 안 되었다. 편집자는 의미심장하게 고개를 끄덕였다.

"나오모토상 후보작 마감이 11월 초입니다. 저희로서는 아오다 씨가 어떻게든 수상하셨으면 하는 마음입니다. 편집, 영업, 인쇄, 제본이 힘을 모아 아오다 씨를 응원하는 태세입니다."

잠시 할 말을 잃었다.

"아…… 그건, 그…….."

"괜찮습니다. 편집장도 선정위원 선생님들에게 좋은 반응을 얻은 것 같고. 지금 아오다 씨에게 순풍이 불고 있습니다. 에이슌칸의 후보작은 증쇄를 했지 않습니까. 물론『칫치와 아들』도『텅 빈 의자』못지않게 좋은 책이라고 이미 확인했습니다. 저희 문예부 전원이 읽고 그렇게 말했으니까요. 아오다 씨는 안심하고 계십시오."

이 부분이 나오모토상을 주최하는 출판사의 강점일까. 다른 회사처럼 후보작에 선정되는 행운을 하늘에 맡기고 기다린다는 것과는 천지 차이다. 하지만 고헤이는 순풍의 영향을 눈곱만큼도 느끼고 있지 않았다. 증쇄라고는 해도 기껏해야 2,000부에 불과하고 벌써 한 달이나 지났지만 3쇄에 관한 연락도 없다. 독자로부터의 편지도 예전과 별반 다르지 않다. 다음 작품에 대한 평가도 고헤이 자신의 생각과 묘하게 어긋나 있다.

"잠깐만. 확실히 『칫치와 아들』은 나쁘지 않다고 생각해. 하지만 나오모토상에 어울리는 무게감이 있는 문학작품은 절대 아니야. 그 책으로 상이라니 말도 안 돼. 분슈의 여러분들이 응원해주는 건 기쁘지만 나로서는 다음 장편 연애소설에 승부를 걸고 있어."

오쿠보가 눈썹을 살짝 찡그렸다. 신경질적으로 보이는 가느다란 손가락으로 교정지를 회사 봉투에 집어넣는다.

"다음 장편은 어디서 출판합니까?"

"「소설 호쿠토」에서 연재하니까 에이슌칸."

편집자로서는 담당 작가의 출판 일정은 중요한 정보다. 작가의 일에는 일련의 흐름이 있어서 출판 타이밍과 광고 방법 등에서 그 흐름을 무시하면 영업 전략을 짤 수 없다.

"알겠습니다. 하지만 힘이 들어가 있지 않고 술술 잘 풀리고 있다는 느낌의 작품이 있습니다. 『칫치와 아들』은 데뷔 10년에 원숙기를 맞은 아오다 씨가 아무런 압박감도 없이 쓰고 있는 모습이 떠오를 정도로 좋은 작품입니다. 경쾌하고 맛이 있고 웃음과 눈물도 있습니다. 심사위원 선생님들은 다들 어른이라서 그런 작품의 매력을 제대로 평가해주실 겁니다. 뭐, 저희도 후보작을 나열할 뿐으로 최종 결과까지 움직일 힘은 없습니다. 하지만 이 책으로 나오모토상을 수상하면 담당자로서 너무 기쁠 겁니다. 아오다 씨, 수고 많으셨습니다. 좋은 책을 써주셔서 감사합니다."

오쿠보는 상처투성이 테이블을 향해 깊이 고개를 숙였다. 오래 살아왔지만 진심이 담긴 인사를 받은 경험은 몇 번 되지 않는다. 물론 출판도 비즈니스라서 숫자 계산은 하고 있을 것이다. 적자만 내는 책을 계속 내다가는 회사가 금방 망해버린다. 그러나 업무를 넘어선 부분에서의 관계와 호불호, 존경은 어떤 일을 하든 존재하는 법이다.

(책은 늘 팔리지 않았지만 편집자 복은 있구나.)

고헤이는 둔감해서 그것이 자신의 인품과 재능 덕분이라고는 전혀 생각하지 못했다.

"너무 정중하게 그……."

무슨 말을 해야 할지 망설이던 고헤이는 조용한 찻집에서 편집자에게 고개를 숙여 인사했다.

9월은 조용했다.

나오모토상 시상식 전의 광적인 소동이 마치 꿈이 아니었을까 생각될 정도다. 실제로 그로부터 전국 주요 일간지로부터 오는 인터뷰 요청은 단 한 건도 없었다. 연재도 쉬고 있고 소설 마감도 없다. 새 작품은 11월 마감인 신년호부터다. 고헤이는 새 작품을 구상하면서 요즘 연애소설을 샅샅이 읽고 있다. 조금이나마 새 아이디어나 설정을 챙겨두고 싶었다.

일반적으로 연애소설의 경우에는 미스터리물과 달리 같은 트릭이나 설정을 다시 써서는 안 된다는 금지 사항은 없었다. 같은 설정이라도 이야기 전개나 작품의 분위기, 온도나 습도를 바꾸면 완전히 다른 작품으로 완성이 되기 때문이다. 그래도 역시 요즘 시대를 쓰는 것이므로 새로움을 추구하고 싶다. 고헤이가 읽어치우는 작품 중에는 외국 작가가 쓴 새 소설이나 자신보다 젊은 세대가 쓴 작품이 많았다. 고전은 이미 다 읽었기 때문에 관심이 가는 부분만 발췌해 다시 읽었다.

개학을 한 가케루도 건강하게 5학년 과목을 공부하고 있다. 메구미와의 어린 첫사랑의 징후는 평소 생활에서는 거의 드러나지 않았다. 엄마를 닮아 사려 깊은 아이라서 자신이 좋아하는 상대를 밝히는 일도 없다. 하물며 상대는 동성인 아빠다. 분명 창피하기도 할 것이다.

고헤이 자신의 연애는 완전 휴식기에 접어들었다. 가끔 긴자에 술 마시러 가는 일은 있지만 소와레의 쓰바키와는 딱히 진전이 없었다. 가게가 한가할 때쯤 지루해진 쓰바키가 도움을 청하는 메일이 오는 정도였다.

나오와는 며칠에 한 번 메일을 주고받기는 하지만 뜨거워지지는 않고 그저 그렇게 계속될 뿐이었다. 고헤이는 장모가 주선한 맞선 상대에 딱히 호감을 가지고 있는 것은 아니었다. 열 살이나 어린 국어 교사를 느낌이 좋은 사람이라고 생각하지만 사귀고 싶은 마음은 없다. 지금은 그것보다도 가케루와 규칙적으로 생활하고 새 소설 준비를 하는 것이 훨씬 중요하다. 그런 고헤이라서 갑작스런 나오의 제안에 깜짝 놀라고 말았다.

✉ 고헤이 씨, 돌아오는 토요일 저녁

시간 있으세요?

전에 말한 술 약속

이행했으면 해서요.

베이비시터가 필요하면

이쿠미 씨에게 부탁할 수 있어요.

좀 술 취하고 싶은 기분이에요.

긍정적으로 검토해주세요.


뜻밖의 데이트 신청이었다.

(어쩌나, 고민되네.)

고헤이는 휴대전화 화면을 켜둔 채 팔짱을 꼈다.

4
—

　고민한 결과 나오와의 첫 술자리는 시부야로 결정되었다. 한
노에서 부도심선을 타면 한 번에 올 수 있고 젊은 사람들이 좋
아할 만한 모던한 카페나 바도 많다. 게다가 2차를 갈 경우에도
얼마든지 그때의 분위기에 따라 선택할 수 있는 가게도 꽤 있다.
　고헤이가 예약한 것은 미야마스자카 비탈길 아래에 있는 빌
딩 최상층에 위치한 이탈리안 레스토랑이다. 옥상의 절반이 루
프 테라스고 작은 수영장 속에는 푸른색 조명이 설치되어 있다.
아직 늦더위가 기승을 부리는 9월 저녁에 딱 좋은 시원한 연출
이다.
　건배는 차가운 화이트 와인으로 했다. 나오는 목둘레가 넓게
파인 여름 원피스를 입고 있었다. 지난번 유카타와는 전혀 다른
대담한 분위기다. 도저히 중학교 국어 교사라고는 보이지 않았

다. 테라스에 면한 테이블에 옆으로 나란히 앉은 바람에 가슴의 꽤나 깊은 곳의 새하얀 피부가 눈에 들어오고 말았다. 좋지만 당황스러웠다.

"취하고 싶은 기분이라며 메일을 보내서 죄송해요. 조금 경박스러웠죠, 저?"

나오가 정면을 바라본 채 말했다.

"아, 전혀. 도대체 무슨 일이 있나?"

나오는 화이트 와인을 단번에 마시고 잔을 내려놓았다.

"그의 부인이 임신을 했어요."

뭐라고 대답을 해야 할지 단 한마디도 떠오르지 않았다. 고혜이는 당황해서 확인만 했다.

"그 불륜 상대, 같은 학교 선생?"

나오는 찌릿하고 고혜이를 노려봤다.

"불륜이라는 말은 하지 마세요. 그는 부인에게는 연애 감정이 없다, 계속 섹스리스 상태라고 했다고요. 그런데 두 번째 아이를 임신시키다니, 거짓말이 너무 심하지 않아요?"

"아, 그건…… 그러니까…… 그런 일도 있을 수 있지 않을까 하는데."

고혜이의 대답은 상당히 불분명했다. 왜 남자는 남자를 감싸려고 하는 걸까. 불륜을 저지르는 남자의 대부분은 자기 가정이 그다지 행복하지 않다고 한다.

"그런 거짓말이 남자로서는 당연하다는 건가요? 아오다 씨는 작가니까 수많은 남자와 여자를 관찰해왔잖아요."

대부분의 사람이 빠지기 쉬운 착각이었다. 연애소설을 쓰고 있으니까 연애의 달인이라고 잡지에 적힐 뿐이다. 고헤이 자신은 남자아이와 단둘이서 쓸쓸하게 생활하는 홀아비일 뿐이다. 고헤이가 아는 연애소설가 중에 연애의 달인은 단 한 명도 없었다. 소설은 쓸 수 있어도 연애도 인생도 소설처럼 잘 풀리지 않는다. 이것이 작가의 실상이다.

"관찰 못 해. 나는 그렇게 교우관계가 넓지도 않고. 남자는 다들 임기응변으로 거짓말을 해."

나오가 한숨을 짓는다.

"뭣 때문에."

"당신을 잃고 싶지 않아서."

단지 성적 욕망 때문이라고는 도저히 말할 수 없었다. 유행가 가사 같은 말을 해서 쑥스러웠다. 작가로서 실격이다. 나오는 생각에 잠긴 표정을 지었다.

"하지만 나는 그가 부인과 잘 지내도 전혀 문제없었는데. 먼저 거짓말을 하고 억지로 내 기분을 좋게 하려고 하지 않아도 됐는데."

그렇군. 여자의 마음이란 알 수 없다. 남자는 나름 배려한다고 거짓말을 해서 결국 제 무덤을 파는 꼴이 된다. 사려 깊지 않은 남자가 빠지기 쉬운 함정이다.

"저기, 아오다 씨는 다른 여자와 사귄 적 있어요? 부인이 살아 있을 때 말이에요."

고헤이는 7년간의 결혼생활에 대해 되돌아봤다. 그 기회는 몇 번인가 있었지만 결국 귀찮음과 공포심으로 도저히 불륜까지는 가지 않았다. 고헤이는 소심하다. 아무리 소설을 쓰고 있다 해도 자신이 가지고 태어난 천성까지 바꿀 수는 없다.

"안 했어. 소설가니까 불륜 정도 해보라고 와이프가 떠밀 정 도였지. 농담이었을 거야. 하지만 하려고 하면 꽤 용기가 필요하 지. 불륜이라는 벽은 의외로 높으니까."

고헤이의 솔직한 감상이다. 하지만 그 벽을 뛰어넘어서 일본 각지에서 수십만 명의 남녀가 결혼 외의 연애를 하고 있다. 갑자 기 어지럼증을 느꼈다.

고헤이는 창 너머로 눈부시게 펼쳐지는 아름다운 시부야 거 리를 봤다. 저 비탈길을 올라가면 마루야마초다. 오늘 밤도 줄지 어 서 있는 호텔로 무수한 커플들이 사라져갈 것이다. 도시는 이 상한 곳이다.

그때부터 두 사람의 대화는 지금까지의 연애 경험으로 향했 다. 고헤이는 꽤 나이를 먹은 남성이지만 남의 연애 이야기를 좋 아했다. 연애만큼 그 사람의 기질과 개성이 강하게 나타나는 것 도 없다. 아무도 가르쳐주지 않으며 교과서도 100퍼센트 확실한 방법도 없다. 다들 고생고생하며 몇 번이나 실패를 거듭하면서 이성과 행복해지려고 노력한다. 그 대부분이 잘 풀리지 않는 것 이 왠지 유쾌했다. 늘 고민스러운 표정을 짓고 사람들이 되려 귀엽게 느껴진다.

"난 아오다 씨의 부인에 대해 더 알고 싶어요. 바람을 피우라고 하다니 어떤 사람이었을까."

나오는 꽤 취해 있었다. 아내가 죽은 지 4년이다. 갑자기 떠올리려고 해도 잘 안 됐다. 남편이라고는 해도 자신이 히사에 대해 무엇을 알고 있을까. 생각하면 할수록 아내에 대해 모르게 된다. 그것이 일반적인 남편의 모습이 아닐까. 자신의 결혼 생활은 불행한 형태로 갑자기 끝나버렸지만 가령 몇십 년 더 계속되었다고 해도 고헤이는 아내의 모든 것을 이해하지 못했을 것이다. 이해했을 거라는 자신감도 없다.

"와이프는 키가 크고 가슴은 없지만 스타일이 좋고 약간 멜랑콜리한 부분은 있지만 현명하고 다정한 사람이었지……."

일단 죽은 아내에 대해 이야기를 시작하면 멈출 수 없다. 고헤이는 상대방이 지루해하지는 않을까 불안했지만 그로부터 5분 동안 옛 와이프였던 사람에 대해 이야기를 이어갔다.

"후~ 이유는 모르겠지만 속이 시원하네요."

계산을 하고 엘리베이터를 기다리고 있는데 나오가 생긋하고 웃으며 그렇게 말했다. 고헤이는 층 표시를 아무 말 않고 올려다봤다. 아내 이야기를 한 바람에 가슴이 벅차올라서 견딜 수가 없었다.

"아, 다행이군."

나오는 힐끗 고헤이의 옆얼굴을 훔쳐봤다.

"나, 그 사람과 헤어질까봐요. 어차피 남의 것이고 애도 둘이
나 있고."

둔감한 고헤이는 상대방의 말에서 숨은 뜻까지 알아차리지
못했다. 멍하니 대답을 했다.

"아이라면 우리 집에도 한 명 있어."

국어 교사는 이상하다는 표정을 지었다. 작은 소리로 말한다.

"아이가 있어서 안 된다는 뜻은 아닌데."

둘은 엘리베이터에 탔다. 유리 상자가 아래로 미끄러져 내려
가자 거리의 불빛이 선명하게 다가온다.

"오늘 밤은 아주 즐거웠어요. 첫 데이트고 한노까지 돌아가야
하니까 1차만 하고 돌아갈게요. 다음에는 도쿄 친구 집에서 잘
거니까 작정하고 마셔요."

지상에 도착하기 전에 나오가 재빠르게 말했다.

"알았어. 나도 즐거웠어. 우리 와이프 이야기를 오랜만에 해
서 좀 숙연해졌지만."

엘리베이터 문이 열리고 둘은 석조로 마감된 밝은 홀로 걸어
나갔다. 천장이 꼭대기까지 뚫린 구조로 호화로운 샹들리에가
뿜어내는 빛이 눈부셨다.

"고헤이 씨."

누군가 갑자기 이름을 불렀다. 목소리가 나는 쪽을 돌아보니
긴자 클럽 소와레의 쓰바키였다. 검은 시스루 소재의 드레스를
입고 있었다. 쓰바키는 매력적인 미소를 짓고 있지만 눈은 웃고

있지 않았다. 나오가 물었다.

"아오다 씨의 친구예요?"

왜 긴자에서 일하는 여자를 시부야에서 만나게 된 걸까. 최악의 타이밍이다.

"아, 그, 이쪽은……."

검정 드레스를 입은 여자가 도중에 고헤이의 말을 끊었다.

"고헤이 씨가 자주 들르는 긴자 클럽에서 일하는 쓰바키라고 합니다. 기억해주세요."

미소를 지은 채 가볍게 인사를 한다. 불꽃이 일 것 같은 인사였다. 나오도 열을 받은 모양이었다.

"저는 사이타마에서 중학교 국어 교사를 하고 있습니다. 쓰보우치 나오입니다. 잘 부탁드립니다."

고헤이를 사이에 두고 샹들리에 아래에서 두 여자가 서로 바라봤다.

"고헤이 씨, 가게도 좋지만 또 가케루와 셋이서 드라이브 가요. 제가 메일 보낼게요."

쓰바키는 등을 꼿꼿이 펴고서 엘리베이터를 탔다. 문이 닫히기 직전에 고헤이를 향해 의미심장하게 고개를 끄덕였다. 나오가 작게 외쳤다.

"뭐예요, 저 사람. 말도 안 돼!"

# 5

그날 저녁 나오를 부도심선 시부야역 개찰구까지 배웅했다. 갑자기 번화가 지하에 출현한 공항 같은 모던한 인테리어다. 문 단 바의 쓰바키와 우연히 맞닥뜨렸기 때문인지 나오는 말수가 적어졌고 고헤이를 쳐다보려고도 하지 않았다. 쓰바키와 나오, 두 여성 모두 깊이 사귀고 있는 것도 아닌데 왜 그러는지 참 곤란하게 됐다.

하지만 고헤이는 남의 일같이 두 사람의 신경전을 쳐다봤다. 자신에게 매력이 있는 게 아니라 그 상황이 되면 어떤 여자도 작은 경쟁심에 불타게 될 것이다. 자동적으로 라이벌 의식이 생기게 마련이다.

손목시계를 보자 밤 10시 반이었다. 이번에는 너무 늦지 않을 거라고 생각해 장모에게 가케루를 부탁하지 않았다. 가케루가 혼자 자러 갔을 시간이다. 고헤이의 머리에는 아까까지 같이 있던 여성의 그림자가 존재하지 않았다. 나오가 물어보는 바람에 죽은 아내 이야기를 그렇게 길게 해버려서 그럴지도 모르겠다.

4년 전에 죽은 아내 히사에가 떠올랐다가 사라진다. 만난 지 얼마 되지 않은 젊은 날의 모습, 그때는 서로가 20대 중반이었다. 믿을 수 없을 정도로 젊었다. 가족만 불러서 개최한 간단한 결혼 피로연 파티, 그것은 아오야마 골목에 있는 가정집을 개조한 레스토랑이었다. 가케루가 태어났을 때의 피곤하지만 자랑스러운 표정. 땀 때문에 앞머리가 이마에 딱 붙어 있었다.

하지만 히사에의 웃는 얼굴은 가케루가 성장함에 따라 점점 기억 속에서 사라져갔다. 눈에 보이지 않는 그림자가 히사에의 몸을 휘감고 있었다.

그리고 그 사고가 일어난 저녁이 찾아왔다. 계속 봉인되어 있던 의문이 고헤이의 가슴속에 폭풍의 검은 구름처럼 마구 일어나기 시작했다.

(히사에는 정말 사고사였을까.)

뜨뜻미지근한 9월의 저녁, 아오야마 거리를 걷는 고헤이는 이유를 알 수 없는 한기에 몸이 떨렸다. 그날은 5월 어느 날의 저녁이었다.

그날 고헤이는 단편소설을 한 줄도 쓰지 못해 괴로워하고 있었다. 이야기도 인물도 머릿속에 있는데 단 한 단어도 쓸 수 없었다. 포기하고 침대에 들어간 것은 새벽 1시가 지난 무렵이었다. 잠들기 전에 가케루의 침대를 확인한 것까지도 기억하고 있다. 가케루는 더위를 많이 타는 편이라 늘 이불을 걷어차고 자기 때문에 감기에 걸리는 일이 잦았다.

짜증스럽게 잠든 새벽이었다. 베갯머리에 둔 휴대전화가 울렸다. 눈을 뜨면서 동시에 손을 뻗었다. 히사에는 침대 옆에 없었다. 고헤이는 틀림없이 아내에게서 온 전화라고 생각했다.

"오늘도 늦네. 밤샘이야?"

들려오는 목소리의 주인공은 남자였다.

"여기는 쓰키지 경찰서입니다. 아오다 고헤이 씨입니까? 부인이신 히사에 씨가 수도고속도로에서 사고를 당하셨습니다. 지요다구 후지미의 도쿄 테이신병원으로 이송되었습니다. 지금 당장 병원으로 가시기 바랍니다."

한 대 얻어맞은 듯 벌떡 일어났다. 동시에 보험증이 필요한가 하는 의미 없는 의문이 떠올랐다.

"아내는, 히사에는 괜찮습니까?"

"상당히 중상입니다. 바로 가십시오."

고헤이는 침대에서 뛰쳐나와 청바지로 갈아입고 블루종을 걸쳤다. 가케루를 데리고 갈까 고민했지만 자는 채로 두고 가기로 했다. 입원이 길어진다면 얼마든지 면회할 기회가 있을 것이다. 그렇게 낙관적으로 생각했다.

그날 새벽의 가구라자카 거리를 잊을 수 없다. 아무도 없는 비탈길에 홍백의 초롱만 흔들리고 있었다. 고헤이는 급한 마음에 오쿠보 거리까지 달려가 거기에서 택시를 잡아탔다. 자신의 부모와 장인 장모에게는 자동차 안에서 휴대전화로 전화를 했다. 첫차로 이쪽으로 온다고 한다. 가구라자카에서 병원까지는 몇 분밖에 걸리지 않았다. 창구에 얼굴을 내밀고 자신의 이름을 말하자 간호사가 바로 응급센터로 안내해줬다.

센터 중앙에는 치료대가 있었다. 그 주위를 처음 보는 의료 기기가 둘러싸고 있었다. 대 위에 뭔가 인형 같은 것이 누워 있었다. 그 몸에 젊은 남자 의사가 올라타서 심장 마사지를 계속하고 있었다. 우뚝 서버린 고헤이에게 나이 든 의사가 말했다.

"남편분이십니까?"

고헤이는 핏기를 잃은 얼굴로 고개만 끄덕였다.

"여기 이송되고 나서 30분 이상 소생술을 계속하고 있습니다. 심폐 정지 상태입니다. 환자를 편하게 해주기 위해서 조치를 종료해도 되겠습니까?"

첫마디가 그건가. 고헤이는 자신도 알아차리지 못한 사이에 고개를 끄덕이고 쓰러질 듯 치료대로 향했다. 젊은 의사가 대에서 내려와 목례를 했다. 히사에에게 연결되어 있는 기계의 디스플레이에는 깔끔하게 직선이 표시되어 있었다.

"얼굴을 봐주십시오."

나이 많은 의사가 고헤이에게 아내의 얼굴을 확인하라고 재촉했다. 피부가 새파랬지만 히사에의 얼굴은 아름다웠다.

"사망 시간을 확인하겠습니다."

혼도 내장도 모두 빠져나가버렸다. 눈물도 말도 나오지 않았다. 고헤이는 겨우 허락의 의사만 전달하고 히사에의 차가운 볼에 손을 댔다.

그날 새벽부터 고헤이의 인생에서 가장 긴 하루가 시작되었다. 가장 괴로운 것은 집으로 돌아가서 가케루를 데리고 다시 병원으로 가는 것이었다. 초등학교 1학년이라 엄마의 갑작스러운 죽음을 잘 이해하지 못하는 것 같았다. 사고 이야기를 해도 가케루는 필사적으로 영안실에 안치된 히사에를 흔들어서 깨우려고 했다. 고헤이가 할 수 있는 것이라고는 울고 있는 가케루를 꽉 끌어안는 것뿐이었다. 여기서 자신이 슬퍼하면 이 아이의 충격은 더욱 커질 것이다. 고헤이는 눈물을 봉인해버렸다.

아침이 되자 부모와 친구, 회사 동료들이 속속 병원으로 모여들었다. 다들 히사에의 소식에 놀라고 애도의 말을 전했다. 영안실 앞 벤치에서 고헤이가 허무한 미소를 지으며 무수한 위로의 말을 듣고 있을 뿐이었다.

그날의 인상은 강렬했지만 그 후에 일어난 일은 거의 기억하지 못한다. 근처의 화장터에서 장례식을 올렸지만 기억에서는 그 부분만 도려내져 있었다. 대부분의 편집자가 달려온 것 같았는데 꿈속 장면처럼 현실감이 없었다. 너무나 조용한 폭풍 같은 날들을 자신은 어떻게 헤쳐나왔을까.

고헤이가 울었던 것은 히사에의 장례식 후 7일째 되는 날이었다. 푸근하고 따뜻한 초여름의 쾌청한 아침이었다. 가케루를 학교에 보내고 설거지를 하고 세면대에서 이를 닦으려고 칫솔에 손을 뻗었다. 컵에는 아직 히사에의 연파랑 칫솔이 꽂혀 있었다.

이유는 모른다. 단지 눈물이 폭발적으로 흘러넘쳐서 멈출 수 없었다. 이를 닦으며 울고 도쿄의 하늘에 있는 태양을 보고 울고 거실에 있는 소파와 테이블을 보고 울었다. 정신을 차리고 보니 이 세상에 있는 모든 것이 슬픔으로 이루어져 있었다. 눈물이 자꾸만 흘러넘치는 것이 불가사의했다. 사람의 얼굴 어딘가에 눈물샘이 있다지만 거기에 이렇게나 많은 양의 눈물이 고여 있는 걸까. 마음 한편으로 냉정하게 그런 것을 생각해도 눈물이 멈추지 않았다.

그로부터 두 시간 동안 고헤이는 울고 또 울었다. 머리가 아파서 원고 쓰기를 포기하고 커튼을 치고 방으로 들어가 자버렸다. 그날 이후로 히사에 때문에 우는 일은 없었다. 단지 생각을 떠올리면 다시 혼도 내장도 다 뽑힌 텅 빈 느낌이 찾아왔다.

죽음은 단지 사라지는 것이었다. 절대적으로 영원히 없어진다. 그것뿐인데 왜 이렇게 슬플까.

여름 막바지의 아오야마 거리는 정처 없이 산책하기에는 딱 좋은 날씨였다. 건조한 저녁 바람은 차갑지도 뜨겁지도 않다. 투명한 손가락이 몸을 어루만지며 지나갔다. 이런 기분으로는 혼잡한 전철에 타고 싶지 않았다. 시부야에서 가구라자카까지 걸어가도 그다지 먼 거리는 아니다.

그러고 보니 사고 당시 히사에에 대해 할 말이 있다고 한 회사 동료가 있었다. 이름이 아쿠쓰였다. 몇 번이나 연락이 왔지만 고헤이는 히사에의 친구와 만나서 감정이 흔들리는 게 싫어서 넌지시 거절했다.

사고로부터 4년이 지났지만 히사에의 휴대전화는 아직 살아 있다. 오늘 밤에 돌아가서 메일을 보내보자. 그날 밤 일어난 일이 진짜 과실이었을까, 아니면 히사에 스스로 원해서 일어난 사고였을까. 고헤이의 가슴에는 오랫동안 눌러둔 의구심이 회오리바람을 일으키고 있었다.

## 6

—

아쿠쓰 시즈코는 작고 몸집이 통통한 여성이었다. 나이는 아내와 같아서 올해로 서른아홉이라고 한다. 히사에가 살아 있다면 이렇게 통통해져 있을까. 중년 비만이 시작되어도 이상하지 않은 나이다. 하지만 죽은 자는 언제까지고 젊은 그대로다.

밝은 햇살이 들어오는 야에스의 카페였다. 창밖에서는 정장 차림의 무표정한 비즈니스맨들이 분주하게 오가고 있었다. 갑작스러운 연락에도 불구하고 시즈코는 바로 시간을 내주었다. 9월 말의 창 너머 햇살은 아직 여름의 열기를 품고 있었다.

"히사 짱은 그날 오후나에 살고 있는 평론가 선생님께 자료를 건넨 후 돌아가는 길이었어요. 제멋대로인 사람이었어요. 그 책이 오늘 밤 중으로 없으면 원고를 쓸 수 없다고 해서. 시간은 많이 있었을 텐데. 그게 지금까지도 분해요. 그 후부터 그 사람의 일은 절대로 맡지 않아요."

고헤이는 저명한 미술 평론가의 이름을 잊고 있었다. 4년 전에 원망한 적도 있었지만 억지로 머리에서 추방해버렸다.

"히사에는 그 사고 전에 어떤 상태였습니까? 회사에서 뭔가 이상한 점이라도 있었습니까?"

자신이 생각하던 것보다 훨씬 절박한 목소리가 나와버렸다. 시즈코는 입을 한일자로 꾹 다물고 창밖으로 눈을 돌렸다. 고민하고 있는 듯했다.

"매일 바빴지만 우리 편집부에서는 딱히 문제가 없었습니다. 그것보다도 히사 짱 쪽이……."

히사에는 작은 미술 전문 출판사의 잡지 편집부에서 일하고 있었다. 예산은 한정되어 있고 사람은 부족하고 교정이 완료되기 전까지 철야의 연속이었다. 과로로 인한 우울증에 걸린 건 아닐까. 고헤이는 그 가능성도 배제하지 않았다.

"회사에서가 아니라 히사에 개인에게 문제가 있었습니까?"

시즈코는 고헤이의 눈을 똑바로 쳐다봤다. 고헤이도 피하지 않고 응시한다.

"그건 아오다 씨가 잘 아실 거라고 생각해요. 적어도 히사 짱은 강했으니까 일을 할 때 괴로워하는 모습을 보여준 적이 없었어요."

고헤이는 아무 말도 하지 않았다. 같이 살고 아이까지 만들었지만 배우자 속마음까지 알 수는 없었다. 불가능하다. 그것은 남자도 여자도 마찬가지라고 생각하지만 여기에서 그런 말을 한들 무슨 소용이 있겠는가.

"단지 제게만 힘들다고 말했어요. 무슨 이유인지 모르겠지만 사는 게 너무 힘들어졌다고."

"그랬습니까……."

고헤이는 앞에 놓인 커피잔을 들여다봤다. 작고 검은 회오리가 천천히 돌고 있었다. 시즈코가 말했다.

"히사 짱은 집에서 어땠어요?"

그러고 보니 그 봄에 히사에는 무척 이상했다. 묘하게 울적하기도 했고 반대로 너무 활달하기도 했다. 평소에는 차분하고 이지적인 여성이었지만 감정의 기복이 심해진 것 같은 느낌이 들었다.

"지금 생각이 났는데 사고가 일어나기 바로 직전의 일요일에 제가 가케루와 근처 공원에 놀러 갔었습니다. 저녁 늦게 돌아와 보니 집에 불이 켜져 있지 않았습니다. 아무도 없나 싶어서 거실로 가보니 히사에가 발코니에 있었습니다. 얼마 남지 않은 저녁 놀을 향해 맨발로 서 있었습니다."

바람에 훨훨 날리는 흰색 원피스가 지금도 선명하게 떠오른다. 그때 느꼈던 5월의 바람은 이 세상의 것이 아닌가 싶을 정도로 부드러웠다.

"그래서 히사 짱은 뭐라고……."

고헤이는 뜨거운 커피를 한 모금 마셨다. 이 이야기를 남에게 하는 것은 처음이다.

"뭐 하고 있냐고 물었더니 히사에가 말했습니다. 세상이 너무 아름답고 완벽하다고. 그런데 다들 이걸 알까 하고 말입니다."

시즈코가 쿡 하고 웃었다.

"히사에 짱답네요. 걔는 가끔 철학적인 얘기를 한다니까요."

고헤이는 떨렸다. 그날의 기억은 저녁노을의 아름다움도, 히사에의 평화로운 표정도 아니다. 아내가 자신을 바라보며 웃고 있었다.

"그러고 나서 히사에가 말했습니다. 만약 여기서 자신이 뛰어내린다면 어떻게 될까. 그래도 이 세상의 완벽함은 변하지 않을 거야, 그치. 틀림없이. 하지만 내가 산산조각이 나서 흩날리면 모두에게 피해를 주니까 뭔가 튼튼한 봉지에 들어가는 편이 좋을까."

테이블 저편에서 아내의 동료가 숨을 삼켰다. 잠시 침묵이 이어지고 고헤이가 다시 말했다.

"나는 그런 생각을 하면 안 된다고 말했습니다. 뭔가를 생각하는 것만으로도 엄청난 힘이 있어서 사람은 생각하는 방향으로 바뀌어버린다고. 그러니까 나쁜 생각을 멀리하라고."

그때 둘이서 발코니에 있을 때 가케루가 거실로 들어왔다. 고헤이는 가케루에게 마맛치와 이야기할 게 있으니까 자신의 방에 들어가 있으라고 했다. 바람이 점점 차가워진 12층의 발코니에서 고헤이는 아내의 몸을 계속 안고 있었다. 한번 기회를 잡으면 기억은 급류처럼 되살아난다. 고헤이는 히사에의 가슴 두께와 어깨가 튀어나온 정도, 몸속의 뜨거운 기운까지 떠올라서 숨쉬기가 힘들어졌다.

시즈코가 넋이 나간 표정으로 말했다.

"그랬나요, 히사 쨩이 그런⋯⋯."

아내의 동료는 의자에 걸어둔 숄더백에 손을 뻗었다. 안에서 편지 봉투 하나를 꺼냈다. 받는 사람 이름도, 우표도 없었다. 시즈코는 고헤이 쪽으로 스윽 밀었다.

"이건 그 사고 후에 건네려고 했는데 못 건네고 말았던 거예요. 히사 쨩은 글 쓰는 걸 좋아해서 가끔씩 내 책상 위에 편지를 올려놓곤 했어요."

고헤이는 까슬까슬한 감촉의 수입 봉투를 쥐었다.

"그 편지는 아오다 씨가 가지고 계시는 편이 좋을 거 같아요. 저는 이만 일어날게요. 회사에 들어갈 시간이라서요. 혼자 있을 때 천천히 읽으세요."

그렇게 말하고 시즈코는 500엔 동전 하나를 테이블 위에 올려놓았다.

"그리고 만약 히사 쨩에 대해서 뭔가 이야기를 하고 싶은 게 있으시면 언제든지 연락주세요. 히사 쨩은 회사에서 단 하나밖에 없던 친구였어요."

시즈코는 자리에서 일어나 넓은 카페 출입구로 향했다. 고헤이는 마비된 듯 동그란 뒷모습을 배웅하고 손에 든 봉투를 엄지

손가락으로 문질렀다. 읽어야 하는 편지지만 읽고 싶지 않았다.

벌써 4년 전에 끝난 일이다. 자신이 무엇을 알아도 이미 벌어진 일은 바뀌지 않는다. 그러나 고헤이는 진실이 알아야만 했다. 그로 인해 자신이 큰 상처를 받게 되더라도 상관없다. 그것을 확인하지 않으면 자신이 히사에라는 한 명의 여성과 만나 인연을 맺은 의미가 없다. '가난할 때도 풍요로울 때도 병이 났을 때도 건강할 때도'라는 맹세의 말은 지금도 유효하다. 히사에를 알아야 한다.

고헤이는 옆으로 긴 봉투를 열었다.


살아 있다는 것은 정말 불가사의해.

자랑스러운 남편과 어린 아들이 있고 힘들지만 좋아하는 일도 하고 있어. 작은 아파트도 샀고 시즈 짱과 달리 체중 걱정을 하지 않아도 되지. 행복의 조건이라는 게 있다면 아마 나는 거의 (작은) 행복의 조건을 충족하고 있는 걸 거야.

그런데 마음은 만족을 모른다고 하네. 이렇게 완벽한 세상에 살아서 괴롭기만 해. 가끔 내가 사라진 세상을 상상해보곤 해.

회사는 아마 괜찮겠지. 잡지의 완성이 약간 늦어지는 정도, 그 정도면 괜찮지 뭐. 시즈 짱은 울 것이고. 남편은 좋은 사람이니 안심하고 아이를 맡길 수 있어. 나와는 정반대 타입의 여성을 만나서 분명 지금보다 더 행복해지겠지. 그럴 것 같아. 가케루는…… 그 아이가 안됐지만…….

나도 늘 꿈을 꾸는 사람인가봐. 자신이 없어진 세상을 상상하고 혼자서 센티멘털한 기분에 젖다니. 원고는 아직 안 들어왔어. 이제 곧 새벽 4시. 이 편지는 새벽에 꾼 이상한 꿈이라고 생각하고 잊어줘.

교정 끝나면 맛난 거 먹으러 가자.


아오다 히사에


고헤이는 중간쯤 지난 부분부터 눈물이 나서 곤란했다. 밝은 오후 오피스 빌딩이 늘어선 있는 거리의 카페 안이다. 자신이 다른 여성과 행복해진다는 문장에서 놀랐다. 히사에가 그런 걸 생각하고 있었나.

가케루에 대해서 쓴 단 한 문장에서는 눈물이 멈추지 않았다. 히사에도 분명 원통했을 것이다. 고헤이는 고개를 숙이고 눈물로 얼룩진 편지를 몇 번이고 읽고 또 읽었다.

## 7

　여름이 아직 남아 있는 9월이 끝나고 10월이 시작되었다. 아침저녁으로 바람이 건조하고 공기는 유리 가루라도 뿌린 듯 맑고 차가워졌다. 죽은 아내의 동료에게 전해 받은 편지는 고헤이에게 무거운 충격을 주었다. 거기에 적힌 대로라면 단지 판타지가 아니라 진짜 자살을 원하고 있었던 것이 아닌가. 히사에는 왜 그 정도로 열심히 '자신이 없어진 세상'을 상상해야만 했을까.

　생각할수록 고헤이의 가슴은 괴로움으로 채워져갔다. 10년째에 내는 승부작이라고 마음먹고 있는 「소설 호쿠토」의 새 연재도 손을 대지 못한 채로다. 자료를 읽을 마음도 안 생기고 플롯을 확장시키려고 해도 어느새 마음은 소설 세계를 떠나 히사에 죽음의 수수께끼로 향하고 있었다.

　고헤이의 마음속 깊은 곳에 붙어 있는 의문은 단 하나뿐이었다. 과연 아내의 죽음은 사고에 의한 것인가 아니면 자살인가. 그로부터 4년이나 지났다. 그 답을 알게 되었다고 해서 죽은 히사에가 살아 돌아올 리 없다. 아무리 일에 집중하려고 해도 억지로 누르고 있던 의문이 가슴 깊은 곳에서 솟아올라와 마음의 표면을 점점이 그리고 점차 점령해간다. 고헤이로서도 더 이상 거스를 수 없다. 다른 것을 생각할 수도 도망갈 곳도 찾을 수 없다.

사람의 마음은 불편한 것이다. 자신이 생각하고 싶은 것을 자유롭게 선택할 수 없다. 마음은 가끔 생각하고 싶지 않은 것만 들이댄다. 이 문제를 외면하지 말고 확실히 해라. 아픔과 괴로움을 끌어안고 언제까지고 버텨라. 말도 안 되는 요구만 한다. 마음은 너무 제멋대로 구는 주인이다. 작가인 고헤이는 소설을 많이 닮아 있다고 느낀다. 휴전 상태일 때는 좋지만 한번 문제가 발생하면 작가는 작품에 코가 꿰여 억지로 여기저기 따라다니게 된다. 누구나 자신의 일부라고 착각하지만 마음과 창작만큼은 마음대로 할 수 없는 자신의 일부다.

"저기 칫치, 무슨 일 있어?"

가케루가 그렇게 물어온 것은 우울한 10월의 둘째 주 일요일이었다. 여유롭게 주말을 보낸 일요일 저녁에는 가정마다 특별한 분위기를 띤다. 휴일이 끝나버린 쓸쓸함과 평화로운 만족감 거기에 내일부터 시작되는 일주일에 대한 희미한 기대감. 계절은 레이 브래드버리(Ray Douglas Bradbury, 1920~2012: 미국의 소설가 - 옮긴이)가 묘사한 황금의 10월이다. 아빠와 아들 둘만 사는 아오다네 집에서도 평소라면 일요일 저녁은 특별하다.

가케루의 목소리는 꽤 가라앉아 있어서 무미건조하게까지 느껴졌다. 이 아이는 민감해서 이럴 때는 깊이 생각한 후에 말을 한다. 10년 이상 아빠를 하고 있으면 아이를 보는 눈도 날카로워진다. 고헤이는 열심히 밝은 목소리를 냈다.

"칫치는 아무 일도 없는데. 가케루가 너무 예민한 거 아니니?"

고헤이는 식탁 위로 시선을 떨어뜨렸다. 절반 정도 남은 직접 만든 햄버거 스테이크가 접시 위에서 식어간다. 식욕도 없는데 젓가락으로 잘라서 억지로 입속으로 밀어 넣었다.

"요즘 칫치가 이상해. 또 이소가이 씨가 재미있는 소설이라도 쓴 거야?"

고헤이는 저도 모르게 웃고 말았다. 『푸른 하늘의 밑바다』을 읽고 자신감을 상실한 것은 초봄의 일이었다. 이소가이 히사시는 나오모토상을 받은 후 더욱더 기세를 올리고 있다. 어느 서점을 가도 매대의 한 부분을 차지하고 있다. 나오모토상을 수상하면 과거의 작품까지 거슬러 올라가 모든 단행본과 문고판이 중쇄된다.

"이소가이는 새 책을 내지 않았어. 칫치는 전과 변함없다고 생각하는데."

가케루는 젓가락 끝으로 곁들인 당근을 쿡쿡 찌르며 말했다.

"하지만 칫치는 전처럼 혼잣말을 해."

고헤이는 아차 싶었다. 히사에의 죽음에 대한 의문을 이 아이가 듣지는 않았을까. 아내가 죽고 나서 원하지 않은 독신 생활을 보내는 고헤이는 혼잣말이 늘었다.

"칫치가 뭐라고 하는데?"

"무슨 말하는지는 중얼거려서 잘 안 들려. 하지만 늘 마맛치라든지, 히사 쨩이라든지 하는 말은 들려. 마맛치에게 무슨 말을 하고 싶은데……. 마맛치는 죽어서 아무 데도 없는데."

남자아이는 눈물을 흘리지는 않았다. 슬픔은 짙은 검은색으로 딱딱해져 눈동자의 모양으로 박혀 있다. 고헤이는 가슴을 도려낸 것 같았다. 언제나 가케루에게 이런 마음을 들게 만들 수는 없다. 이제부터는 정말로 혼잣말하는 건 그만두자.

"가케루, 미안. 마맛치하고 관련이 있는 일이 생각나서 말이야. 가케루랑 전혀 관계가 없는 일이고 중요한 문제도 아니니까 신경 쓰지 마. 그것보다도 디저트 먹고 싶지 않니? 칫치는 아이스크림 먹고 싶은데. 같이 편의점에 사러 갈래?"

남자아이는 나쁘지 않다는 표정으로 가볍게 고개를 끄덕였다. 화려한 가구라자카의 거리를 아빠와 같이 저녁에 산책하는 것을 좋아한다. 고헤이는 억지로 웃음을 지으며 말했다.

"좋아, 그럼 나가기 전에 가케루는 마지막 당근을 먹어야지."

드디어 남자아이의 얼굴에 본래의 밝은 웃음이 돌아왔다.

"뭐야~ 알았어. 그럼 칫치도 햄버그 스테이크 남기지 말고 다 먹어야 해."

고헤이는 햄버그 스테이크를 입에 집어넣고 맛이 나지 않는 조각을 단숨에 넘긴 후 웃옷을 가지러 침실로 갔다.

10월 중순에 새 책『칫치와 아들』의 저자 증정본으로 열 권이 고헤이에게 배달되어 왔다. 글이 잘 써지지 않아 고민하던 고헤이도 이때만은 기뻤다. 상자를 열자 코를 자극하는 잉크 냄새를 확 풍기면서 새 책이 모습을 드러냈다. 이번 표지는 주인공 둘, 프리랜서 작가인 아버지와 초등학생 남자아이의 일러스트였다. 백지에 다정하게 손을 잡고 걷는 뒷모습이 그려져 있고 여백에는 빨간 손글씨체로 크게 제목이 들어가 있다. 왠지 옛날 가족 영화 포스터 같이 따뜻한 느낌이다.

디자이너가 보내온 시안보다도 실제로 인쇄된 책이 훨씬 선명하고 완성도가 높아 보이는 것은 왜일까? 이 뛰어난 인쇄 기술은 마술일지도 모른다.

평상시처럼 두 권 골라서 서재 책장에 꽂았다. 띠지 뒤쪽에는 '저자가 혼신을 다해 쓴 가족소설의 걸작'이라고 되어 있다. 지나치게 성대한 과찬의 말이다. 이 책만 특별하게 '혼신'을 다한 것도, '걸작'으로 완성된 것도 아니다. 저자인 고헤이도 알고는 있다. 광고 문구는 거창하게 뽑는 거라는 것 정도는. 띠지 문구는 편집자가 쓰지만 지나치게 거슬리지 않으면 정정하지 않는다. 책을 쓰는 것은 자신의 특기지만 책을 파는 것은 편집자가 전문이다. 게다가 아무리 거창한 말을 띠지나 광고에 박아 넣어도 지금까지 고헤이의 책은 전혀 팔리지 않았다. 서적 광고는 참 어려운 분야다.

달력은 어두운 10월에서 더 어두운 11월로 바뀌었다. 고헤이는 내심 『칫치와 아들』에 기대를 하고 있다. 분카슈토의 베테랑 편집자도 말했다. 이것이 고헤이의 승부수가 될 작품이라고. 전작인 『텅 빈 의자』로 나오모토상 후보에 처음 오르고 또 처음으로 증쇄에 들어갔다. 어쩌면 새 책이 정말 돌파구가 될지도 모른다. 책이 팔린다는 감각을 고헤이도 맛볼 수 있을까.

달콤한 예측에 걸맞는 기대를 힘들게 기다리고 있다. 10월 25일 발매일이 지나도 편집자로부터는 아무런 연락이 없다. 지금까지 모든 단행본과 마찬가지였다. 1주일, 2주일 시간이 지나도 증쇄한다는 연락은 없다. 또 언제나와 마찬가지로 초판으로 끝이 나겠구나. 그렇게 단념하니 씁쓸하지만 마음은 편했다.

히사에 일은 신경이 쓰였지만 새로운 일을 하지 않으면 가케루와 둘만의 생활을 영위할 수 없어서 조금씩 꾸역꾸역 새 연재 원고를 쓰기 시작하고 있다. 장편소설의 첫 부분은 상당히 손이 많이 간다. 하루에 두세 장씩 단어 하나하나를 확인하면서 감각적으로 써내려간다. 그렇게 문장이 만들어지고 단락이 쌓여간다. 엄청나게 신경이 쓰이는 피곤한 작업이다.

고헤이에게 이 『둘의 비밀』은 진정한 의미에서 던지는 승부수다. 연재 제1회째의 원고 마흔 장을 다 쓴 후에는 몸도 마음도 머리도 한계에 다다랐다. 이 상태로 1년 동안 계속 써야 한다. 소설을 쓴다는 것은 중노동이다.

나오로부터 메일이 온 것은 11월이 끝나갈 무렵이었다. 내용은 간단했다.

✉ 『칫치와 아들』을 읽고 감동했습니다.

또 술자리 마련해주세요.

이번에는 2차도 괜찮습니다.

나오

# 8
—

"아오다 씨, 오늘 좀 이상해. 아까부터 소주 미즈와리를 벌컥 벌컥 마시질 않나."

나오는 테이블 건너편에서 복어튀김을 집어 먹고 있다. 회색 브이넥 스웨터가 둥그렇지만 팽팽하다. 말랐는데 의외로 가슴은 풍만하다.

"아, 요즘 생각이 많아서."

고헤이는 말끝을 흐렸다. 벌써 4년도 더 전에 죽은 아내 때문이다. 의논 상대가 아무도 없었다. 가구라자카의 골목 안에 있는 작은 복어 요릿집의 고아가리(초밥집이나 간이 요릿집 등에서, 테이블석과 별도로 한쪽에 마련한 다다미방의 객석 – 옮긴이)를 차지하고 있다. 노부부가 둘이서 운영하고 있는 작은 가게로 꽤 맛있다. 물론 고헤이의 지갑 사정으로도 돈 걱정 안 하고 먹을 수 있다. 섣달에는 역시 복어라며 좀 화끈하게 쏘기로 했다.

"흐음~ 그거 소설?"

"아니."

"그럼 가케루?"

"그것도 아니."

고헤이는 멋쩍게 웃었다. 나오는 이쪽의 기분 따위는 상관없이 점점 거리를 좁혀왔다. 그것이 신선하기도 하고 귀찮기도 했지만 그건 이쪽에서 문제를 끌어안고 있기 때문일 것이다.

"그러면 내가 들어도 모르는 일이겠네. 제대로 된 조언은 못하겠지만 그래도 얘기는 해보지 그래?"

고헤이도 튀김을 한 입 먹었다. 이 섬세한 생선의 감칠맛을 모르고 살았다니 젊다는 건 참 이상한 것이다. 복어는 나이를 먹을수록 맛있게 느껴진다. 어떻게 할까 망설이고 있는데 나오가 말했다.

"나, 남자는 다들 약하다고 생각해. 자신이 진짜 곤란에 처해 있거나 고민이 있으면 아무한테도 말 안 하는 사람이 대부분이거든. 그러니까 아슬아슬할 때까지 참다가 어느 날 갑자기 툭 하고 부러져버려. 40~50대 남성의 자살 원인은 경제적인 것만이 아니라 외톨이에다가 마음을 보이지 않아서 그런 것도 있다고 생각해. 가족도 친구도 동료도 가까이 있는데 말이야."

누군가에게 자신의 가장 비밀스러운 이야기를 한다. 그것을 잘 못 하는 남자는 자신 말고도 많을 것이다. 남에게 약한 모습을 보일 수 없을 만큼 남자들은 약하다. 고헤이는 소주를 마시며 생각했다. 자신은 소설은 쓸 수 있지만 가까운 사람에게 본심을 털어놓은 적이 있을까. 거의 없는 것 같다. 그것은 죽은 아내에게도 마찬가지다.

말하는 것으로 기분이 편해질까. 그러고 보니 나오는 처음 만난 날의 강변에서 갑자기 현재진행형의 불륜을 입에 담았다. 그때 깜짝 놀랐지만 그 때문에 고헤이와의 거리가 확 좁혀졌다.

고헤이는 자살이라는 나오의 말에 내심 가슴이 철렁 내려앉았다. 가슴이 찔리는 둔탁한 통증을 느끼는 것은 그야말로 히사에 죽음의 잔상이었다. 나오의 말에도 진실은 있다. 그 편지를 읽고 나서 고헤이는 아직 그 누구에게도 히사에의 마지막 날들을 이야기하지 않았다. 가슴의 괴로움은 점점 견디기 힘들 정도로 깊어지고 있었다. 고헤이는 망설이면서 말했다.

"이 이야기는 심각하니까 모처럼 만났는데 분위기가 어두워질지도 몰라."

나오는 소주 미즈와리를 벌컥벌컥 마시더니 한 잔 더 달라고 카운터 너머로 주문했다.

"아무리 어두워져도 좋아. 아오다 씨의 소설은 그 후 전부 다 읽었어. 다음은 작가로서 남에게 보일 수 있는 부분만이 아니라 개인적인 이야기를 듣고 싶어."

"……."

고헤이는 숨을 깊이 내쉬었다. 나오에 대해서는 잘 몰랐다. 그래서 거꾸로 얘기하기 쉬울지도 모른다. 기회는 지금이다.

"알았어. 이건 4년 전에 교통사고로 죽은 와이프에 대한 이야기야."

한번 이야기를 시작하자 고헤이는 말을 멈출 수 없었다.

히사에에 관한 이야기는 30분 정도 계속되었다. 만남에서 교제로, 결혼생활의 시작에서 가케루의 탄생까지 15년 이상의 세월을 달음박질해서 다 돌았다. 마지막 나날 속에 골똘히 생각에 잠겨 있던 모습과 교통사고에 대한 자세한 이야기까지 나오는 숨을 죽이며 들었다. 고헤이의 이야기는 4년 만에 아내의 친구로부터 건네받은 편지에서 끝났다. 아내가 자신이 사라진 후의 가족에 대해 적고 있는 불가사의하지만 가벼운 내용의 편지다.

그사이에 복어 코스 요리가 거의 다 나오고 마지막으로 죽이 나왔다. 너무나 진지하게 이야기를 하고 있어서 모처럼의 복어 코스도 전혀 맛을 알 수 없었다. 아깝다고 느낄 여유조차 없었다. 나오는 능수능란하게 달걀을 섞어 냄비 속에 조르르 부어 넣었다. 간장은 아주 조금만 떨어뜨린다. 복어죽을 그릇에 옮겨 담고 마지막으로 실파를 뿌렸다.

"여기요."

"고마워."

고헤이는 그릇을 받아들고 김이 나는 죽을 한 입 먹었다. 왠지 눈물이 자꾸만 맺힌다.

"복어를 먹는 방법은 많지만 역시 죽이 제일 맛있어."

나오는 그렇게 말하고는 시선을 피한 채 조용하게 먹는다. 불경기 탓인지 칸막이로 나뉜 좌식 좌석에는 고헤이와 나오 외에는 손님이 없었다. 아무 말 않고 부드러운 죽을 먹었다. 쌀 알갱이는 씹을수록 달았다. 한 알도 남기지 않고 깨끗하게 냄비 바닥까지 긁어 먹는다. 고헤이의 눈에서는 눈물이 자꾸만 흘러넘치고 있었지만 떨어지지는 않았다. 억지로 참고 있는 것이 아니다. 너무나 조용한 슬픔이었다.

"나는 히사에 씨의 진짜 마음을 모르겠어. 하지만 분명 부인은 행복했을 거라고 생각해."

고헤이는 얼굴을 들었다. 자신만이 아니라 나오의 눈까지 빨개져 있는 것을 보고 놀랐다.

"30대에 사귀기 시작해서 그 사람이 꿈을 이루기 위해 작가가 되었고 귀여운 아들까지 생겼잖아. 그 시간을 계속 봤잖아. 인간은 너무 행복하면 이런저런 쓸데없는 일까지 생각하게 돼. 아오다 씨가 지금도 괴로워하고 있다는 것은 히사에 씨를 지금도 사랑하기 때문이잖아. 그것만으로 천국에서도 충분히 행복하지 않을까."

흔한 위로의 말일지도 모른다. 죽은 자의 본심을 누가 알겠는가. 하지만 고헤이는 그 흔하디흔한 말이 고마웠다. 소설을 쓰고 있으면 효과적인 대사와 드라마틱한 설정에만 신경이 간다. 하지만 이 세상은 흔한 감정과 당연한 말로 이루어져 있다. 전하고 싶은 마음이 담겨 있다면 말의 형태 따위는 뭐든 상관없다.

"나오 씨, 고마워."

"기분이 좀 편해졌어?"

배가 부르고 나오의 말에 마음이 다독여졌지만 그래도 마음
이 가벼워진 것은 아니다. 지금까지 4년 동안 마음속 깊은 곳에
서 계속 생각하던 것이 드디어 수면 위로 떠올랐다. 쉽게 처리될
리 없다. 고헤이는 의식적으로 웃음을 만들어 보였다.

"뭐, 아주 조금이지만."

"그러면 오늘 밤은 맘껏 마시자고. 나는 여기 친구 집에서 잘
테니까 많이 늦어도 괜찮아."

고헤이도 오늘 밤은 장모에게 가케루를 부탁했다. 나오와 저
녁을 먹는다고 하니까 두말 않고 달려와 줬다. 무엇보다 나오를
고헤이에게 소개한 장본인이니까 당연하다.

"그럼, 2차는 어디로 갈까?"

가구라자카에 그저 살고만 있는 게 아니다. 고헤이는 머릿속
으로 몇 군데 가게를 검색했다.

"동굴같이 조용하고 어두운 와인 바가 있어. 거기 어떨까?"

나오는 눈물이 담긴 눈으로 웃었다.

"하하하, 나 동굴 좋아해."

밤같이 어두운 바였다. 발아래에 청색 간접 조명이 설치되어
있고, 카운터에는 성인 커플이 속삭이듯 이야기하고 있었다. 여
기는 자신이 지불한다고 고집을 부리는 나오는 무거운 레드와
인을 마셨다. 그날 밤 두 번째 건배를 하자 갑자기 말했다.

"아오다 씨…… 아니다. 고헤이 씨라고 해도 되지?"

이성으로부터 갑자기 성이 아닌 이름으로 불리는 것은 낯간지러운 일이다. 와인 잔을 한 손에 들고 고개를 끄덕이자 나오가 고헤이를 쳐다봤다.

"아까 고헤이 씨가 비밀을 말해줬으니까 나도 보답을 해야지. 이 이야기를 하는 건 고헤이 씨가 처음이야."

무슨 이야기이기에 이렇게 잰 척할까. 고헤이는 여유를 가지고 다음 이야기를 기다렸다. 미디엄 슬로의 피아노 트리오가 흐르고 있었다.

"나, 그 사람이랑 헤어지려고. 이제 불륜은 그만둘 거야. 벗어나는 데 몇 년이나 걸렸지만 이제 그만두려고. 진짜로 날 생각해주는 사람과 만나려고. 아깝잖아."

눈을 동그랗게 뜨고 취한 국어 교사를 바라봤다.

# 9

고헤이는 말을 잇지 못했다. 갑자기 불륜을 그만둔다고 젊은 여성으로부터 고백을 받았다면 어떻게 대답을 하면 좋을까. 용기 있는 고백인 건 알지만 고헤이 자신의 위치를 알 수 없었다. 죽은 아내의 이야기로 같이 눈물을 흘린 직후다.

"아, 그거 대단한 결단이네."

어두컴컴한 바 카운터에서 나오의 옆얼굴을 흘깃 쳐다봤다. 너무 쓸쓸한 표정을 짓고 있다. 여자가 이쪽을 바라보려고 하자 서둘러 시선을 돌렸다.

"진짜 지금까지 몇 번이고 헤어지려고 했지만 도저히 안 되더라고. 고헤이 씨가 내게 용기를 줬어."

"그건…… 정말 그래?"

이유를 알 수 없었다. 고헤이와 나오는 겨우 세 번 만났을 뿐이다. 나오의 불륜을 알고 있어서 사귀어볼 생각도 못 했다.

"죽은 부인과 가케루에 대한 얘기를 메일로 보내줬잖아."

며칠에 한 번 주고받는 메일에서는 자연스럽게 일상생활이 화젯거리로 오른다. 아직 사귀지도 않아서 좋다 싫다 뭐 그런 내용은 없었다.

"그래서 곰곰이 생각했거든. 만약 내가 죽는다면 그 사람은 4년이 지나도 날 고헤이 씨처럼 생각해줄까 하고. 그냥 부인과 아이들과 아무렇지도 않게 지내는 주임의 얼굴이 떠오르더라고. 앗, 내 상대는 우리 학교 학년 주임이야."

어떤 반응을 보여야 할지 당황스러워진 고헤이는 레드와인으로 입술을 축였다.

"아…… 그렇구나."

생각해보면 어느 회사나 학교에도 불륜 정도는 있을 것이다. 그러나 당당하게 말하는 당사자를 앞에 두고 있으면 곤혹스러워진다.

"내일 주임과 오랜만에 만나는데 그때 헤어지고 올게. 이제 나도 곧 서른이고 언제까지고 마누라와 자식이 있는 사람한테 질질 끌려다닐 수는 없으니까."

고헤이는 유리잔을 들고 말했다.

"힘내. 아마도 상대 남자는 필사적으로 들러붙을 테니까."

불륜 상대와 헤어질 때 대부분 꼴사나울 정도로 저항을 하는 것은 꼭 남자 쪽이다. 상대가 젊은 여성이라면 더욱 그렇다. 그 정도는 마흔이 되면 작가가 아니라도 충분히 예상할 수 있다. 닿을 듯 말 듯 유리잔을 맞대며 이유를 알 수 없는 건배를 하고 나서 나오는 와인을 비웠다.

"사실 갑자기 혼자가 되는 건 너무 불안해. 한 병 더 마실까? 고헤이 씨도 오늘 밤엔 나랑 같이 마셔줄 거지?"

나오의 눈은 아직 초점을 잃지 않고 있다. 술이 꽤 센 것 같다.

"알았어. 끝까지 같이 있어줄 거지만 진짜 한 병만 더 하는 거야. 알았지?"

"좋아."

나오는 고헤이가 모르는 와인 이름을 바텐더에게 말했다. 와인을 잘 아는 작가도 있지만 고헤이는 와인 이름이나 와이너리는 거의 몰랐다. 주는 술을 그저 맛있게 마실 뿐이다.

(이 사람과 나는 어떻게 될까.)

새 잔에 맑은 피같이 술이 쏟아진다. 고헤이의 가슴에는 아직 죽은 아내가 있다. 새로운 사랑을 시작할 준비가 안 되어 있지만 고헤이 자신도 그 사실을 알아차리지 못했다. 소설의 줄거리는 예측이 되지만 자신의 인생은 한 치 앞을 예상할 수 없었다.

소토보리 거리에서 택시를 잡아 취한 나오를 태웠다. 올해는 송년회 시즌이라도 쉽게 빈 차를 잡을 수 있었다. 세계적인 금융위기라고 하는데 그 여파가 출판계에까지 영향을 주고 있다. 잡지는 광고가 줄어 꽤 얇아졌다. 서점을 찾는 손님도 10퍼센트 이상 줄었다고 서점 직원들에게 들었다. 그러나 1쇄 작가인 고헤이에게는 불경기의 영향이 거의 없었다. 경기의 영향을 받지 않는 바닷속에서 조용히 작가 생활을 하고 있다.

머플러를 단단히 메고 장갑을 끼고 가구라자카의 비탈길을 올라간다. 비탈길 위까지 리드미컬하게 이어지는 가로등이 겨울 저녁에 선명하게 불을 밝힌다. 이 거리에 이사 온 지 벌써 10년 가까이 된다. 겨우 거리의 분위기나 많은 가게, 골목과 작은 길에 익숙해진 것 같다. 어른이 되면 옷을 차려입듯이 거리도 맵시 있게 이용할 줄 알게 된다. 그것이 아주 약간이지만 기뻤다.

가구라자카를 절반 정도 올라갔을 즈음 휴대전화가 울렸다. 손목시계를 보니 이미 심야를 지나고 있다. 쓰바키에게 온 메일이었다.

✉ 오늘 저녁에 『칫치와 아들』을

　　다 읽었어요. 대단했어요.

　　지난 작품은 울게 만드는 책이라면

　　이번에는 웃으면서 어느새

　　눈물이 차츰 나오는 느낌.

　　다음 나오모토상이 기다려지네요.

　　이제 가게가 끝났어요.

　　고헤이 씨도 마감이 끝나면

　　꼭 가게에 와주세요.

　　아니면 가게에서 보지 말고 데이트해요.♥

어느 누구라도 인생에 인기 많은 시기가 세 번은 있다고 하는데 그 마지막 시기가 찾아온 것 같다. 자신이 그런 기분이 될 수 없을 때에만 이성이 찾아온다. 아이로니컬하다.

나오든 쓰바키든 왜 책이 팔리지 않는 작가에게 호의를 보이는 걸까. 열한 살짜리 아들이라는 혹도 붙어 있다. 주택대출을 갚느라 고헤이는 생활의 여유도 없이 허덕이고 있다. 쓰바키의 가게에도 좀처럼 얼굴을 내밀 수 없을 정도다.

고헤이는 메일의 나오모토상이라는 단어에 가슴 밑바닥부터 추위가 찾아왔다. 한번 후보에 오르면 다음에 언제 자신의 책이 후보로 오르게 될지 모른다. 어슴푸레한 불안감이 다가온다. 후보에 오르지 못하면 지난 작품보다도 못하다는 평가를 받는 셈이니 실패작이 될 것이다. 자신의 실력이 하강곡선을 그리는 건 아닐까. 취해 있어서 쓸데없는 걱정만 떠오른다. 작가는 한 줄씩 완성해가므로 누구보다도 자신의 작품에 대해서는 잘 알고 있다. 하지만 그 작품의 좋고 나쁨만은 결코 작가 자신은 영원히 알 수 없다.

분카슈토의 편집자는 응원한다고 말했지만 상의 행방은 아무도 예상할 수 없다. 고헤이가 출중한 실력이 있다고 평가하는 선배 작가들이 몇 명이나 무슨 이유에서인지 상을 놓치고 있다. 저도 모르게 혼잣말이 나와버렸다.

"히사 짱, 듣고 있어? 문학상도 여자도 미래의 일도 다 모르겠어. 나는 어떻게 하면 좋을까. 내가 가는 길이 잘못된 걸까?"

가구라자카의 저녁 하늘을 올려다봤다. 맑아서 별도 안 보이는 하늘은 청색의 아크릴 판처럼 투명하다. 고헤이는 이럴 때조차 죽은 아내를 생각하고 있다. 진실을 몰라서 제일 마음이 괴로운 것은 이름을 부른 그 사람의 일이다.

(나와 가케루가 함께하는 매일이 그렇게 숨 막히고 힘들었나? 히사 쨩은 스스로 죽음을 원한 게 아니었지, 그렇지?)

언제나 진심으로 듣고 싶은 것은 말로 할 수 없다. 설령 자신의 아내 일이라도 마찬가지다.

# 10

열쇠는 아무리 조용히 열려고 해도 반드시 차가운 금속음이 난다. 누가 소리가 안 나는 열쇠라도 만들어줬음 싶다. 살금살금 소리를 죽이며 현관을 들어서자 안쪽 거실에서 희미한 불빛이 새어나오고 있다.

"이제 왔나."

장모 이쿠미다. 이만 닦고 자려고 생각했던 고헤이는 어쩔 수 없이 거실로 향했다.

"네, 다녀왔습니다. 가케루는 어땠습니까?"

이쿠미는 잠옷 위에 히사에의 스웨터를 걸치고 있다. 고헤이로서는 너무나 가슴 아린 차림이었다. 아내의 옷과 신발은 4년이 지났지만 거의 그대로 남겨두었다.

"언제나처럼 잘 지냈어. 칫치가 언제 돌아올까 하고 너무 자주 물었지만. 그것보다 나오 씨는 어땠나?"

고헤이는 식탁 의자에 앉았다. 이쿠미가 냉장고에서 물을 꺼내 주었다. 컵을 받으며 고헤이는 생각했다. 이 사람은 나오의 불륜을 알고 있을까. 그런데도 내게 소개해준 걸까. 어쩔 수 없이 적당히 둘러댔다.

"오늘 밤엔 꽤 취했습니다. 개인적으로 결단을 내릴 일이 있나봅니다. 자세한 내용은 제게도 말을 안 하더군요."

나오가 오래 만나온 불륜 상대와 헤어진다고 말하면 이쿠미는 어떤 반응을 보일까. 상상만으로 유쾌했다.

"그렇구나. 여자가 뭔가를 결정할 때는 남자와 달리 진심이니까 굳게 결심을 한 게지. 그것보다 이전에 말했지만 슬슬 고헤이 자네도 재혼을 진지하게 생각해야지. 이제 몇 년 후면 가케루도 사춘기라서 힘들어지니까."

취해서 돌아왔는데 갑자기 재혼 이야기라니 가슴이 타버릴 것처럼 쓰렸다. 남자아이도 중학생이 되면 아버지와는 거의 대화를 하지 않는다고 한다. 확실히 그런 시기에 새엄마를 소개하는 것은 너무나 힘들고 어려울지도 모른다.

"요전에 전화로 안사돈께는 얘기했네."

부모님은 같은 도쿄에 살고 있어서 그리 멀지는 않지만 설날과 여름방학 정도에만 얼굴을 비추고 있다. 고헤이는 어머니와 재혼 이야기를 한 적이 없다. 셔츠 속으로 차가운 얼음 조각이라도 들어간 것 같았다.

"뭐라고 하시던가요?"

"나와 같은 생각이시네. 잠시 얘기를 할 생각이었는데 시계를 보니 세상에 두 시간이나 전화를 하고 있었지 뭐야. 마지막에는 히사에 이야기로 둘 다 펑펑 울었어."

물을 마시며 그 장면을 상상해봤다. 저도 모르게 웃음이 났다. 이쿠미가 진지한 얼굴이 되었다.

"그래서 말인데 안사돈이 내게 전권 위임했어."

전권 위임? 꽤나 거창한 외교 용어다.

"뭘요? 저희 어머니와 이상한 약속 하신 거 아니죠?"

"전혀. 아주 진지한 이야기였어. 고헤이 자네가 나오모토상을 받기 전에 꼭 결혼시키자고. 어머님과 둘이서 정했지. 그래서 가능하다면 뭐든지 해도 된다고 그러셨어."

한밤중이 지난 거실에서 고헤이는 당황하고 말았다. 집에 돌아와서 안심이 된다는 선을 넘어선 얘기다.

"재혼은 알겠는데 왜 나오모토상 수상 전이라야 하는 거죠?"

이쿠미는 자신만만했다.

"그렇게 훌륭한 상을 받아 유명해지면 이상한 여자가 꼬일 거 아닌가. 자네는 멋진 남자니까. 일도 주문이 마구 들어와서 바빠질 거고. 가케루는 점점 힘들어질 것이고. 그러니까 현명한 여자를 맞는 게 좋아."

고헤이는 한 대 얻어맞은 듯했다.

한 번 후보에 오른 정도로 쉽게 상을 받는다고 착각하는 것은 문학 세계를 모르는 사람들의 착각이다. 고헤이의 생각 따위는 무시한 말도 안 되는 이야기지만 이유는 그럴싸한 것 같아 더 곤란하다. 다시금 현재의 후보자를 생각했다. 이쿠미가 소개해 준 '현명한 아내' 나오는 오랫동안 불륜을 저지르고 있다. 쓰바키는 견실하고 어른스러운 여성이지만 긴자의 문단 바에서 일하고 있다. 모두 이쿠미의 예상에서는 크게 벗어나 있지 않은가.

"알겠습니다. 하지만 억지로 밀어붙이지는 마세요. 제가 마음에 내키지 않습니다."

이쿠미는 묘하게 자신감이 있어 보였다.

"걱정 말게나. 내게 맡기게. 만약 나오 씨와 안 맞을 것 같으면 다른 여자 소개할 테니까. 젊은 사람, 미인, 스타일이 좋은 사람 원하는 대로 말만 하게나. 고헤이 자네라면 후보는 얼마든지 많으니까."

고헤이는 일어나서 의자 등받이에 걸린 코트를 집어 들었다.

"이제 그만 자러 들어가겠습니다. 하지만 왜 어머님이 그렇게 제 재혼에 열심이십니까?"

인사 대신 가벼운 마음으로 물었을 뿐이었다. 죽은 딸의 스웨터를 입은 이쿠미는 자세를 고쳐 앉았다.

"나는 히사에와 약속했어. 그 아이가 도중까지밖에 할 수 없었던 걸 어떻게든 완수하겠다고. 히사에는 지금도 고헤이 자네와 가케루의 행복을 바라고 있다고 생각해. 그렇게 되기 위해서는 역시 새 가족을 만들어야 해. 쓸쓸하지. 하지만 그렇게 생각하고 있어. 자네에게 미안하네. 자네 생각도 묻지 않고 멋대로."

젊은 딸을 잃은 어머니의 마음이 가슴으로 들어왔다. 히사에가 죽어서 슬픈 것은 남편인 자신만이 아니다. 고헤이는 가볍게 머리를 숙였다.

"알겠습니다. 저야말로 잘 부탁드립니다."

소리가 나지 않게 문을 조심스럽게 닫고 고헤이는 옷을 갈아입기 위해 침실로 향했다.


작가의 12월은 다른 업계보다 한발 앞서 찾아온다. 악명 높은 '연말 진행'이 시작되기 때문이다. 마감이 며칠 더 빨라질 뿐이지만 모든 잡지사에서 동시에 진행하기 때문에 일정이 꽤 빡빡하다. 연재가 많은 잘나가는 작가일수록 '연말 진행'의 여파는 막대하다.

고헤이는 현재「소설 호쿠토」에서 시작한 연재소설과 에세이 몇 개를 끌어안고 있을 뿐이다. 한 달에 쓰는 양은 원고지 60~70장 정도다. 결코 바쁘다고는 할 수 없지만 평상시처럼 마감 직전에 아슬아슬하게 원고를 넘기게 된다. 여유가 있어도 없어도 마지막에 허둥대며 탈고하게 되니 이 또한 소설의 불가사의함이다.

마감을 끝내고 연말의 가구라자카로 외출하는 것은 매우 즐겁다. 거리는 쇼핑하는 사람들로 혼잡했다. 아무리 성실한 고헤이라도 마감이 닥치면 저녁밥도 대충 처리하는 경우가 많았다.

오랜만에 오늘 밤은 스튜라도 만들까 생각 중이다. 히사에의 레시피대로 만든 크림 스튜는 가케루가 아주 좋아하는 음식 중 하나다.

비탈길 위에 있는 슈퍼에 들어가자 벌써 설날 음식용 식재료가 벽면을 가득 채우고 있었다. 스스로 요리를 하게 되기 전까지는 별로 신경 쓰지 않았지만 슈퍼는 계절감을 맛볼 수 있는 가장 좋은 곳으로 일종의 풍류마저 느껴진다. 내장을 뺀 연어를 소금에 절인 아라마키자케, 연어알, 검은콩, 콩을 달게 조리한 오타후쿠마메, 멸치볶음인 다쓰쿠리, 생선을 달달하게 조린 간로니, 청어를 다시마로 만 고부마키, 달걀말이인 다테마키. 가가미모치(鏡餅: 새해 신에게 바치는 크고 작은 둥근 떡 - 옮긴이) 위에는 선명한 오렌지색의 귤이 장식되어 있다. 색채에 민감한 고헤이는 빽빽하게 진열되어 있는 설날용 식재료의 화려함에 취했다. 일본의 설날은 실로 아름답다.

바구니 안에 연어알 팩을 집어넣으려고 할 때였다. 다운재킷의 주머니에서 휴대전화가 울렸다. 마감이 코앞일 때는 전화에도 신경질적이 되지만 이미 빨간 펜으로 수정까지 다 해서 넘긴 후라서 홀가분하게 받을 수 있다.

"아오다입니다."

"오랜만에 연락드립니다. 지금 시간 괜찮으십니까?"

예의 바르게 인사하는 이는 분카슈토 제2문예부의 오쿠보였다. 슈퍼 안에는 BGM으로 전통 현악기 연주곡 「봄 바다」를 크게 틀고 있다. 고헤이는 연어 알을 다시 내려놓고 바구니를 든 채 슈퍼 밖으로 나왔다.

"네, 괜찮습니다."

오쿠보는 신바람이 나 있다.

"축하드립니다."

(도대체 뭘? 혹시 작가 생활 10년 만에 3쇄?)

고헤이의 박동이 격렬하게 뛰기 시작했다. 평정심을 가장했다.

"뭐가 말입니까?"

"요전에 말씀드린 대로 『칫치와 아들』이 제150회 나오모토상의 후보로 선정되었습니다. 아오다 씨, 후보 선정을 받아주시겠습니까?"

눈앞으로 저녁 무렵의 쇼핑객들이 흘러간다. 가구라자카 비탈길로 빈 택시가 올라온다. 고헤이의 눈에는 모든 풍경이 슬로우 모션이 되어간다. 시간이 왜 이렇게 늦게 가는 거지? 드디어 전화를 받고 있다는 사실을 떠올리고 대답했다.

"알겠습니다. 기쁘게 받겠습니다."

"담당 편집자로서도 기쁩니다. 그 책은 저희가 낸 책이기도 하고요. 지난번 선정평을 읽어봐도 그렇고 선정위원 선생님들은 다들 아오다 씨에게 호의를 가지고 계신 것 같습니다."

그렇게 말해도 알 수 없는 것이 상이다. 첫 후보로 꽤 호평을 받았더라도 다음 후보작이 지난번 작품에 비해 부족하다는 이유로 퇴짜를 맞는 일이 지금까지 몇 번이나 있었다. 들떠서는 안 된다. 고헤이는 자기 자신을 그렇게 되잡았다.

"뭐 상은 그때의 운이니까 몰라. 받으면 기쁘지만."

"이번에는 유력합니다. 발표를 기다리는 장소 등은 다시 연락드리겠습니다. 매스컴 공표는 아직입니다. 부디 비밀을 지켜주시기 바랍니다."

나오모토상의 후보는 결정과 동시에 출판계의 공공연한 비밀이 된다. 기밀 유지를 다짐받는 편집자의 말이 반년 전과 똑같아서 왠지 재미있다.

"예, 알겠습니다. 당일 잘 부탁드립니다."

전화를 끊었다. 고헤이는 뭔가를 외치며 가구라자카의 비탈길을 뛰어 내려가고 싶었다. 두 번 연속으로 큰 문학상의 후보에 올랐다. 어쩌면 10년 동안 필사적으로 써온 자신의 필력이 자신도 모르는 사이에 늘었을지도 모른다.

아직 12월 중반이다. 시상식은 1월 중순이므로 아직 한 달 넘게 남아 있다. 이 한 달이 예상외로 길게 느껴질 것이라는 건 고헤이도 지난번에 경험해서 알고 있다. 자신의 작품이 선정위원들에게 어떻게 읽힐까, 나오모토상의 결과는 어떻게 될까, 만약 수상하게 되면 어떤 식으로 대처할까. 매스컴이나 일을 같이 하는 출판사만이 아니라 친구와 가족, 친척에 대한 대응까지 고려해야 한다. 문학상도 나오모토상 정도로 지명도가 높으면 작가는 자기 자신의 존재에 대해 다시 생각하게 된다. 그런 기회를 부여할 만큼 중요한 상이다.

# 11
―

긴자의 문단 바 소와레에 고헤이가 얼굴을 내민 것은 크리스마스이브 전날이다. 지하에 위치한 공간에는 천장까지 닿는 거대한 트리가 장식되어 있고 곳곳에 빨간색과 녹색의 전구가 반짝거리고 있다. 이 계절의 연례행사다. 젊은 종업원 몇 명이 빨간 미니스커트에 산타클로스처럼 차려입고 만석인 가게 안을 걸어 다니고 있다.

"올해는 안 오나 하고 있었어요."

그렇게 말하며 스카치 미즈와리를 건네는 쓰바키. 30대라 그런지 산타처럼 입지는 않았다. 굴곡이 진 풍만한 몸매를 진주색의 심플한 드레스로 감싸고 있다.

"아, 왜?"

"아니, 그 요전에 시부야에서 만난 여자분 있잖아요."

나오와의 첫 데이트를 하고 돌아가는 길에 쓰바키와 우연히 만난 걸 말한다. 자신은 정말 여자 운이 없다.

"아~ 그 사람과는 딱히 사귀는 게 아니라…… 그 뭐지, 장모가 억지로 맞선 보라고 해서…… 그러니까,"

왜 변명을 하고 있는지 자신도 알 수 없었다. 앞뒤 종잡을 수 없게 된 고헤이는 어두운 조명 아래에서 쓰바키의 얼굴을 쳐다봤다. 다시 보자 아름다운 얼굴이었다. 가케루와 같이 드라이브 갔을 때 저 입술이 볼에 키스를 했었다.

"흐응~ 맞선이요?"

쓰바키는 일부러 상처받은 표정을 지었다. 눈을 내리깐 채 말했다.

"장모님으로서는 가케루가 걱정되었을 테고 고헤이 씨에게 나쁜 여자가 붙지 않을까 걱정도 되었을 테죠. 자랑스러운 사위가 상처받을 테니까."

"아, 그런 게 아니야."

쓰바키는 얼굴을 들고 정면에서 고헤이의 눈을 응시했다. 먼저 눈을 피한 것은 고헤이다.

"괜찮아요. 나도 나 자신을 잘 알고 있으니까요. 고헤이 씨, 연속해서 나오모토상 후보에 선정된 거 축하드려요."

매스컴 발표는 아직이다. 과연 문단 바의 종업원은 소식이 빠르다.

"누구한테 들었어?"

"분카슈토의 가모야스 씨."

"아, 그래?"

가모야스 지로는 엔터테인먼트계 문예지 「올 슈토」의 편집장이다. 『칫치와 아들』 연재 중에도 가끔 연락이 와서 따뜻한 말을 해주었다. 분카슈토가 주최하는 나오모토상 시상식의 사회는 대대로 이 잡지의 편집장이 맡고 있다.

"가모야스 씨가 말씀하시더라구요. 고헤이 씨의 새 작품은 정말 좋은 책이니까 꼭 상을 받을 수 있으면 좋겠다고. 출판한 곳이라서가 아니라 정말 그렇게 생각한다고."

든든한 지원군이다. 하지만 사회 덕분에 상을 받는 건 아니다.

"그런 말을 들어도 나는 전혀 모르겠어. 최근에 작품이 좋다고 하는데 지금까지와 마찬가지로 담담하게 쓸 뿐이거든."

쓰바키는 고헤이의 얼굴을 가만히 바라봤다.

"작가 선생님에는 정말 다양한 타입이 있네요. 언제나 자신만만하고 새 책이 나올 때마다 자신의 최고 걸작이라고 잘난 척하는 사람이 있는가 하면 신작을 낼 때마다 이런 책을 써서는 안 된다고 한탄하는 부정적인 사람도 있고."

고헤이에게도 쓰바키가 말하는 작가의 얼굴이 떠올랐다. 자기 평가와 작품의 완성도에는 아무런 상관관계가 없다. 문단 바에는 많은 작가들이 찾아온다. 쓰바키는 이상한 비평가나 편집자보다도 작가를 보는 눈이 날카로웠다. 옛날부터 팔리는 작가를 제일 먼저 알아보는 사람은 긴자 바의 종업원이라는 말이 있다.

"그러면 나는 어떤 타입이지?"

쓰바키는 천천히 미소를 지었다. 선명한 물감을 섞은 듯 화사하다.

"고헤이 씨는 둔감한 타입. 자신의 작품의 좋다 나쁘다에도 여자 마음에도 세상의 흐름에도 너무나 둔감해요. 그런 점이 좋긴 하지만."

쓰바키는 작게 한숨을 쉬었다.

"어이 고헤이, 마시고 있나?"

갑자기 머리 위에서 굵은 목소리가 들렸다. 지금은 일본에서 문고판이 제일 많이 팔리는 역사소설가 가타히라 신노스케다. 옆자리가 비어 있느냐고도 묻지 않고 털썩 하고 푸른색 소파에 앉는다.

"이봐, 쓰바키. 샴페인 주라. 고헤이, 나오모토상 후보에 오른 거 축하해. 축하할 일이지만 두 번 연속 후보에 오른데다가 분카슈토의 책이라서 꽤나 여기저기서 트집 잡히고 있더라."

작가 세계는 평가가 정해진 세계가 아니었다. 무엇보다도 그 평가 자체도 창작에서의 호불호와 판매 부수로 분열되어 있다. 쓰는 이는 이중 가격표를 붙이고서 창작 활동에 임하고 있다. 출판계에는 무수한 소문과 평판들이 난무하고 있지만, 왠지 고헤이 주변은 진공상태라서 좋은 소문도 나쁜 평판도 들을 수 없다.

"분카슈토의 작전이 성공했다든지."

신노스케는 어딘가 다른 클럽에 들렀다 온 것 같았다. 가볍게 취해 있었다. 고헤이는 묵묵히 미즈와리를 마셨다.

"처음으로 후보에 올랐던 것은 『칫치와 아들』로 나오모토상을 받게 하기 위한 계산이라는 거야. 수상은 아오다 고헤이로 결정되어 있다. 주최 측인 분슈에서는 그 책을 팔아서 돈을 벌려고 심사위원들에게 미리 손을 써뒀다는 이야기도 있어."

화가 난다기보다 실망스러웠다. 어느 세계에도 음모설을 좋아하는 인간들이 있는 법이다. 트윈 타워의 도산은 미국의 자작극이라는 등 아무렇지도 않게 그런 말을 하는 사람들이다. 상대평가로만 존재하는 문학 세계에서 자주 들리는 뒷담화다.

"뭐, 상관없는 사람들이 하는 얘기니까 크게 신경 쓰지 마."

이미 불쾌해졌는데 이제 와서 그런 말을 한들 무슨 소용이 있나. 만약 그런 이야기가 있다 해도 고헤이가 전혀 모르는 곳에서 나오는 얘기들이다. 자신이 뭘 하려고 해도 할 수 없는 상황이다. 어쩔 수 없지 않은가.

"오래 기다리셨습니다."

쓰바키가 샴페인을 따라줬다. 톡톡 터지는 거품조차 우울한 크리스마스다. 신노스케와 고헤이 사이에 앉아 쓰바키는 중재하듯 말했다.

"상관없잖아요. 작가는 프리랜서니까 좋은 이야깃거리를 이용해서 잘 팔리기만 하면."

신노스케는 문고판 전문으로 문학상과는 인연이 없다. 거리낌 없이 큰 목소리로 말한다.

"그럼 그럼. 고헤이도 나오모토상 받아서 책 많이 팔아버려. 인기를 얻을 기회는 그다지 없어."

"알았어, 알았어."

고헤이는 역사소설가와 건배하고 쓴 샴페인을 마셨다.

그날 저녁 집에 돌아오니 새벽 2시가 지나고 있었다. 신노스케가 집에 가고 싶어 하지 않아서 가게가 끝난 후에도 쓰바키와 계속 같이 있어줬다. 긴자의 뒷골목에 있는 작은 전갱이튀김이 맛있는 가게였다. 쓰바키와는 빈 택시가 잡히는 긴자 사거리에서 헤어졌다. 무슨 말을 하고 싶어하는 눈빛이었지만 고헤이는 그냥 모른 척하고 택시를 탔다. 서재에서 하고 싶은 일이 있었다.

고헤이는 코트를 입은 채 책상에 앉아 컴퓨터를 켰다. 인터넷에 접속해서 7 스테이션에 들어갔다. 여기는 세계에서도 몇 손가락 안에 꼽히는 거대한 게시판으로 거의 모든 테마에 관한 글이 올라와 있다.

소설 카테고리에는 300건이 넘는 글이 올라와 있었다. 처음으로 눈에 들어온 게시판을 선택했다.

'제150회 나오모토상은 누구의 것?'

이름 없는 편집자: 어차피 뻔한 결과. 수상 후보로 가장 유력한 게 『칫치』. 무엇보다 지난번 심사위원들에게 큰 호평을 받았고 출판사

가 분슈고 아오다는 지금까지 네 권을 거기서 내고 있어. 단행본과 문고판이 마구마구 중쇄되는 거지. 우하하!

빨간펜: 세상에, 그 뜨뜻미지근한 아오다가? 아내의 죽음이나 아들과 둘이 사는 생활만 쓰는 재수 없는 사생활 소설가잖아. 그런 게 나오모토상을 타니까 일본 소설은 발전이 없는 거라고.

문화계 종사자: 분슈에서는 이미 수상 띠지를 제작 중. 첫치의 증쇄 10만 부 결정. 10년이나 고생한 사생활 소설 작가, 드디어 젊은 벼락부자가 되다. 뭐, 아무래도 상관없지.

이름을 밝히지 않은 이들이 내뱉는 말들이 사막처럼 끝없이 이어지고 있다. 읽어내려갈수록 고헤이의 마음은 얼어붙어갔지만 그래도 아련하게 빛을 발하는 디스플레이에서 눈을 뗄 수 없었다. 고헤이는 자기 자신에 대해 적힌 게시판을 계속해서 읽어내려갔다. 코트를 입은 채 눈이 빨개진 고헤이는 게시판의 글을 다 읽었다. 그리고 최악의 크리스마스이브의 아침을 맞았다.

"왠지 칫치 몸이 안 좋아 보여."

고헤이네는 매년 자택에서 크리스마스 파티를 한다. 히사에가 죽고 나서 가케루와 고헤이 둘만의 조용한 이브다.

"아, 아니야."

테이블에는 작은 트리가 장식되어 있고 이맘때 항상 등장하는 로스트 치킨과 햄 샐러드, 파에야가 놓여 있다. 둘뿐인데 동그란 케이크 하나를 사자니 너무 커서 딸기 생크림과 초콜릿의 작은 케이크를 골랐다. 철야를 해서 몸이 너덜너덜한 고헤이가 신주쿠의 백화점 지하 식품 매장에서 사온 것이다.

"또 혼잣말이 늘었거든."

고헤이는 마음속의 괴로움이 쉽게 밖으로 드러나는 타입이다. 무슨 문제가 생기면 아직 초등학생인 아들에게 바로 들킨다.

아버지로서 실격이다. 가케루가 하프 보틀의 샴페인을 잔에 부었다.

"어제 저녁에 무슨 일 있었어?"

샐러드를 쿡쿡 찌르면서 남자아이는 툭 한마디 뱉는다. 긴자의 문단 바에서 동료 작가에게 들은 얘기가 마음에 비수로 꽂혀 고헤이는 그만 평소에는 보지 않는 거대한 게시판의 문학부문을 다 읽어버렸다. 이름을 밝히지 않는 그런 게시판에는 긍정적인 말이 거의 없다는 건 알고 있었는데 읽기를 도저히 멈출 수 없었다. 나쁜 말, 사람을 깎아내리는 말에는 무서울 정도로 흡인력이 있다. 특히 자신에 관한 나쁜 소문에는.

"가케루는 마맛치보다도 칫치의 마음을 잘 읽는구나. 그렇게 날카로우면 여자들이 싫어해."

"괜찮아. 초콜릿이라면 매년 받으니까 걱정 마."

고헤이는 힘없이 웃었다.

"그런 점은 칫치를 닮지 않았네. 칫치가 초등학생일 때는 초콜릿 하나도 못 받았는데."

가케루는 농담도 받아주지 않고 진지한 눈으로 말했다.

"그래서 칫치한테 무슨 일이 있었는데."

이럴 때 초등학교 5학년생은 어른과 별반 다를 바 없다. 고헤이는 이 세계에서 일어나고 있는 전쟁과 격차의 확대, 강한 욕구가 만들어낸 경제 위기에 대해서 가케루에게 자세하게 설명하곤 했다. 어른들이 진지하게 대하면 아이는 마음과 귀를 열고 받아준다. 그러나 나오모토상의 음모설과 히사에의 죽음에 대한 의문 등 어떤 식으로 이야기하면 좋을까. 도망갈 수도 숨길 수도 없다. 그만큼 아이는 진심으로 다가오고 있다.

"상이란 것도 꽤 어려운 거야. 칫치의 후보작은 말이야, 문학 상을 주최하는 출판사에서 나왔어. 그래서 말 많은 사람들이 이미 수상작이 결정되어 있다고 그래. 꼼수 쓴다고 말이야."

가케루는 잠시 포크를 내려놓고 생각했다. 입을 삐죽 내밀며 말한다.

"칫치의 책은 좋은 책이잖아. 좋은 소설이지만 팔리지 않는다. 그런 책을 널리 알리기 위해 만든 상이잖아. 사람들이 그렇게 말하는 건 잘못됐어."

읽지도 않은 아빠의 책을 필사적으로 변호한다. 참 기특한 아이다.

"좋은 책인지 어떤지 칫치는 몰라. 열심히 쓸 뿐이야. 세상에 나와버리면 판단은 독자의 몫이니까. 가케루가 말하는 것처럼 좋은 책인지는 아무도 결정할 수 없어. 인터넷을 봤지만 칫치는 가족의 이야기를 팔고 있고 똑같은 얘기만 쓰고 있어서 작가로서 실격이라는 사람이 많더라."

크리스마스이브에 할 얘기는 아니었다. 하지만 고헤이는 자신의 기분을 조절할 수 없었다. 아버지이지만 인간이다. 가끔은 상대방이 열한 살이라도 넋두리를 늘어놓고 싶어지기도 한다.

"책은 어디든 팔고 있지. 칫치가 쓴 소설도 모두의 것이라서 자유롭게 이야기해도 돼. 뭐, 칫치의 경우에는 책도 안 팔리고 평판도 지독하고 대놓고 얻어터지는 권투 선수 같지만 말이야."

가케루는 포도 주스를 한 입 마시고 나서 말했다.

"하지만 칭찬하는 사람도 있잖아."

"응. 조금은. 대체로 출판사 편집자나 동료 작가들이지. 그 외의 사람들은 무시하든지, 욕을 하든지 둘 중 하나야."

"칫치는 참 힘든 일을 하는구나. 욕을 먹든 팔리지 않든 그걸 견디면서 다음 책을 쓰잖아."

"그렇지."

고헤이는 샴페인을 마셨다. 올해 크리스마스에 마시는 술은 쓰다.

"하지만 칫치는 소설을 쓰는 게 좋고 즐겁잖아. 그래서 10년이나 계속하고 있는 거지?"

현재의 작가 생활을 생각해봤다. 글쓰기를 시작한 무렵의 신선한 감정은 잃어버렸다. 가끔 자신이 텅 비어버린 것 같은 기분이 들기도 한다. 세상이라는 거대한 노트에 10년 동안 낙서를 해왔다. 그 어떤 단어도 쉽게 지우개로 지울 수 있어서 상처 하나 남기지 않은 기분이 든다.

"즐겁기도 하지만 힘들고 괴로운 일이 더 많다고나 할까. 내 안에 있는 것을 조금씩 사용해서 쓰지만 그 재료가 점점 줄어들고 있어."

"남은 게 적으면 새로운 걸 집어넣으면 되잖아."

고헤이는 한숨이 나올 뻔했다. 『행복한 왕자(*The Happy Prince*)』의 이야기가 떠올랐다. 왕자는 자신의 몸에 붙은 보석을 사람들에게 나누어주고 점점 초라해져간다. 작가의 삶과 비슷하다. 작품은 점점 풍요로워지지만 작가는 점점 메말라간다.

"그렇게 쉽게는 안 돼. 새로운 지식을 배워도 책을 쓸 수 없어. 한 소재를 몸과 마음 전체를 사용해서 납득했을 때 비로소 소설을 쓸 수 있거든. 나이를 먹으면 새로운 재료를 이해하는 것이 느려지고 좀처럼 자기 것이 안 돼."

가케루는 '아후~' 하며 한숨을 쉬며 말했다.

"칫치는 엄청나게 힘든 일을 하고 있구나. 아직 주택대출도 많이 남았는데. 그럼 올해는 크리스마스 선물 필요 없어."

마음이 안됐지만 아이는 부모의 주머니 사정을 어렴풋이나마 눈치 채고 있다. 고헤이는 피식 웃었다.

"그 정도는 괜찮아. 잠깐 기다려."

자리에서 일어나더니 서재로 가서 녹색 종이봉투를 가지고 왔다. 스티커처럼 금색 리본이 붙어 있다.

"메리 크리스마스! 봐, 가지고 싶었던 게임기야!"

가케루가 산타클로스를 믿고 있던 때는 초등학교 3학년까지였다. 좁은 아파트라 눈에 띄지 않도록 선물을 숨겨두는 것이 힘들었다.

"우와. 신난다. 칫치, 고마워. 힘든 일을 열심히 하고 내게 밥도 해주고 세탁이랑 청소도 하고 이렇게 선물까지 주다니. 칫치

진짜 대단해. 나는 어른이 돼도 칫치처럼 될 수 없을 것 같아."

조심스럽게 포장지를 뜯어 휴대 게임기의 상자를 꺼냈다. 이런 점은 꼼꼼했던 엄마를 닮았다. 아래를 내려다보고 있는 눈도 히사에를 꼭 닮았다.

"가케루, 잘 들어줬으면 해. 칫치는 상도 그렇지만 마맛치에 대해서도 요즘 고민하고 있어. 왜 그렇게 빨리 죽고 말았을까. 마맛치의 사고에는 도대체 어떤 의미가 있을까 하고."

너무나 가지고 싶었던 게임기 선물을 일단 테이블 위에 올려 두고 가케루가 시선을 똑바로 고정시킨다.

"하지만 아무리 생각해도 마맛치가 돌아오지 않잖아. 게임 같이 부활 주문도 없어."

그런 마법을 사용할 수 있어서 히사에가 이 테이블로 돌아온다면 얼마나 기쁠까. 상상만으로 가슴이 벅찼다.

"그래. 하지만 이건 칫치의 문제야. 이 답을 찾을 때까지 뭘 해도 안심할 수 없을 것 같아. 가령 훌륭한 문학상을 받아도 책이 아주 많이 팔려도 모두에게 칭찬을 받아도 말이야. 현실적으로는 아무런 도움도 안 되지만 칫치는 그 답을 찾아야 해. 가케루는 이해할 수 있을까?"

남자아이는 잠시 자신의 마음을 살펴보는 듯 생각에 잠겼다.

"도저히 떠오르지 않는 퀴즈의 답 같은 거야? 그건 늘 신경이 쓰이고 엄청 기분이 안 좋아."

고헤이는 손을 뻗어 보슬보슬한 머리카락을 쓰다듬었다. 아이 머리카락은 왜 이렇게 예쁠까. 죽고 나면 아이의 머리카락도 만질 수 없고 남편의 몸을 안을 수도 없다. 히사에는 경솔하다.

"그런 느낌이면서 훨씬 심각한 거. 칫치는 잠시 동안 고민하고 괴로워할 거야. 하지만 가케루는 신경 쓰지 않아도 돼. 어려운 답을 찾고 있는 칫치를 따뜻하게 지켜봐줘."

# 13

연말은 조용히 지나갔다. '연말 진행'으로 바빴지만 그 대신 여유로운 연말이 찾아온다. 신정이 지나면 곧장 평소의 집필 스케줄이 시작되지만 그때까지 잠시 휴식을 취할 수 있다. 고헤이는 가케루와 같이 신주쿠로 가서 이런저런 자질구레한 물건을 사며 보냈다. 초등학교 5학년은 신발도 속옷도 옷도 금방 작아진다. 계절별로 낡은 껍질을 벗어 던지며 몸이 한 사이즈씩 커져 간다.

히사에에게 모든 것을 다 맡겼을 때는 몰랐다. 아이 옷을 이렇게나 많이 다양하게 팔고 있다는 사실에 놀랐다. 게다가 드는 재료는 절반 정도인데 어른 옷과 별반 다르지 않은 건방진 가격표를 달고 있다. 올해는 금융위기 영향으로 세일 시작이 빨라서 고마울 따름이다. 도대체 이 나라에 세일하는 백화점 매대에서 아동용 트레이닝복을 뒤적이는 남성 소설가가 몇이나 될까. 상상하는 것만으로 쓴웃음이 나왔다.

"뭔가 좋은 거 발견했어?"

가케루는 지루한 듯 백화점 기둥에 기대어 서 있다. 자신의 옷 쇼핑을 아주 싫어하는 남자애다.

"아니, 갑자기 뭔가 생각이 나서."

히사에는 귀찮은 일을 싫어했기 때문에 같은 옷을 사이즈만 다르게 몇 장 사두곤 했다. 덕분에 가케루가 늘 똑같은 옷을 입고 다니던 시기가 있었다. 세탁을 해서 청결하기만 하면 뭐든 상관없다는 남자다운 결단력이다.

"마맛치라면 오늘 트레이닝복을 다섯 장 사서 앞으로 1년 동안 가케루는 그것만 입겠구나 싶어서."

가케루의 얼굴이 갑자기 환해졌다.

"그래도 된다면 적당히 다섯 장 사자. 옷 그만 사고 장난감 가게에 가자."

백화점 근처 가전제품 전문 매장에는 취미관이 있다. 세뱃돈으로 살 것을 오늘 중에 결정해두고 싶을 것이다.

"알았어. 계산하고 올 테니까 여기서 기다려."

트레이닝복을 두 장 들고 여성 고객들만 서 있는 줄의 가장 뒤에 섰다. 고헤이는 그로부터 계속 생각하고 있다. 자신에게 있는 것은 이런 일상의 평범한 생활뿐이다. 가족을 소재로 삼아 팔고 있다고 비난받아도 그 이외의 소재로 글을 쓰는 것은 어렵다. 원래 두뇌가 명석하지 않다고 스스로를 평가하고 있다. 이해는 늦고 잘하는 전문 분야도 거의 없다. 화려하지 않은 주변 소재를 선택해서 거기에 다양한 수단과 방법을 강구해서 읽을 수 있는 작품으로 완성한다.

분명 마음과 머리와 몸의 용량이 모두 작을 것이다. 뭐든지 쓸 수 있는 작가를 동경하며 한숨을 쉰 적도 있지만 자신은 결코 흉내를 낼 수 없다. 지금도 50퍼센트 세일하는 아이 옷에 기뻐하고 있으니 말이다. 고헤이는 계산대에 트레이닝복을 놓고 가쁜 숨을 몰아쉬며 오래 사용해온 지갑을 열었다.

게임 소프트웨어 코너 앞에서 패키지 몇 개를 들고 가케루는 고민에 빠져 있다. 세뱃돈으로는 하나만 사기로 이야기가 끝나 있어서 어떻게 할까 고민하고 있는 듯했다. 이번에는 고헤이가 애니메이션의 미소녀나 전투 로봇 포스터가 붙여진 컬러풀한 기둥에 기대어서 기다리는 순서다. 마음은 어느새 가게를 벗어나 히사에에게로 향해 가고 있다.

히사에의 옛 동료를 만난 이후로 고헤이는 계속 뭔가를 찾고 있다. 그것은 간단히 표현하면 아내 사고사의 진상이지만 아무래도 그게 전부가 아니라는 생각이 들었다. 고헤이에게는 지금도 받아들이기 어려운 부분이 뿌리 깊게 남아 있다.

10년 이상 같은 인생을 나눠왔는데 어느 날 갑자기 그 상대방이 연기처럼 사라져버렸다. 존재와 소멸 사이에 절대적인 벽이란 없다. 백화점에서 겨울 하늘 아래로 나오자 정신이 번뜩 들만큼 몸을 둘러싼 공기의 온도가 급격하게 바뀌었다. 자동문 하나를 지나면 사람은 사라져버리고 손을 잡을 수도 말을 걸 수도 꼭 안을 수도 없게 된다.

가까운 사람의 죽음은 불합리하다. 고헤이는 그 충격을 견디고 담담하게 소설을 쓰고 가케루와 둘만의 생활을 지켜왔다. 하지만 차가운 공기의 벽에 부딪히는 충격은 스스로도 상상 못 했을 정도로 마음속 깊은 곳에 균열을 만든 것 같다. 히사에가 죽고 나서 고헤이의 세상에서는 싱그러운 기쁨이 사라져버렸다.

아름다운 것, 맛있는 것, 즐거운 것, 슬픈 것…… 마음을 움직이게 하는 모든 영양소의 맛이 절반으로 줄어들어버린 것 같다. 옅은 푸른색 필터라도 달려 있는지 세상은 차갑고 조용하다.

그것은 작가라는 일에 있어서 위기의 징후였다. 소설에는 사람 마음의 다양한 색깔이 필요하다. 그것이 얼마나 맑은 슬픔이라 할지라도 동일한 색상을 가지게 되면 작품은 단조로워지며 언젠가 독자들에게 외면을 당하게 될 것이다.

이 저린 마음을 옛날처럼 다시 움직일 수 있게 해야 한다. 아내가 죽은 날에 멈춰선 시간을 다시 흐르도록 해야 한다. 고헤이는 어떻게 해야 하는지 방법을 몰랐다.


"역시 여기 케이크는 맛있어."

가케루는 초콜릿 케이크에 크림 가득 묻혀서 한 입 가득 먹었다. 야스쿠니도로 거리에 면해 있는 단골 카페의 간판 메뉴였다.

달지 않고 카카오 맛이 아주 진해 일품이다. 고헤이는 에스프레소만 주문했다. 슬슬 체중이 신경 쓰이는 나이다.

"해가 지면 추워지니까 빨리 돌아가자. 그리고 돌아가서는, 알지?"

고개를 끄덕이며 남자아이는 케이크를 크게 잘랐다.

"오늘과 내일은 대청소라는 거지? 나는 내 방이랑 목욕탕, 현관 그리고 복도. 칫치는 서재랑 침실, 화장실. 거실이랑 베란다랑 창문 유리는 둘이서 같이."

"그래. 1년 치 감사의 마음을 담아서 꼼꼼하게 청소하는 거야. 알았지?"

"네! 대청소 나 좋아해. 왠지 재미있거든."

고헤이는 웃으며 말했다.

"그건 베란다 청소할 때뿐이잖아."

가케루는 창문 닦는 세제로 매년 비눗방울 놀이를 한다. 겨울의 맑은 하늘로 날아가는 일곱 색상의 비눗방울을 보며 고헤이는 늘 1년이 지났구나 하고 느낀다.

집에 돌아와서 고헤이는 서재부터 대청소를 시작했다. 올해 완결한 『칫치와 아들』의 자료와 올해 읽은 책을 정리한다. 보관할 것과 헌책방에 팔 것으로 분류한다. 여기서 중요한 것이 바로 책에 엄격해야 한다는 점이다. 모든 책에는 저자의 마음이 담겨 있다. 몇몇 페이지에는 마음에 스며드는 문장도 있다.

고헤이는 가구라자카의 결코 넓지 않은 아파트에서 살고 있다. 책을 가엽게 여기면 자신의 생존 공간이 잠식되어간다. 작가나 비평가 친구들 중에는 몇 명이나 자신의 생활을 침탈당했다. 책이란 사랑해야 하는 외래종이다. 끝없는 침략에서 우리 집의 생태계를 사수해야 한다.

서재를 정리하는데 4×6판 크기 단행본 뒤에서 얇은 흰색 앨범이 나왔다. 뒤적거리며 속 내용을 봤다.

(이건······.)

사진은 전혀 바래지 않았다. 히사에와 결혼하기 전 20대 후반에 같이 오키나와로 여행 가서 찍은 사진들이었다. 젊은 여자가 10년 후의 미래에 드리운 어두운 그림자 따위를 전혀 못 느끼게 만드는 환한 빛을 발하며 해맑게 웃고 있었다. 고쿠사이 거리의 시장을 민소매로 걷는 히사에가 있었다. 해변의 데크 체어에 누워 있는 수영복을 입은 히사에가 있었다. 알코올로 볼이 발개진 채 발코니에서 막 감은 머리카락을 바람에 말리는 히사에가 있었다. 사진에 전부 금방 찍은 듯 선명하고 그 여름의 빛을 간직하고 있었다.

고헤이의 눈은 눈물로 흐려졌다. 행복은 죽은 자의 것으로 이쪽 세계에 남겨진 산 자의 것이 아니다. 태닝오일을 발라준 등의 매끄러움이 떠올랐다. 시장을 산책하면서 잡은 손의 따뜻함이 떠올랐다. 돌아오는 비행기 안에서 또 오키나와에 가자고 한 약속을 떠올렸다. 결국 히사에와는 두 번 다시 오키나와에 가지 못했다. 지킬 수 없는 약속들이 히사에와 나 사이에 얼마나 많이 존재할까. 아내를 행복하게 해주지 못한 기분이 들었다. 고혜이는 마음속으로 울었지만 이상하게도 눈물은 나지 않았다. 눈물은 얇게 눈 표면을 적셔 세상을 파란 필터로 염색할 뿐이다.

"칫치, 이상한 거 발견했는데."

가케루가 서재 문을 두들겼다. 이 방에 들어올 때만은 노크를 하는 것이 고혜이네 집의 약속이다. 문이 열리더니 아들이 얼굴을 내밀었다.

"이거 DVD 아냐? 내 방 책장 뒤에 있었어."

# 14

서재 문에 서 있는 가케루를 쳐다봤다. 손에 투명한 케이스를 들고 있었다. 안에는 은색 원반이 반짝이고 있었다. 영화를 녹화하는 20센티미터 정도의 DVD가 아니라 촬영할 때 사용하는 소형 디스크 같았다. 무너져 있는 책더미 속에서 고헤이가 손을 뻗었다.

"좀 보여줘."

받아 든 디스크의 겉면을 확인했다. 반짝이는 면에 흰색 유성 잉크로 제목이 적혀 있었다. 성격이 꼼꼼한 히사에의 동그란 필체다.

'10년 후의 칫치와 가케루에게'

고헤이는 놀랐다. 아내의 유품을 정리할 때 집안을 샅샅이 뒤졌다. 이 디스크를 놓친 것은 아이 방에 있었기 때문일 것이다.

그 방에는 히사에의 물건이 없을 것이라고 생각하고 대충 봤다. 고헤이가 일어서더니,

"이건 마맛치의 글씨야. 볼까?"

가케루가 진지한 표정으로 끄덕였다.

거실 창문 저편으로는 혹독한 겨울의 저녁노을이 조용히 펼쳐지고 있었다. 가구라자카의 거리 풍경은 애절한 느낌을 띠며 비싼 장난감처럼 정교해 보였다. 고헤이는 플레이어에 디스크를 넣고 소파에 앉았다. 가케루가 옆에 앉아 몸을 기댔다.

빗소리 같은 소음이 짧게 들린다. 가케루가 고헤이의 손을 잡았다. 작지만 뜨거운 손이었다. 손톱 모양은 아빠를 닮았다. 갑자기 나타난 화면은 충격적이었다.

"됐나? 나 제대로 나와?"

흰색 여름 원피스를 입은 히사에가 웃고 있다. 베란다에 의자를 내고 맨발인 채 다리를 꼬고 있다. 카메라는 삼각대에 올리고 창가에 놔두었을 것이다. 히사에는 여자치고는 드물게 자동차 운전만이 아니라 기계 만지는 걸 좋아했다. 그러고 보면 그 사고가 일어나고 나서 고헤이는 가케루의 동영상을 전혀 찍고 있지 않다. 카메라가 어디에 있는지도 모른다. 가케루가 슬픈 목소리를 냈다.

"마맛치……."

영상은 멈추지 않고 계속 이어졌다. 히사에의 머리카락이 초여름 저녁 무렵의 바람에 흔들리고 있다. 죽은 아내가 앞머리를

누르며 웃고 있다.

"지금, 칫치와 가케루는 신주쿠 영화관에서 애니메이션을 보고 있겠네요. 재미없으니까 나는 안 갔죠. 새 카메라를 샀으니까 둘에게 서프라이즈 선물을 줄 거예요. 가케루 방에 숨겨둘 테니까 앞으로 10년 후에 다 같이 웃으면서 보자고요."

고헤이는 눈앞 베란다를 쳐다봤다. 계절은 다르지만 콘크리트 바닥에 알루미늄 손잡이도 하늘의 푸른빛도 똑같다.

"나는 둘과 가족이 되어서 너무 기뻐요. 가케루는 아직 초등학교 1학년이지만 아주 착한 아이예요. 칫치와 마맛치의 아이니까 머리가 좋은 것은 당연하지만 그것만이 아니라 늠름한 구석도 있어요. 잘못된 부분은 상대방이 누구든 제대로 말하니까. 그건 훌륭한 일이고 어른도 좀처럼 할 수 없는 일이야. 나보다도 강한 존재를 두려워하지 않고 자신보다 약한 존재에게는 다정하게. 그대로 어른이 되어서 많은 여자에게 인기가 있는 남자가 되었으면 좋겠어."

가케루가 손에 힘을 넣으며 꼭 쥐었다. 고헤이는 고개를 끄덕이며 아들의 옆얼굴을 슬쩍 쳐다봤다. 눈이 새빨갛다.

"학교는 자신이 원하는 곳에 가면 되니까. 무리할 필요 없어요. 그래서 평생 좋아할 수 있는 일을 발견해서 그 일을 했으면 좋겠어요. 부자가 아니라도, 좋아하는 일을 할 수 있다는 건 엄청난 재산이거든. 그건 칫치를 보면 알 수 있을 거야."

가케루가 머리를 내 몸에 대고 흔들었다. 더 이상 감추지 않고 울었다. TV를 향해 대답했다.

"응. 알고 있어. 나도 칫치처럼 사람들을 기쁘게 하는 일을 할 거야. 마맛치에게도 사인회 보여주고 싶었어."

히사에가 죽고 나서 4년 동안 여러 가지 일들이 있었다. 사인회, 증쇄, 저명한 상의 후보가 된 것까지. 살아 있었다면 아내가 얼마나 기뻐했을까.

"다음은 칫치. 아니 고헤이 씨에게. 10년 후에도 좋은 소설을 쓰고 있나요? 팔리지 않는다고 한탄하지만 나는 늘 당신의 소설의 첫째가는 열혈 팬이라구요. 고헤이 씨가 좋은 책을 쓰는 일이 곧 내 행복이니까 만약 엄청난 베스트셀러 작가가 되었더라도 부디 좋은 소설을 써주세요. 그리고 10년이 지나 내가 퉁퉁하게 살이 쪄도 마지막까지 날 버리지 말아요. 고헤이 씨가 중년 비만으로 머리가 벗겨져도 노안이 와도 나는 분명 당신의 팬으로 남아 있을 거니까요."

히사에의 등 뒤에서 저녁노을이 불타고 있다. 구름의 가장자리는 황금이라도 녹아 흐르는 듯 선명했다. 영상 속에 남겨진 아내의 모습은 지금 이 순간에도 베란다에 앉아 있는 것처럼 선명했다.

히사에는 진짜 죽어버린 걸까. 몇 번이나 반복되는 의문이 머릿속에서 희미하게 비명을 질렀다. 히사에가 미간을 찡그리며 잠시 뭔가를 생각하는 표정을 지었다. 목소리 톤이 한층 더 낮아졌다.

"나는 최근에 계속 고민하고 있어요. 이렇게 행복하고 풍족한 데 살아 있다는 반응이 전혀 없어서 절반은 죽어버린 것 같아요. 공기가 희박한 산 정상에서 숨을 쉬고 있는 것같이 매일매일의 삶에 숨이 막혀서 견딜 수가 없어요. 고헤이 씨에게는 몇 번이나 상담을 했죠."

아내의 자살에 대한 언급을 들었을 때의 충격은 지금도 몸속 어딘가에 남아 있다. 뒤의 내용을 초등학생인 가케루에게 보여 줘도 되는 것일까. 하지만 재생을 멈출 수가 없었다. 게다가 고헤이 자신이 히사에의 말을 듣고 싶어서 참을 수 없었다.

"확실히 말하면 나는 아주 불안정한 상태예요. 하지만 이런 상태가 지속되는 걸 이제 끝낼래요."

히사에는 손을 뻗어 삼각대에서 카메라를 뗐다. 영상이 어지 러울 정도로 빠른 속도로 회전하더니 구름이 걸린 저녁노을에 정지되었다. 저녁 해가 천천히 회색 구름 속으로 녹아들어간다.

"봐요. 칫치와 가케루가 영화 보러 간 사이에도 세상은 조금 씩 움직이고 있어요. 나도 언제까지고 고민만 하고 있을 수는 없 어. 고헤이 씨와 가케루에게 뒤처질 테니까. 열심히 움직여야지. 나, 다음 주 병원 예약했어. 카운슬링을 제대로 받으면서 나 자 신에 대해 다시 한 번 생각해볼 작정이야."

히사에는 난간에 비디오카메라를 올려놓고 자신을 찍고 있었 다. 저녁 무렵의 하늘을 배경으로 천천히 표정이 바뀌어갔다. 큰 꽃이 아침 이슬을 머금고 만개하듯 화사한 웃음이다. 죽기 전에는 한동안 볼 수 없었던 표정이다.

"후후후, 왠지 나 여배우 같지 않아요? 이 결심은 진심이에요. 오늘 날짜는……"

히사에는 촬영 날짜를 말했다. 고헤이는 번개에 맞은 것 같았다. 그 날짜는 교통사고가 일어나기 나흘 전이었다. 히사에는 마지막으로 이런 웃음과 결심을 남기고 사라졌다.

"왜 그래, 칫치. 아파."

고헤이는 저도 모르는 사이에 있는 힘껏 가케루의 어깨를 안고 있었다.

"……칫치, 울고 있어?"

자신도 모르게 고헤이는 눈물을 흘리고 있었다. 그러나 슬퍼서가 아니다. 눈물이 아닐지도 모른다. 행복함이 표면을 윤택하게 하기 위해 몸속에서 밖으로 내보내는 수분이다. 시간이 많이 흘렀지만 고헤이는 드디어 아내의 죽음을 받아들일 수 있게 되었다.

이 영상대로라면 히사에는 마지막에도 10년 후의 미래에 대한 신뢰를 잃지 않고 있었다. 그 교통사고는 원해서 일어난 게 아니라 과실이었다.

고헤이의 귀에 이상한 목소리가 들렸다. 누군가가 멀리서 외치고 있었다.

"칫치, 칫치, 괜찮아?"

아들이 어깨를 흔들고 있었다. 소리를 내며 울고 있는 것은 고헤이 자신이었다.

"응. 칫치는 괜찮아. 그냥 오랜만에 마맛치를 만난 게 기뻐서. 그래서 눈물이 멈추지 않아."

가케루는 조용히 미소 지으며 엄마처럼 어른스럽게 말했다.

"이해해. 지금은 얼마든지 울어도 돼."

가케루의 머리를 쓰다듬어주었다. 고헤이는 리모컨을 조작해서 죽은 아내의 영상을 다시 틀었다. 초여름의 저녁노을이 다시 보이기 시작한다. 죽은 아내의 원피스가 바람에 흔들린다. 히사에가 입을 벌리며 웃음을 짓는다. 빛의 알갱이가 되어버린 아내가 TV 속에서 선명하게 살아 있다.

(이것으로 드디어 앞으로 나아갈 수 있다.)

고헤이는 그 사고로 멈춰 있던 시간이 다시 흐르기 시작한 것을 느꼈다. 상실과 충격을 받아들일 수 있게 되었다. 히사에의 사고를 떠올리며 불안해할 일도 없다. 이제부터는 늘 이 영상 마지막에 본 크고 화사하게 웃는 아내를 떠올릴 것이다.

고헤이는 슬픈 건지 행복한 건지 알 수는 없지만 어두워진 방에서 계속 TV를 바라보고 있었다.

## 15
---

다음 날 아침은 눈을 뜬 순간부터 상쾌한 기분이었다. 가케루를 위해 아침밥을 준비하면서 자연스럽게 콧노래가 나왔다. 사람의 마음은 단순하다. 고헤이는 작가지만 단순한 인간이다. 불필요한 복잡함은 인생의 짐에 지나지 않는다고 생각한다. 히사에의 마지막 메시지 하나로 고헤이의 세계는 암흑에서 벗어났다. 요 몇 개월간 마음을 뒤덮고 있던 검은 구름이 걷히고 푸른 하늘로 되돌아왔다. 버터를 잔뜩 바른 토스트와 반숙 오믈렛이 눈물이 날 정도로 맛있었다.

12월 마지막 날 저녁에는 일찍 목욕을 하고 도시코시소바(年越しそば: 한 해 악운을 끊어버리고 좋은 새해를 맞이하자는 의미로 먹는 국수 – 옮긴이)를 먹으러 나갔다. 가구라자카 아래로 천천히 내려간다. 겨울 저녁에 길게 나오는 흰색 입김마저 왠지

유쾌했다. 아버지와 아들 둘이서 먹는 도시코시소바는 이번이 네 번째지만 올해는 특히 맛있다.

큰 거리로 나오자 하쓰모우데(初詣: 정월 초하루에 절이나 신사에 참배하러 가는 일본 전통 풍습 - 옮긴이) 가는 사람들로 거리가 꽉 차 있다. 느티나무 사이를 잇는 초롱이 바람에 흔들리고 정월의 금줄을 파는 노점에서는 젊은이들이 씩씩하고 활기차게 손님을 부르고 있다. 가구라자카는 예부터의 도쿄 생활이 남아 있는 동네다.

"우리도 하쓰모우데 갈까?"

장갑을 낀 손을 잡고 가케루와 같이 비샤몬텐 젠코쿠절로 향했다. 계단을 올라가서 새전함에 10엔짜리 동전을 던지고 합장했다. 가케루 쪽을 보니 뭔가 입속으로 중얼거리고 있다.

"뭘 빌었어?"

"헤헤헤, 칫치가 이번에 상 받을 수 있게 해달라고 빌었어."

상이 있었구나. 나오모토상은 히사에의 죽음에 비하면 작은 문제에 지나지 않았다. 이번에 받으면 기쁘다. 하지만 두 번이나 후보에 올랐다는 것만으로 고헤이는 만족스럽다. 지갑을 찾아 동전을 꺼냈다. 500엔짜리 동전을 꺼냈다가 다시 생각을 고쳐먹고 100엔짜리 동전을 가케루에게 건넸다.

"그렇게 큰 소원을 빌 거면 10엔이 아니라 이걸 넣어야지."

가케루가 던진 새전은 반짝거리며 새전함의 어둠 속으로 사라져갔다. 올해도 끝났다. 내일부터 새로운 해가 시작된다. 분명 또 예측 불가능한 1년이 될 것이다. 작년도 여기에서 하쓰모우 데를 했지만 이런 1년이 될 것이라고는 상상도 못 했다. 가케루와 같이 건강하게 연말을 맞이하고 착실하게 소설을 쓰며 살 수 있다면 고헤이는 그것으로 충분하다.

새해는 여유롭게 지나갔다. 언제나처럼 자신의 부모님 댁과 히사에의 부모님 댁에 새해 인사를 드리러 가서 하룻밤씩 머물렀다. 새해 첫날부터 고헤이는 일을 하고 있다. 원고지 두 장 정도의 짧은 에세이지만 뭔가 글을 쓰지 않으면 새해가 시작된 것 같지 않다.

쓰바키와 나오와는 각각 한 번씩 데이트를 했다. 쓰바키는 히사에의 마지막 메시지를 말하자 함께 눈물을 흘려줬다. 나오는 불륜 상대가 진절머리 나게 들러붙었지만 결국 헤어졌다고 한다. 고헤이로서는 히사에의 사고에 대한 의구심이 속 시원히 해결되었다고 해도 여전히 다른 여성과 진지하게 만날 결심은 서지 않았다.

이래저래 하다보니 새해도 2주나 지났다. 지난번에 처음 후보로 선정되었을 때는 긴장했지만 연속해서 두 번이나 나오모토 상 후보에 오르다보니 시상식 당일도 익숙해져 있었다. 그날의 일기 예보는 밤부터 번개였다.

지난번에는 확실히 9시쯤 되어서 연락을 받았다. 고헤이는 저녁 무렵부터 천천히 샤워를 하고 드라이어로 머리를 말리고 옷장에서 캐시미어 재킷을 꺼냈다. 단벌 신사다. 브러싱을 했다. 셔츠는 청색과 흰색 스트라이프다. 바지는 베이지 코튼이면 괜찮을까. 후보작인 『칫치와 아들』은 캐주얼한 내용의 책이다. 가벼운 복장이 틀림없이 잘 어울린다. 가케루와 장모 이쿠미가 현관에서 배웅했다.

"칫치, 파이팅!"

파이팅이라고 해도 기다리는 것밖에 할 일이 없다.

"아~ 어떻게 해보지."

이쿠미가 손을 뻗어 고헤이 어깨에 붙은 브러시의 털을 뗐다.

"만약 상을 받으면 기자회견 할 거 아닌가?"

"그렇습니다, 장모님."

"그러면 그때 기자회견장으로 가케루 데리고 가도 될까? 칫치의 멋진 모습을 보여주고 싶어서. 이 아이에게도 평생의 추억으로 남지 않겠나?"

기자회견은 늘 9시에 열린다. 그 시간이라면 가케루의 취침도 그렇게 늦어지지는 않을 것이다.

"알겠습니다. 나중에 연락드리겠습니다."

"다녀오게. 자네 오늘 침착해. 오늘 이 모습을 히사에에게 보여주고 싶네."

가케루는 폴짝폴짝 뛰면서 응원을 했다.

"칫치 파이팅! 칫치 파이팅!! 기자회견장에서 봐."

시상식 대기 장소는 긴자 2초메에 있는 모 바다. 출판계에서

운이 좋다고 소문난 곳이다. 그 바에서 나오모토상을 기다린 작가가 연속해서 다섯 번이나 수상했다고 한다. 고헤이는 7시가 다 돼서 도착했다. 긴자 거리에는 마른 가루눈이 소리 없이 내리고 있었다. 지하로 내려가는 계단을 하나씩 정성스럽게 밟았다. 유리 너머로 가게 내부가 보였다. 카운터 안에 있는 박스 석에 눈에 익은 편집자들이 모여 있었다. 고헤이를 알아차린 『칫치와 아들』 담당 오쿠보가 자리에서 일어서서 맞아줬다.

"왜 이렇게 늦게 오셨습니까. 저희들은 5시에 다들 모였는데."

쓰키지의 요정에서 심사 결과 발표를 기다리기로 한 시간은 5시다. 하지만 까놓고 얘기해서 오랫동안 기다릴 일도 아니다. 고헤이는 그렇게 생각해서 일부러 집에서 여유를 부렸다.

"죄송합니다. 하지만 그렇게 기다리면 진절머리가 나서."

오쿠보가 씨익 웃었다.

"왠지 이번에는 아오다 씨가 여유로운데요?"

결코 그렇지 않았지만 일일이 부정하는 것도 귀찮았다. 고헤이는 어두컴컴한 바의 검정 박스석으로 향했다. 분카슈토, 에이슌칸, 고도쿠샤 등 고헤이에게 일을 의뢰하고 있는 세 곳의 편집 담당이 다 모여 있었다. 테이블 위에는 배달시킨 초밥과 생맥주가 놓여 있었다. 에이슌칸의 오카모토가 손짓했다.

"아오다 씨, 주빈석에 앉으세요."

자리에 앉자 바텐더가 물수건을 가지고 왔다. 편집자와 달리 고헤이는 술을 마실 수 없었다. 수상하면 기자회견이 기다리고 있어서다. 과연 재수가 좋다고 소문난 가게는 접객에도 능수능란했다.

"알코올이 들어 있지 않은 칵테일은 어떠십니까? 오늘의 추천 칵테일은 망고와 스트로베리입니다."

고헤이는 망고 칵테일을 부탁했다. 이제부터 두 시간 정도 잘 아는 편집자들과 쓸데없는 이야기를 하며 시간을 보내야 한다. 맛있는 초밥을 먹고 신선한 과일 칵테일을 마신다. 이것 또한 훌륭한 업무라는 것이 작가의 불가사의 중 하나다.

"이야~ 지난번 아오다 씨 말씀은 좋았어."

얼굴이 새빨개진 에이슌칸의 출판부장인 이오타니가 말했다. 오카모토가 뒤를 이었다.

"진짜. 저도 감동했어요. 하지만 『텅 빈 의자』는 좋은 책이었는데 심사위원들은 뭘 읽은 걸까요?"

분카슈토의 오쿠보가 두 손을 올렸다.

"됐어, 됐어. 심사위원 선생님들한테도 여러 가지 사정이 있으니까."

그때 카운터 안에서 전화가 울렸다. 전원의 눈이 나비넥타이를 한 바텐더에게 모였다. 수화기를 손으로 막고 몇 마디 한 뒤 전화를 끊었다. 편집자의 눈이 살기를 띠고 있을 게 분명하다. 가게 스태프가 말했다.

"죄송합니다. 늘 오시는 단골손님이었습니다."

"뭐야, 헷갈리게."

대화는 다시 시작되었다. 고헤이는 다음 책 이야기를 시작했다. 에이슌칸에는 장편 연애소설을 연재하고 있지만 분카슈토의 다음 작품은 내용이 정해지지 않았다. 오쿠보가 수첩을 폈다.

"『칫치와 아들』의 사토시가 독자로부터 평판이 좋습니다. 그 캐릭터와 같은 남자아이를 주인공으로 한 소년 이야기를 쓰는 건 어떻습니까? 아오다 씨의 문장이라면 딱 좋을 거 같습니다."

(그렇군, 소년물인가.)

아직 고헤이는 그 장르를 쓴 적이 없었다. 의외로 잘 풀릴지도 모른다. 다시 바 전화가 울렸을 때는 아무도 신경 쓰지 않았다. 바텐더가 헌정품이라도 되는 듯 허리를 약간 구부리고 양손으로 전화기를 들고 박스석으로 왔다. 고헤이는 손목시계를 봤다. 7시 반. 아직 40분 정도밖에 지나지 않았다.

"아오다 선생님, 전화입니다."

편집자들이 숨을 죽이고 입을 다물었다. 그렇게 무거운 전화기를 받은 것은 태어나서 처음이었다.

"네, 전화 바꿨습니다. 아오다입니다."

# 16

마음의 준비가 되지 않았다. 그러나 전화를 끊을 수는 없다. 고헤이는 숨을 참고 다음 말을 기다렸다. 편집자의 시선은 전화기를 쥔 오른손을 찌르는 듯 주시하고 있었다.

"문예진흥회의 모토하시입니다."

수상이다! 몸속에서 거품이 터진다. 몽글몽글 작은 기쁨의 거품이 무수히 솟아난다.

"축하드립니다. 아오다 씨의 『칫치와 아들』이 제150회 나오모토상 수상작으로 결정되었습니다. 단독 수상입니다."

고헤이는 박스석에서 저도 모르게 머리를 숙였다.

"고맙습니다."

그 목소리를 들은 편집자들이 입을 모아 축복했다. 언제 끊었는지 모르는 사이에 전화는 끊어져 있었다. 바는 야단법석이었다. 분카슈토의 오쿠보가 카운터에 소리를 질렀다.

"축하 샴페인 따주세요!"

고헤이는 그곳에 있는 모든 편집자들과 악수했다. 무슨 이유에서인지 오카모토가 울었다. 여기 모인 사람들은 모두 10년 동안 팔리지 않던 자신을 계속 격려한 이들이다. 유리잔이 오기 전에 하자고 생각하고 자리에서 일어섰다.

"잠깐 전화 좀 걸고 오겠습니다."

계단을 올라가서 긴자 2초메 거리로 나갔다. 그렇게 춥지는 않았다. 가루눈은 아스팔트에 떨어지자마자 동시에 흰색을 잃고 사라졌다. 제일 먼저 집으로 전화를 걸었다.

"장모님, 나오모토상 받았습니다."

"세상에! 축하해."

"가케루 좀 바꿔주십시오."

두런두런하는 소리가 들리더니 갑자기 하나뿐인 아들의 목소리가 귀에서 불꽃처럼 터졌다.

"얏호! 칫치 축하해."

"이번 책은 가케루가 없었다면 절대로 쓸 수 없었어. 마맛치가 죽고 나서도 계속 훌륭하게 지내줘서 고마워, 가케루."

누군가에게 감사의 인사를 하고 눈물 흘리는 일은 고헤이도 처음 경험한다.

"칫치는 역시 대단한 사람이었어."

"상 하나 받았다고 어떻게 알아. 모르지. 그럼 나중에 보자."

전화를 장모로 바꿔서 기자회견 장소를 알려줬다. 가구라자 카에서 히비야라면 택시로 20분 정도였다.

쓰바키는 가게를 쉬고 긴자 어딘가에서 기다리고 있을 것이다. 필요 없다고 했지만 나오도 한노에서 이쪽으로 찾아와서 근처에서 대기하고 있다. 귀찮아서 나오모토상 결과와 기자회견장 위치를 둘에게 동시에 보냈다. 고헤이는 눈이 조금씩 춤추고 있는 긴자의 뒷골목에서 하늘을 올려다봤다. 가로등 주변을 흰색 후드가 감쌌다. 택시가 가루눈을 걷어 올리고 지나간다. 연인들은 중년 작가를 무시하고 다정하게 손을 잡고 걸어간다. 눈이 오는 긴자다. 이 경치를 절대로 잊을 수 없을 것이다. 10년 동안 필사적으로 물고 늘어지면 소설의 신이 선물을 하사하기도 한다. 고헤이는 가벼운 발걸음으로 동료들이 기다리는 바로 돌아갔다.

기자회견이 열리는 도쿄회관까지는 걸어서 10분 정도다. 고헤이가 코트를 입고 계단을 올라가자 검정 세단이 기다리고 있다. 운전사가 우산을 씌워주며 문을 열었다.

"미끄러우니까 조심하십시오."

몇 분 후 기자회견장에 도착하자 분카슈토의 사원들이 엘리베이터까지 안내했다. 대기실로 안내를 받았다. 일본 전통 복장을 한 선정위원 아야세 도키코가 앉아 있어서 놀라고 말았다. 70대지만 50대 후반으로밖에 보이지 않는다. 작가들은 무슨 이유에서인지 다들 젊어 보인다.

"축하드립니다. 아주 좋은 책이었습니다. 아오다 씨는 몇 살 이시죠?"

고헤이는 황송해하며 대답했다.

"마흔이 됩니다."

"그러세요? 딱 좋은 시기에 받으시네요. 소설 세계에서는 20대에 데뷔하고 30대에 나오모토상을 받으면 위험하다고 하죠. 주문이 밀려오는데 많은 소재를 가지고 있지 않으면 곤란해지니까. 앞으로 힘내요."

편집자가 대기실로 얼굴을 내밀었다.

"아야세 선생님, 시간입니다."

생긋 웃으며 심사위원은 말했다.

"심사평에서 확실히 칭찬하겠습니다. 그러면 먼저 실례하겠습니다."

대기실로 잇달아 편집자들이 찾아와서 축하의 말을 전했다. 고헤이는 그때마다 고맙다고 했다. 태어나서 가장 많이 감사 인사를 전한 저녁이었다.

같은 업계 동료 이외의 사람들 중에서 가장 먼저 찾아온 사람은 쓰바키다. 고급스러운 회색 트위드 정장을 입고 가슴에 흰 백합 다발을 안고 있었다. 벌써부터 울고 있어서 당황했다.

"고헤이 씨, 축하드려요. 나오모토상을 꼭 탈 거라고 생각했어요."

"아, 고마워."

꽃다발을 받는데 문이 열렸다.

"고헤이 씨, 축하드려요."

코트를 입은 국어 교사 나오다. 이쪽 꽃다발은 노란 장미다.

"어머, 방해됐나요?"

나오가 말과는 반대로 성큼성큼 대기실로 들어왔다. 쓰바키는 생긋하고 일부러 웃음을 지으며 되받아쳤다.

"오늘은 기쁜 자리니까 휴전하시죠?"

고헤이는 드디어 항복했다. 양손에 꽃다발을 들고 두 여성에게 머리를 숙였다.

"기자회견에서 얘기할 내용을 정리해야 해. 잠시 혼자만의 시간을 갖게 해줘."

쓰바키와 나오는 아쉬운 듯 대기실에서 나갔다.

(이상하네, 가케루가 왜 아직 안 오지? 도로가 혼잡하나.)

고헤이는 초조해서 소파에 섰다가 앉았다가를 반복했다. 도착하고도 남을 시간이다.

"아오다 씨, 시간이 됐습니다."

분카슈토의 젊은 여성 사원이 부르러 왔다. 가늘고 어두운 통로를 몇 번 꺾자 기자회견장이 나왔다. 무대에는 금속 병풍이 놓여 있고 중앙에는 고양이 발을 한 의자가 하나 놓여 있다. 테이블에는 마이크가 놓여 있다. 앞쪽에 나열된 파이프 의자가 한 200개 정도로 거의 대부분의 언론사에서 기자를 보냈는지 기자회견장은 사람들로 가득 차 있다. 뒤쪽에는 TV 카메라의 삼각대가 부두 크레인처럼 모여 있었다.

"『칫치와 아들』로 제150회 나오모토상을 수상한 아오다 고헤이 씨입니다."

고헤이는 천천히 무대 위로 올라갔다. 인사를 하고 의자에 앉는다. 사회자가 말했다.

"우선 수상 소감부터 부탁드립니다."

회견장을 둘러봤다. 여기저기에 안면이 있는 편집자들이 보였다. 제일 뒷줄 한 귀퉁이에는 같은 시기에 데뷔한 아오노 모임 멤버들이 모여 있다. 야마자키 마리아가 손을 흔들었다. 기타이라 신노스케는 벌써 취해 있는 듯했다. 얼굴이 빨갛다. 하나부사 겐지는 팔짱을 끼고 엄격한 얼굴을 짓고 있다. 하세가와 아이는 가슴에 애니메이션 캐릭터가 프린트된 트레이닝복을 입고 있다. 이소가이 히사시는 대학생처럼 위아래를 데님으로 맞춰 입었다. (다들 축하해주러 왔구나.) 동기란 고마운 존재다. 고헤이는 마이크를 쥐고 말했다.

"이 책을 선정해주신 심사위원회 선생님들, 후보로 선정해 주신 문예진흥회 여러분, 정말 감사합니다. 하지만 『칫치와 아들』이 나오모토상을 받다니 아주 의외였습니다. 나오모토상에서 중요시 여기는 중후한 문학 세계의 무게감과는 180도 다른 가벼운 소설이기 때문입니다."

고헤이는 넓은 회견장을 둘러봤다, 많은 관계자들이 웃음을 띠며 이쪽을 보고 있었다. 문학상도, 마이크도, TV 카메라도 현실이라고는 생각할 수 없었다. 눈앞에 앉아 있는 사람들은 아직 싹이 나지 않았던 10년 전부터 서포트한 책 세계의 주인들이었다. 고헤이는 목소리를 진정시키고 이어서 말했다.

"여기 계신 분들 중에는 한 번쯤은 책에 목숨을 건 경험이 있을 거라고 생각합니다. 삶이 너무 괴로울 때, 인생이라는 길에서 미아가 되었을 때, 모든 게 다 싫어졌을 때, 별생각 없이 손에 쥔 한 권의 책이 새로운 출발을 시작할 수 있도록 등을 밀어줍니다. 세상에 대항하는 용기를 줍니다. 한 권의 재미있고 괴상한 책조차 사람의 생명을 구하는 힘이 있습니다. 저는 포기하지 않고 글을 써왔습니다. 정말 잘한 일이라고 생각합니다. 책 세계에 오늘날까지 있을 수 있게 도와주신 여러분, 정말 감사합니다."

그때 무대 옆에서 작은 목소리가 들렸다. 가케루가 소리치고 있었다.

"칫치!"

고헤이가 손을 흔들자 가케루는 어깨를 누르고 있던 이쿠미의 손을 뿌리치고 무대 위로 올라왔다. 기자회견장에 환성이 터졌다.

"칫치, 축하해."

"가케루, 왜 이렇게 늦었어."

"택시비가 아까워서 지하철로 왔거든."

마이크를 통해서 아버지와 아들의 대화가 장내에 울려 퍼졌고 웃음이 일었다. 사회자를 보고 나서 기자들의 분위기를 확인했다. (뭐, 괜찮겠지.) 고헤이는 마이크에 대고 말했다.

"이번 책의 모델이 된 하나뿐인 아들 가케루입니다. 이대로 둘이서 기자회견하려고 생각합니다. 어떻습니까?"

따뜻한 박수갈채가 쏟아졌다. 가케루를 무릎에 앉히고 고헤이는 수상 회견을 이어갔다. 편안한 분위기가 회견장에 흐른다. 여자 기자가 손을 들었다.

"마이아사신문의 기리야마입니다. 가케루에게 질문입니다. 칫치는 집에서 어떤 아빠인가요?"

가케루가 고개를 돌려 고헤이를 힐끗 쳐다보며 빙긋 웃었다.

"매일 글이 안 써진다, 책이 안 팔린다, 재능이 없다고 혼잣말을 해요."

200여 명의 기자의 웃음소리가 회견장을 흔들었다.

"하지만 마맛치가 죽고 나서 칫치는 혼자서 집안일도 하고 저를 돌보고 일도 하고 있어요. 칫치가 많이 힘들 거예요. 칫치는 제게는 최고로 좋은 아빠예요."

무대 옆에서 흐느끼는 소리가 들렸다. 이쿠미가 입을 손수건으로 막고 있고 그 양옆에 쓰바키와 나오가 서 있었다. 고헤이도 눈물을 글썽였지만 눈물이 떨어지는 것을 꾹 참았다. 이 모습이 전국 뉴스에 나갈지도 모르니 방심은 금물이다. 사회자가 말했다.

"그럼 다음 질문."

고헤이는 가케루의 뜨거운 몸을 바로 옆에서 느끼면서 스포트라이트 속에서 새 질문을 기다렸다.

# 텅 빈 마흔 고독한 아빠

| 펴낸날 | 초판 1쇄 2019년 1월 25일 |
|---|---|

| 지은이 | 이시다 이라 |
|---|---|
| 옮긴이 | 이은정 |
| 펴낸이 | 심만수 |
| 펴낸곳 | (주)살림출판사 |
| 출판등록 | 1989년 11월 1일 제9-210호 |

| 주소 | 경기도 파주시 광인사길 30 |
|---|---|
| 전화 | 031-955-1350　　팩스 031-624-1356 |
| 홈페이지 | http://www.sallimbooks.com |
| 이메일 | book@sallimbooks.com |

| ISBN | 978-89-522-3994-5　　03830 |
|---|---|

※ 값은 뒤표지에 있습니다.
※ 잘못 만들어진 책은 구입하신 서점에서 바꾸어 드립니다.

이 도서의 국립중앙도서관 출판시도서목록(CIP)은 서지정보유통지원시스템 홈페이지
(http://seoji.nl.go.kr)와 국가자료공동목록시스템(http://www.nl.go.kr/kolisnet)에서
이용하실 수 있습니다.(CIP제어번호: CIP2018041508)

기획 노만수　책임편집·교정교열 서상미　박하빈